밤에 피는 꽃

1

밤새 피는 꽃

복면과부
이중생활

이샘 · 정명인 대본집

니들북

　2023년, 유난히 비가 많이 내렸던 여름이었습니다. 야외 촬영이 많은 데다 여건상 8월 초까지 일정들을 마무리 지어야 했기에 변덕스러운 날씨를 원망(?)하며 현장과 작업실 모두가 긴장했던 기억이 납니다. 경험치가 없던 신인 작가의 대본으로 100명이 넘는 스태프와 배우들은 더위와 사투를 벌이며 한 씬, 한 씬 공들여 작업해주셨고, 모두의 수고와 노력 덕분에 〈밤에 피는 꽃〉은 많은 분들에게 사랑 받은 작품으로 기억되었습니다. 대본집 제안을 받고 드라마에 대한 이야기를 쓸까 고민하다, 이 작품이 온전히 작가의 것만은 아니기 때문에 고마운 분들의 이름을 적어볼까 합니다.

　모든 것이 '여화' 그 자체였던 아름다운 배우, 이하늬님. 수호처럼 모든 것에 열심이었던 이종원님. 사대부의 나라라는 자신의 신념을 지키고자 했던 석지성, 김상중님. 소중한 사람들의 곁을 끝까지 지켰던 윤학, 이기우님. 여화의 꿈이자 기적이었던 연선, 박세현님. 자신의 잘못을 기꺼이 인정할 줄 아는 왕, 이소의 허정도님. 여화에게 유일한 가족이었던 금옥, 김미경님. 여화와 다른 가치관으로 대척점에 있던 난경, 서이숙님. 악하지만 가장 불쌍한 인생이었던 필직, 조재윤님. 여화의 든든한 조력자이자 명도각 직관 1열 소운, 윤사봉님. 극에 활력을 불어넣었던 석정, 오의식님. 살아 숨 쉬듯 대사가 나왔던 치달, 김광규님. 작가의 머릿속에 잔망대던 미담바라기 비찬, 정용주님. 듬직하지만 감수성이 풍부했던 활유, 이우제님. 작가 또한 송구했던 만식, 우강민님. 사랑스러운 이경 그 자체, 이루비님. 겉바속촉이었던 재이, 정소리님. '밤피꽃' 귀요미 담당 봉말댁, 남권아님. 똑 부러지는 우리 꽃님이, 예나까지. 그리고 3회부터 죽음이 계속 밀려 결국 5회에 떠나셨던 염흥집, 김형묵님과 열녀로서 고된 삶을 잘 표현해준 어린여화, 문승유님. 끝까지 작가가 삶과 죽음에서 고민했던 조성후의 박성우님. 백씨부인 최유화님, 용덕 이강민님, 병조판서 김정학님, 이판부인 하민님까지. 그 외에 열거하지 못한 배우님들께 감사드립니다.

이 드라마를 아름다운 영상으로 남겨주신 장태유 감독님, 그리고 최정인 감독님, 이창우 감독님 고생 많으셨습니다. 신인 작가를 믿어주신 남궁성우 EP님과 이월연 PD님, 양소영 PD님 외에 현장에서 작품을 위해 헌신해주셨던 〈밤에 피는 꽃〉의 모든 스태프분들께 감사드립니다.

무엇보다 3년 가까이 동고동락하며 아낌없는 지지를 해주었던 베이스스토리 김정미 대표님과 박수영 본부장님, 표희선 PD님 덕분에 이 드라마가 빛을 발할 수 있었습니다.

저의 은사님이신 이경희 작가님, 밤새 전화를 받아주며 작가의 온갖 투정을 감내했던 남혜지 작가님과 이재은 작가님. 끝까지 갈 수 있다 응원해주셨던 박그로 작가님, 박신영 작가님. 기도해주신 가족과 세움교회 식구들. 이렇게 쓰고 나니 참 많은 사람들의 도움으로 〈밤에 피는 꽃〉이 활짝 피었었네요. 마지막으로 저의 유일한 공동 작가로 함께 울고 웃었던 전우, 정명인 작가님과 우리 집 1호 박원경 보조작가님에게 감사의 말을 전합니다. 함께여서 감사했고 행복했습니다.

작가는 다음으로 넘어가기 위해 다시 책상 앞으로 갑니다.

〈밤에 피는 꽃〉을 사랑해주신 시청자 여러분들께 감사드리며 모든 날이 '꽃' 같이 아름답기를.

2024년 4월
작가 이샘

마지막 12화 원고를 마치고 몇 달이 지난 후, 〈밤에 피는 꽃〉 티저가 나왔을 때도 전혀 현실감이 들지 않았습니다. 그런데 방송이 다 끝나고 대본집에 실릴 작가의 말을 쓰고 있으니, 드디어 제가 이 드라마를 잘 마쳤다는 느낌이 듭니다.

어린 시절부터 글 쓰는 걸 좋아했지만, 작가가 아닌 의사의 길을 선택했고 오랜 시간 동안 진료실에서 환자를 돌보는 일에 큰 보람을 느끼고 있었습니다. 그러다 우연히 누구나 자유롭게 글을 올릴 수 있는 웹소설 사이트를 발견하고 첫 사극 소설 1화를 써서 올렸던 그날 저녁에도, 다른 무언가가 되고 싶다거나 될 수 있다고 믿었던 것은 아니었습니다. 그저 혼자 상상해오던 이야기를 누군가와 나눌 수 있다는 것이 마냥 행복했습니다.

그렇게 퇴근 후엔 글을 쓰며 7년이 흐른 어느 날, 놀랍게도 드라마 제작사 베이스스토리에서 드라마 집필 제안이 왔고, 떨리는 마음으로 〈밤에 피는 꽃〉을 시작한 지 2년 7개월 만에 컴퓨터 화면 창에 무수히 쓰고 또 썼던 여화, 수호, 지성, 윤학, 금옥, 난경, 이소, 연선, 필직, 치달, 석정, 소운, 비찬, 활유, 만식, 봉말댁, 이경, 홍집, 성후, 재이, 꽃님, 병판, 이판부인, 백씨부인, 용덕 등 모든 인물들이 드디어 생명을 얻고 살아 움직이는 영상이 되어 방송되었던 모든 순간이 제겐 기적과도 같은 시간들이었습니다.

멋진 제작사에서 일할 수 있는 행운이 있었고, MBC 방송국에서 감사하게도 선택을 해주셨고, 평소 선망하던 감독님들을 만났고, 감히 상상조차 할 수 없었던 훌륭한 배우분들이 출연을 해주셨고, 존경스러운 스태프분들과 함께할 수 있었던 모든 일이 꿈만 같습니다. 이 드라마가 좋은 작품이 될 수 있었던 것은 이 모든 분 덕분입니다. 고개 숙여 깊은 감사를 드립니다.

이 드라마가 좋은 작품이 될 수 있었던 것은, 이 드라마에 헌신한 모든 분 덕분입니다. 고개 숙여 깊은 감사를 드립니다.

힘든 시간 함께 울고 웃었던 동료 이샘 작가님, 탁월했던 보조작가 박원경 작가님, 긴 시간 노고와 헌신을 다했던 표희선 PD님, 양소영 PD님, 박수영 제작본부장님, 이월연 PD님. 그분들 아니었으면 저는 끝까지 이 일을 잘 마치지 못했을 겁니다.

낙담될 때 다독여준 박신영 PD님, 박그로 작가님, 늘 힘이 되어주는 후배 선미, 오랜 친구인 이경, 은영, 지수, 수복, 혜원, 미송씨, 다정한 이모들과 외삼촌, 그리고 지금도 묵묵히 필수 의료에 헌신하고 계신 페드넷의 동료 소아과 선생님들, 서울영동교회의 정현구 목사님과 교우분들께 특별한 감사를 드리고, 집필 기간 동안 제가 맡은 진료 시간을 배려해주신 유민정 선생님, 조정일 원장님께도 깊은 감사를 드립니다

신인 작가의 작품에게 기회를 주신 MBC 남궁성우 EP님께 고개 숙여 감사를 드리고, 존경하는 장태유 감독님, 최정인 감독님, 이창우 감독님, 함께 일할 수 있어서 정말 영광이었습니다.

검증되지 않은 신인 작가를 과감히 발탁해주시고, 굳은 신뢰를 주신 김정미 대표님! 대표님 덕분에 저는 드라마 작가가 될 수 있었습니다.

마지막으로 항상 지지해주고 튼튼한 버팀목이 되어주는 사랑하는 동생 준원이, 올케 혜경이와 기쁨을 함께하고 싶고, 하늘나라에 계신 어머니, 아버지께 이 대본집을 자랑스럽게 보여드리고 싶습니다. 엄마! 너무나 그립고 늘 사랑해요.

이 모든 것이 주님의 은혜였습니다.

〈밤에 피는 꽃〉을 사랑해주신 모든 분께 감사를 드립니다.

2024년 4월
작가 정명인

이 책의 편집은 이샘·정명인 작가의 집필 방식을 따랐습니다.

대사는 글말이 아닌 입말임을 감안해 한글 맞춤법과 어긋나더라도 표현을 살렸습니다. 지문은 한글 맞춤법을 따르되 어감을 살리기 위해 고치지 않고 그대로 둔 경우도 있습니다.

대사에 은어나 비속어, 표준어가 아닌 말이 포함되어 있습니다.

대사와 지문에 등장하는 말줄임표, 쉼표, 느낌표, 마침표 같은 문장 부호는 작가의 집필 의도를 살리기 위해 그대로 실었습니다.

이 책은 작가의 최종 대본으로서 방영된 내용과 다를 수 있습니다.

"지엄한 국법이 힘없는 백성을 구할 수 없다면
내가 그들을 구하면 되지 않습니까."

여기, 조선 최고의 명문가에 시집왔지만
초례도 치러보지 못하고
수절 과부가 되었다-는 뻔한 사연의 여인이 있었으니
그 여인, 밤이면 밤마다 은장도로 허벅지를 찌르는 것이 아니라
창포검 들고 밤바람을 가르며 온갖 잡놈들 혼쭐을 내주는데!

그야말로 휘영청 밝은 달! 복면 쓰고, 지붕 위를 나는
조선판 과부 히어로물이 되시겠다.

"부인의 정체가 밝혀진다 해도
두렵지 않은 것입니까."

그리고 여기, 공사 구분 확실하고 국법, 예법, 도리까지 칼같이 충실한
융통성 빼고 다 갖춘 종사관 나으리가 있었으니
그 사내, 복면 쓴 자를 잡겠다 밤낮으로 쫓아다니는데!

쫓고 있는 것은 복면 쓴 무뢰배인가, 내 마음을 훔친 여인인가.
내 마음을 훔친 자는 백성을 구하는 영웅인가, 소복 입은 과부인가.

그야말로, 잘생긴 종사관 나리의 로맨스물 되시겠다.

여인은 일생에 한 사내를 따라야 하는 일부종사(一夫從事)가 도리요,
남편 죽으면 따라 죽는 것이 미덕이자 온전한 삶이라 여겼던 시대.
불쌍한 이는 돕고, 나쁜 놈은 잡는 것이 도리요,
죽을 때 죽더라도 할 일은 해야 온전한 삶이라 여긴 수절 과부 여화와
그녀를 만나 기억 속에 묻힌 사건의 진실을 찾아가게 되는 종사관 수호의
담 넘고 선 넘는 아슬아슬한 공조 한판.

여기, 나를 위해 밤마다 피운 꽃이
힘겨운 백성들을 위해 활짝 피었구나.

'심쿵'과
'동맹'
그 어디쯤...?

자상한
시아버님

조여화
이하늬
15년 차 수절 과부

박수호 / 임현제
이종원
금위영 종사관

이런 아이는
처음이야
썸 탈 예정?

석지성
김상중
여화의 시아버지,
좌의정

연선
박세현
여화의 오른팔

조력

박윤학
이기우
좌부승지

이소
허정도
조선의 임금

유금옥
김미경
여화의 시어머니

석정
오의식
여화의 남편

석재이
정소리
여화의 시누이

봉말댁
남권아
석지성댁 찬모

금위영 (수호의 사람들)

비찬
정용주
수호의 오른팔

황치달
김광규
금위대장

명도각 (여화의 사람들)

장소운
윤사봉
화연 상단 단주, 운종가 대행수

황이경
이루비
치달의 막내딸

활유
이우제
소운의 오른팔

꽃님
정예나
여화가 구한 아이

윤종가 대표 상단 / 라이벌

사대부집

오난경
서이숙
염흥집의 처

영흥집
김형묵
호조판서

강필직 상단

강필직
조재윤
지전상과
'필'여각 운영

만식
우강민
강필직의 수하

조여화

낮져밤이 본캐와 부캐 사이를 아슬아슬하게 넘나드는 15년 차 수절 과부

"이래도 죽고, 저래도 죽는 거네.
과부 되고 싶어 된 사람이 어딨다고!"

　　좌의정댁 맏며느리, 15년 차 수절 과부. 혼례 당일 신랑마저 죽어 초례도 치러보지 못한 채 망문 과부가 되었다. 대문 밖 세상은 언감생심이요, 죽은 지아비를 위해 곡을 하거나 내훈과 삼강행실도를 한 자, 한 자 필사하는 일 외에 그림처럼 앉아 있는 것이 일상이다. 이런 그녀에게 은밀하고 위험한 비밀이 한 가지 있으니, 밤이 되면 복면을 쓴 채 도움이 필요한 자들을 찾아 담을 넘는다는 것! 쌀이 없는 자에게 쌀을! 병을 앓고 있는 자에게 약첩을! 컴컴한 밤, 도성 안을 누비며 '전설의 미담'으로 불리는 그녀의 이중생활은 완벽했다. 답답하리만치 융통성 하나 없는 금위영 종사관 박수호를 만나기 전까진!

　　그날도 평소처럼 담을 넘었고, 꽃님이란 아이의 아버지가 훔쳐간 집문서를 되찾기 위해 투전판이 열리는 객잔에 몰래 들어갔을 뿐이었다. 그런데 우연인지 운명인지 모르게 그 안에 있던 수호와 엮여 이상하게 일이 꼬이기 시작하더니 사사건건 가는 곳곳마다 수호와 부딪치게 되는데.

　　한데 이 남자, 애매모호한 말들로 긴장시키지를 않나, 심지어 반가의 여인으로 대하는 이 태도는 뭐지? 설마... 내 정체를 알고 있는 거야?

　　그동안 철저하게 숨겨왔던 여화의 이중생활에 절체절명의 위기가 찾아왔다.

박수호 / 임현제
금위영 종사관

*"금위영 종사관으로서 전합니다.
당신을 반드시 잡을 것이니 부디 절대 내 눈에 띄지 마시오"*

이기적인 외모에 머리부터 발끝까지 삼신할머니가 예쁘게도 빚어놨다. 심지어 이 남자, 능력까지 출중하다. 무과 장원에, 한동안 나라의 골칫거리였던 전라도 조세미 사건을 단번에 해결하기까지! 게다가 검술 실력은 타의 추종을 불허한다. 이렇게 완벽한 도성 사내이건만 딱 하나, 융통성이 없다. 정도를 벗어나지 않고 딱 맡은 일만 한다. 더하지도 않고, 덜하지도 않고 그저 자기 몫만 묵묵하게 해낼 뿐이다.

그날도 도성의 치안을 어지럽히는 타짜를 잡기 위해 비밀리에 수사를 진행 중이었는데. 웬 복면을 쓴 놈(?)이 들어와 난장을 부리지 뭔가. 웬만한 일에는 끼어들고 싶지 않으나 쪽수로 밀려 칼에 맞을 뻔한 복면을 잠시 도와줬을 뿐인데 잠깐, 사내가 아니라 여인이었어?

그렇게 서로에게 잊을 수 없던 첫 만남에 이어 수호가 맡은 사건마다 우연히 부딪치는 둘! 그러다 여화의 엄청난 비밀을 알게 된다. 저 날다람쥐 같은 여인이 좌상대감댁, 그것도 열녀문 등극을 코앞에 둔 수절 며느리라니!

아슬아슬하게 담 넘고 선 넘는 여화로 인해 정도만 지키며 살았던 수호의 삶에 균열이 가기 시작했다.

박윤학

좌부승지

"나도 그런 사람이 있다.

그 사람이 행복해져야 나도 평안해질 수 있는… 그것도 둘씩이나!"

수호의 형이자 현 승정원 좌부승지. 임금 이소와 어린 시절부터 같이 자란 인연으로 그의 고통과 슬픔의 시간을 누구보다도 잘 알고 있다. 그런 이소를 지키기 위해 조정에 남아 허울뿐인 자리를 오랜 시간 감내하고 있으며, 한편으론 15년 전 자신이 구해온 수호를 보호하기 위해 일부러 냉정하게 대하며 위험한 일에 연루되지 않도록 애쓴다. 겉으론 온화해 보이는 인물이지만 이 그릇된 세상을 누구라도 책임지고 바꾸어야 한다는 사명감을 가진 강건한 인물로 이소와 함께 선왕의 독살 사건을 은밀히 추적하고 있다.

개인적으론 혼인하자마자 3년을 병으로 앓아누웠던 부인이 죽고 10년 넘게 홀로 쓸쓸히 지내고 있다.

연선

여화의 오른팔이자 의지할 수 있는 인물

"저도 진지하게 아씨 죽으면 따라 죽을 겁니다!"

3년간 극심한 가뭄으로 양민이었던 부모를 잃었다. 굶주린 상태로 거리를 헤매다, 처음으로 가출을 감행한 여화의 손에 구해진 연선은 석지성 대감댁에 함께 머물며 공식 군식구로 살아가고 있다. 때로는 동생처럼, 때로는 벗처럼 여화의 곁을 지키며 참모 겸 비서 노릇까지 톡톡히 하고 있는데 여화를 대신해 12

년간 필사한 서책으로 글 실력은 물론이며, 자수에 난을 치는 실력까지 웬만한 사대부가의 여인 못지않다. 여화는 훗날 연선이 독립을 할 수 있도록 자신의 일을 대행해줄 때마다 값을 치러줬고 한양에 번듯한 기와집 한 채 사는 것이 꿈인 연선은 여화의 곁을 떠나기 싫어 모은 돈이 기와집을 사기엔 한참 부족하다는 말만 되풀이하고 있다.

여화를 위해서라면 목숨도 아깝지 않다.

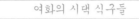

여화의 시댁 식구들

석지성
여화의 시아버지, 좌의정

건국 이래 조선 최고의 명재상이란 칭송을 받고 있는 좌의정으로, 조정에서는 충심을 다해 임금을 보필하고 현명하게 정사를 운영하는 신하이며, 집에서는 다정하고 따뜻한 남편이자 시아버지다. 그러나 실상은 15년 전 과거 응시 기회를 노비에게까지 열어 신분의 벽을 무너뜨리려던 선왕의 개혁적인 시도에 반발해 첨예하게 대립했고, 결국 종묘사직과 나라를 위해 자신이 옳다고 믿는 단호한 결단을 내리게 되는데....

자신이 한 모든 일이 나라와 이 나라의 근간인 사대부를 위해서라는 나름의 명분과 신념을 가진 인물.

유금옥
여화의 시어머니

가문의 명예와 체면이 가장 중요한 조선의 시어머니. 백성들의 존경을 한 몸에 받는 명재상이자 집에서는 자신에게 한없이 다정한 석지성을 진심으로 존경하고 사랑한다. 세간의 부러움을 한 몸에 받는 금옥이지만 그 안엔 자식을 앞서 떠나보낸 슬픔이 있다. 아들 석정이 혼례 날 화적떼에게 목숨을 잃고 시신조차 찾지 못했던 것. 여화를 볼 때마다 아들이 떠올라 때로는 혹독하게, 때로는 매몰차게 대하지만 누구보다 여화를 가족으로, 며느리로 아끼는 마음은 진심이다.

석정 / 주요섭
소목장

석지성과 유금옥의 아들이자 여화의 살아 돌아온 남편. 어릴 적부터 방랑벽, 유랑벽이 있었다. 15년 전 청나라에 재미 삼아 놀러 갔다가 그곳에 선교차 온 영국인 앤 마린과 불같은 사랑에 빠져 가출을 감행했다. 이런 아들의 선택을 끝내 이해할 수도, 용납할 수도 없었던 석지성은 아들의 가출을 감추고 석정이 죽은 것으로 위장하는데. 15년 후 주요섭이라는 이름으로 명도각에 화려하게 등장한다.

자신도 모르게 치러진 혼인으로 십 수년을 외롭게 수절한 여화를 안쓰럽게 여긴다.

석재이
여화의 시누이

석지성의 막내딸이자 여화의 시누이. 오빠의 죽음이 여화 탓이라고 생각해 여화를 미워한다.

봉말댁

오랜 시간 좌의정 대감댁 찬모로 지내고 있다. 여화의 죽은 남편인 석정의 유모였기에 여화를 은근 시어머니처럼 구박하는 인물.

비찬
금위영 군관

전라도에서부터 수호를 따랐던, 자칭 박수호의 오른팔! 심성이 착하고 해맑다. 툴툴거리긴 해도 수호가 시키는 일이면 무엇이든 무조건 하는 충성심도 있다. 세상에서 수호를 가장 존경하고 좋아했지만 한양에 올라와 수호보다 더 존경하는 인물이 생겼다. 휘영청! 달이 뜨는 밤, 도탄에 빠져 있는 백성을 위해 지붕 위를 달리는 전설의 미담! 비찬의 꿈이 바뀌었다. 미담님을 한 번만이라도 보는 것.

황치달
금위대장

말이 많고, 말이 많고, 말이 많다! 종 2품에서 점 하나 바꿔서 정 2품이 되는 것이 꿈. 금위영의 고인 물이자, 어떻게 해서든 궐 입성을 꿈꿔보지만 자꾸 정도만 지키려고 하는 수호 때문에 골치가 아프다. 꽃보다 여여쁜 막내딸 이경의 돌발 행동(?)에 노심초사하며 어떤 사내가 데려갈까 걱정하지만 세상 누구보다도 딸을 사랑하는 딸바보.

황이경
치달의 막내딸

치달의 딸로 다섯 오빠 밑에 막내로 태어나 세상 귀여움은 혼자 독차지하고 자랐다. 때문에 표현에 거침없으며 가끔 돌발 행동(?)으로 주변을 깜짝 놀라게 하는 재주가 있다. 처음에는 금위영에 부임한 수호에게 호감이 있었으나 이상하게 그 옆에 졸랑대며 따라다니는 비찬이 자꾸 신경 쓰인다.

장소운
화연 상단의 단주이자 운종가 대행수

200년 전통의 화연 상단 현 단주이자, 운종가 대행수. 명도각을 운영하고 있다. 운종가 대행수였던 아버지로부터 화연 상단을 물려받았으나, 전국의 상권 반 이상을 강필직에게 빼앗기면서 그 세력이 많이 쇠락해졌다. 하지만 여전히 상인들의 정신적인 지주이자 영향력이 남아 있는 리더다.

7년 전 여화는 강필직의 손에 죽을 뻔했던 소운을 구해주고 어머니의 유품까지 내어주며 소운이 다시 상단을 일으킬 수 있도록 도와주었다. 그 인연으로 소운은 명도각(明道閣)에서 나오는 수익으로 여화의 밤 활동(?)을 물심양면으로 지원해주고 있다.

활유
소운의 비서이자 오른팔

부모에게 버림받고 사람들에게 몰매를 맞고 있는 걸 여화가 구해준 인연으로 명도각에서 살게 되었다. 단단하고 우직해 보이는 모습과는 달리, 눈물이 많고 감수성이 풍부하다. 소운을 엄마처럼, 여화를 누나처럼 따르는 인물.

꽃님

어릴 때부터 좌상댁에 드나들며 바느질거리를 받아갔던 아이. 하루 한 끼밖에 먹지 못하는 여화에게 곶감을 갖다주거나 시어머니 금옥에게 혼난 여화를 자기만의 방식대로 위로해주며 늘 웃게 해준다. 아버지의 노름빚 때문에 강필직 여각으로 팔려간다.

이소
조선의 임금

모든 정사를 석지성에게 맡긴 힘없고 무능한 나른한 왕처럼 보이지만, 15년 전 선왕 독살 사건의 진실을 집요하게 캐고 있다. 개혁을 꿈꾸던 선왕이 누군가에 의해 독살당했다는 심증은 있지만 물증도 힘도 없는 지금은 때가 아니라 판단해, 유일하게 신뢰하는 박윤학과 매일 한가롭고 나른하게 시간을 보내며 때를 지켜보고 있다. 그러던 중 선왕의 내금위장이었던 임강의 아들 박수호(임현제)가 과거 사건의 실마리를 잡은 것을 알게 되자, 그 진실을 파헤쳐 모든 것을 바로잡고자 한다. 선왕과 이소는 모든 백성이 신분에 상관없이 능력에 따라 기회를 얻게 되는 나라를 만들고 싶다는 희망을 지니고 있다.

오난경
호조판서 염흥집의 처

대비의 질녀로 좋은 가문에서 태어났지만 어머니의 치부로 인해 개차반 염흥집에게 시집갈 수밖에 없었다. 자신의 인생을 스스로 결정할 수 없는 여인의 한계를 깨달은 난경은 15년 전 당시 중전(현 대비)의 외질이라는 위치를 활용해 선왕 독살에 직접 개입하는 공을 세웠다. 뒤에서 악행을 일삼고 있지만 겉으론 도성 밖 빈민들을 위해 구휼 사업을 하고 있어 살아 있는 내훈이자 여인들의 모범이란 소리를 듣고 있다.

강필직
운종가 지전상과 필(必) 여각 운영

개처럼 굴며 모든 더러운 잡일을 도맡아 상단의 단주 자리까지 꿰찼다. 백정 출신으로 그에겐 세상이 모르는 어두운 출생의 비밀이 있었으니, 그것은 수절 중이던 난경의 어머니와 천한 노비 사이에서 태어난 명문가 오씨 가문의 반쪽 소생이라는 것. 15년 전 내금위장 일가족 몰살에 참여했으며 인신매매, 조세미 포탈 등 온갖 비리에 관여하고 있다.

만식
강필직의 오른팔

강필직의 어린 시절부터 함께해온 동생이자 필 여각의 행동 대장. 온갖 더러운 일을 서슴지 않으며 필직을 옆에서 보필하는데 실수가 많아 '송구합니다'를 입에 달고 산다.

그 밖에 사람들

염홍집
난경의 지아비, 호조판서

호조판서이자 난경의 개차반 지아비. 깜냥이 되지 않는 염홍집을 난경이 지금의 호조판서 자리까지 올려놨다. 강필직 상단이 상납하는 돈과 날마다 갈아 치우는 여색에만 관심이 있다. 애지중지하던 귀한 '산중백호도'가 사라지면서 그림을 되찾기 위해 혈안이 되었지만 그 그림이 간직한 비밀까진 알지 못하고 있다.

조성후
여화의 오라버니

여화의 하나뿐인 오라버니로 15년 전 행방이 묘연해졌다.

S#	장면(Scene). 같은 장소와 시간 안에서 이루어지는 일련의 행동이나 대사가 한 '씬'을 구성한다.
몽타주	따로따로 편집된 장면들을 짧게 끊어 붙여서 하나의 긴밀하고 새로운 장면을 만드는 기법.
N	밤(Night).
D	낮(Day).
cut	끊지 않고 한번에 촬영된 장면.
틸업	카메라 위치는 고정되어 있고 앵글만 아래에서 위로 이동하는 것.
OFF	오프. 대화 중 한 인물이 화면 밖에 존재함을 나타낸다.
E	효과음(Effect). 보통 등장인물은 보이지 않고 소리만 나는 경우에 쓰인다.
F.O	페이드 아웃(Fade Out). 화면이 차츰 어두워지는 효과.
O.L	오버랩(Over Lap). 현재 화면에 다음 화면이 겹쳐지면서 장면이 바뀌는 기법. 혹은 한 인물의 대사가 끝나기 전에 다른 인물의 대사가 맞물리는 것.
클로즈업	특정 인물이나 대상을 확대해 강조하는 것.
INSERT	인서트. 특정 동작이나 상황을 강조하기 위해 삽입된 화면. 인서트가 없어도 장면을 이해하는 데 큰 지장은 없지만, 인서트가 들어가면 상황이 명확해지고 스토리가 강조된다.
플래시백	화면과 화면 사이에 들어가는 순간적인 장면. 주로 회상을 나타낼 때 쓰이며, 사건의 인과나 인물의 성격을 설명하기 위해 쓰이기도 한다.
CUT TO	같은 장소에서의 시간 경과를 표현하기 위해 장면을 끊어서 표현하는 기법.
줌인	카메라 위치는 고정되어 있고 초점 거리만 대상에 가까워지는 것.

분개와 부개 소시

S#1. 몽타주

#1-1. **꽃님 집, 마당 / N**
마을과 동떨어져 있는 허름한 초가집, 사립문 사이로 보이는 검은 그림자.
초가집 안에서 우당탕탕! 가재도구 부수는 소리 들리고 이어 문을 박차고 나오는 꽃님父.

꽃님母	(다급하게) 아이고! 꽃님아부지!
꽃님	아부지이!
꽃님父	어딜 잡어!!

꽃님母와 **꽃님(10)**, 따라 나와 바짓가랑이 붙잡지만,
꽃님父, 둘을 사정없이 패대기치고는 욕지거리하며 사립문 밖으로 나온다.
그림자, 몸을 숨기고. cut.

#1-2. **목멱산(木覓山, 남산) 인근, 필 여각 전경 / N**
산 아래 위치한 2층짜리 웅장하고 화려한 필 여각. 현판엔 必 커다랗게 쓰여 있다.
꽃님父, 서둘러 여각 입구로 들어가고 그 모습을 지켜보던 그림자. cut.

#1-3. **필 여각, 2층 방 안 / N**
작고 화려한 방. 중앙에 놓인 탁자를 중심으로 화려한 복색의 **수호(27)**와 **염흥집(60대)**, 검은 도포 차림의 타짜(40대), 양반1(20

대) 둘러앉아 있다.

옆에 각종 패물과 엽전 꾸러미 쌓여 있는.

수호, 느긋하게 통을 흔들어 패를 섞는데

염흥집 (보채며) 거 좀 빨리 섞게!

시선들, 패를 쥔 통에 가 있는 사이

수호, 소매에 감춘 단도로 손가락 끝을 찔러 상처를 내고는 피 묻은 손으로 다 섞은 종이패*를 잡아 탁자 위로 툭! 툭! 던지는데.

카메라 양반1 종이패 비추면 [一], [四]

염흥집, 침을 묻혀 신중히 쪼는 종이패 [九], [九] 히죽이며 표정 숨기지 못하고.

타짜, 보면 [十], [四] 표정 묘하게 변하는.

수호, 무심한 표정으로 이들을 살피다 종이패 보면 [十], 나머지는 보여주지 않고. cut.

S#2. 필여각, 1층 복도 기둥 뒤 / N

꽃님父, 복도 기둥 뒤에서 여각사내1과 서 있다.

꽃님父 이거 받고... 제발 한 판만 껴주게-

꽃님父, 사정하며 집문서를 여각사내에게 넘기는데

그 순간 윽!! 여각사내, 앞으로 꼬꾸라지고 그와 동시에 집문서

* 투전 방법 : 장땡(10이 2장인 경우)이 가장 높으며 9땡, 8땡 순서로… 땡이 아닌 경우에는 2장을 합한 한 자릿수가 9가 되면 '갑오'라 해서 가장 높고 9, 8, 7… 0의 차례로 내려간다. 갑오가 되는 수 가운데 1과 8은 '일팔' 2와 7은 '비칠', 5가 되는 수 중에 1과 4는 '비사'라고 부르며, 2장을 더한 수가 10처럼 끝이 0이 되는 경우에는 '무대'라고 하며 제일 낮은 곳수로 친다.

를 낚아채는 손!!
카메라 틸업하면 무사복에 가리개를 한 **여화**(32), 서늘하게 꽃
님父를 쳐다본다.

꽃님父   (당황해하다) 누구시오?

꽃님父, 휘익! 여화 손에 있는 집문서를 낚아채려는데
순식간에 꽃님父를 집문서로 탁탁 때리는!!

여화   (꽃님父의 한쪽 어깨 탁!) 배곯는 자식들에 (바로 옆구리를 탁!) 매 맞
는 마누라. 그것도 모자라 (머리를 타악!) 기어코 날 여기까지 따
라오게 만들다니. (하다, 꽃님父의 귀에 서늘하게) 한 번만 더 여길
오면, 그땐 이 집문서가 아니라 니 목숨을 걸어야 할 것이야.

집문서를 들고 여각 문으로 달려가는 여화.

꽃님父   이...이리 내놓지 못해?!

고래고래 소릴 지르며 앞에 있던 의자 하나를 여화에게 냅다 던
진다. 우당탕탕!
얼굴에 칼자국이 짙은 **만식**(33), 여각 1층에 수하 서너 명과 있
다가 소리 나는 쪽 보면
여화, 문 앞에 만식과 수하들 보고 멈칫! 뒤돌아 반대편 계단으
로 올라간다.
만식과 수하, 여화를 뒤쫓아 뛰어가는. cut, cut!

필 여 각, 2 층 방 안 / N

염흥집, 자신 있는 표정으로 엽전 꾸러미 하나를 더 던지며
어디 이길 테면 이겨봐라, 비죽거리고
양반1, 망했다- 자신이 든 종이패를 소심하게 접는다.
수호, 손에 잡힌 종이패, 탁자 위로 덮으며 부채를 펼쳐 제 얼굴
을 가리고는
엽전 꾸러미 하나 판돈으로 던지면 염흥집이 먼저 패를 깐다.
9땡!!

| 염흥집 | 보아하니 이번 판은 내가 이긴 것 같은데… (판돈 쓸어 담으며) 이 거 참… (좋아 죽는) 앉아 공으로 버는 돈이라니- 재밌지 않은가! |
| 타짜 | (피식, 염흥집의 손을 가볍게 막으며) 세상에 공돈이 어딨습니까? 투 전에도 다- 숨은 노력과 재능이 필요한 법이지요. |

타짜, 손에 들고 있던 패를 스윽- 비비며 까는데 [十], [十] 어느
새 패가 바뀌어 있고!!
염흥집, 타짜의 패를 보자마자 당황한 얼굴.

| 염흥집 | !! 장땡?! |

수호 안색이 변하고, 타짜를 노려본다. '네 놈이구나.'
돈을 쓸어 담는 타짜의 손목을 내려치는 수호의 부채!!
수호, 표정 없이 자신의 패를 툭! 던지면 [十], [一] 한 끗. 개패다.
타짜, 놀라 보면

| 수호 | 10은 원래 두 장 아닌가? |

순식간에 타짜의 패를 들어 피가 묻어 있는지 확인하는 수호.
보면 하나가 깨끗한

수호　　(무심히) 한양 와서 첫 판인데, 생각보다 일이 재밌어집니다.
타짜　　이 미친놈이 지금 뭐라는 거야. 너 누구야?

수호, 타짜의 손목을 잡아채며 떨군 패, 먼저 있던 [四] 패가 떨어지고!!
순간, 공기가 얼어붙고. 염홍집의 얼굴이 부들부들 새빨갛게 타오르는

염홍집　　(부들부들, 책상 쾅!) 이 사기꾼놈을 봤나!

순식간에 타짜의 멱살을 붙잡는 염홍집.

S#4.　　필 여각, 2층 복도 / N
계단을 올라 2층 복도를 뛰는 여화.

만식　　거기 서라!!

여화, 뒤를 쫓는 만식과 무리!!

S#5.　　필 여각, 2층 방 안 / N
드르륵 문이 열리며 여화가 들어온다.
탁! 문을 닫고 들어와 안도의 한숨을 쉬는 여화, 근데 어쩐지 뒷

머리가… 서늘하다?

천천히 돌아보는데 벙-찐 표정으로 여화를 보는 수호, 염홍집, 양반1, 타짜까지… 누구…

여화, 당황해 동공 흔들리다가 자연스럽게 몸을 돌리며

여화　　(최대한 남자처럼, 아무렇지 않게, 헛기침하며) 큼, 난 신경 쓰지... 하던 거, 마저 하시오.

여화, 아무렇지 않게 나가려고 문을 여는데 만식과 무리 서 있다!!

움찔하는 여화, 난감한 표정으로 슬금슬금 뒷걸음질 치다 투전판을 우당탕 뒤엎는다!

이때다! 염홍집과 수호에게 멱살과 손목을 잡혀 있던 타짜, 단숨에 뿌리치고 돌아

품에서 단도를 꺼내 옆에 있던 염홍집의 굵은 목을 감싸안는!!

타짜　　물러서라! 안 그럼 이놈 목을 화악! 따버린다!

염홍집　　(겁에 질려) 진...진..진정하게.. 켁켁. 무섭..게 왜 이러는...가....

수호, 상황이 곤란해졌다. 차분하게 타짜를 바라보는데

당황한 건 만식과 수하들도 마찬가지. 얼음!!

여화, 이 상황을 보고 인상을 쓰고는 순식간에 바닥에 떨어져 있는 수호의 부채를 냅다 집어 타짜에게 던진다!!

타짜, 여화가 던진 부채를 이마빡에 정통으로 맞고 꼬르륵- 뒤로 넘어가고

아수라장이 된 상황에서도 바닥에 떨어진 엽전과 패물을 정신없이 움켜쥐는 염홍집.

그 모든 상황을 보고 있던 수호, 일단 기절한 타짜를 끌고 밖으

로 나가려는 찰나!

슈웅! 날아온 만식의 표창, 여화의 팔을 스치고 벽에 타악! 꽂힌다.

표창에 놀란 염홍집, 수호를 밀치며 자기 먼저 살겠다고 밖으로 나가는데

염홍집 세조대*에 달려 있던 커다란 금두꺼비**가 뚝! 떨어지는!!

육중한 염홍집에 밀린 수호, 얼결에 여화에게 칼을 휘두르던 수하 하나와 부딪친다!!

고맙다는 듯 수호를 바라보면 수호, 그런 눈으로 보면 같은 편처럼 보이잖아, 당황하고.

만식, 여화를 향해 칼을 겨누며 들어오면 수호, 반사적으로 여화를 밀어내며

귀찮아졌다는 표정 짧게 스치고는 재빨리 바닥에 있는 검집을 주워 만식과 수하들을 가볍게 막아낸다.

수호의 검술에 맥없이 나가떨어지는 수하들, 열린 문으로 들어오는 수하들까지-

여화, 양쪽에서 달려드는 칼을 피하려다 휘청이고

수호, 그 반동으로 넘어지려는 여화를 터억! 잡아준다. 너무나도 자연스러운 합!

!! 여화 등 뒤로 날아오는 칼! 수호, 자신의 가슴으로 여화를 당기며 수하를 발로 뻐엉!

영락없이 여화가 수호의 품에 포옥, 안겨 있는 꼴이다. ???

수호   (!! 뭔가 이상함을 느낀 순간, 마주친 여화의 눈)

여화   (수호의 눈을 보고 놀라 밀쳐내며) 이 무슨-

*   한국의 옛 복식에서 겉옷에 착용하던 가느다란 띠.
**   금두꺼비는 호두 정도의 크기입니다.

수호	(?!?! 이 목소리는 또 여인이다?)

여화가 여인인 것을 단번에 알아차린 수호, 당황하는데 그때 등
뒤로 날아오는 검!
여화, 재빨리 수호를 밀쳐내고 떨어진 수호의 부채를 잡아 수하
의 팔을 타악! 쳐내는데
저 멀리 파루를 알리는 종소리가 희미하게 들려온다.
수호, 정신 차리고 이때를 틈타 도망가던 타짜의 뒷목을 잡아채
고는
타짜를 잡은 상태에서 수하들의 칼을 막는다. 잠깐… 근데 뭔가
허전한… 응?
돌아보니 좀 전까지 있던 여화가… 없다. ?!
만식과 수하들에게 둘러싸인 수호. '이 여자가...?' 빠직한.

S#6. 운종가, 인근 / D

아직 동이 트지 않은 새벽, 운종가 인근 거리.
댕.댕.댕. 파루가 울리며 한 손에 수호의 부채를 들고 뛰어가는
여화의 모습에서.

1부
본캐와 부캐 사이 *

---

*   본 本(밑 본) 부 婦(며느리 부) 한자로 스르르 바뀌며.

여화, 뛰어와 담장 아래 서서 주변을 살피더니 훌쩍 담을 넘는다.
꿍! 여화, 다친 팔을 부여잡고 일어나는데 멀리 안채에서 걸어
나오는 **금옥(58)** 발견!
!! 난리 났다. 급하게 사당으로 뛰어가는.

여화의 남편, 석정의 위패를 모셔둔 사당 안.
덜컹! 문이 열리고 사당으로 뛰어 들어오는 여화. 안에 있던 **연
선(22)**, 여화를 보자마자
후다닥 위패가 놓인 상 뒤, 벽장에서 옷 꾸러미를 착! 꺼낸다.
위패를 가운데 두고 저고리를 재빨리 건네주는 연선의 손과 받
는 여화의 손.
치마도! 버선도!! 한두 번 맞춰본 솜씨가 아니다.
벽장으로 변복 옷 꾸러미를 일점일획의 오차 범위도 없이 완벽
하게 슈웅! 던지고, 미닫이 비밀 벽장문을 탁! 닫고, 방장을 휘릭
내리니 감쪽같이 그냥 벽이다!!
순식간에 소복으로 갈아입은 여화, 옷매무새를 만지고 있으면
연선, 여화의 머리를 말끔하게 쪽을 지어 흑비녀까지 완벽하게
꽂아주는데.
!! 여화, 바닥에 덩그러니 있는 부채 발견! 놀라 발로 차서 향탁
밑 구석으로 골인!
이때 덜컹! 문이 열리고 사당 안으로 금옥, 들어오면
위패 앞에 철푸덕 엎어져 아이고오- 곡을 하는 여화!
연선, 아무 일 없다는 듯 금옥에게 꾸벅 인사하는

여화   (곡을 하다 급히 일어나며) 어머님!

금옥   (건조한) 예서... 밤을 샌 것이냐?

여화   (능청스럽게) 감히 어머님 마음에 비할 바는 아니오나- 황망히 떠난 서방님만 생각하면... (울컥, 울음 참는 척) 이 한 몸... 어찌 뜨신 구들방에 몸을 누이겠습니까.

금옥, 여화를 아래위로 쭈욱, 훑어본다. 금옥의 시선에 잔뜩 긴장한 여화.
!! 연선, 마침 여화의 왼팔 옷소매에 피가 묻어 있는 것을 발견, 슬쩍 여화의 소매를 당기면
여화, 소매를 보고 놀라 급히 뒤로 왼손을 감추며 물러서다 자신의 치마를 밟고 휘청하는데 붙들어 세우는 연선.
옷이 흐트러지고 삐딱한 자세로 어정쩡하게 서 있는 여화.

금옥   (버럭하려다 마음을 가다듬고) 정숙하고 단정한 몸가짐이야말로 부덕을 갖추는 시작이라 했다.

여화   (자세를 꼿꼿하게 바로잡으며) 송구합니다, 어머님.

금옥   네 십 수년을 사당에서 마음을 다스리고도 어찌 이리 부족한 게냐.

여화   더욱 정성을 다해 마음을 다잡겠습니다.

금옥   그래, (큼큼, 이제 시작이다) 소학에 따르면 어지러운 마음을 거두어 덕성을 기르기 위해 노력하라 했으니, 말투와 표정, 걸음걸이까지 모든 행동을 단속해야 하고-

여화   (뒷말을 자르려 마음 급한) 예, 어머님. 오늘 내훈 필사를 한 번씩 더-

금옥(O.L) (버럭) 어디 시어미 말을 끊는 것이야!!

여화   (황급히) 송구합니다.

금옥   (큼큼, 다시) 먹을 것을 절제하여 본성을 기르는 데 더욱 정진하여야 할 터이니-

여화	(그것만은 안 돼!) 예?
금옥	(표정 굳어) 오늘부터 다시 하루 한 끼만 먹고 육식을 두지 말며 단것을 피하도록 해라.
여화	(또?) !!

금옥 나가면 다리에 힘 풀려 철푸덕 주저앉는 여화.

여화	하루 한 끼 풀만 먹으면 뒷간을 가지 못해 몸과 맘이 더 정갈하지 못할 텐데... (연선이 상처를 건드려 통증이 밀려오고)
연선	(아무 말 않고 여화의 상처 살피는)
여화	(연선 표정 보며) 왜 그래. 무섭게... (하다) 왜 다쳤는지는 안 궁금해?
연선	(영혼 없으나 화가 잔뜩 난) 감히 아씨께 어떻게 여쭤보겠어요. 파루가 치든- 해가 중천에 뜨든- 마님께 들키지만 않았음 됐죠.
여화	(눈치 보다) 말에 뼈가 있는 거 같은데...
연선	뼈는요. 아씨 걱정에 말라 죽든- 피를 칵! 토하고 쓰러지든 신경쓰지 마세요. 제가 뭐라고. (살벌하게 방긋 미소, 이내 무표정)
여화	(깨갱) 아니.. 나 정말 꽃님이 잘 있는지만 보려고 나갔다 온 거야. 매일 바느질거리 받으러 오던 애가 며칠째 안 보이니까...
연선	(손수건으로 팔목 묶어주며) 네에, 궁금하셨겠죠- 멀리서 쿵 소리만 들려도 우리 아씨 담 넘다 어디 부러진 건 아닌가. 옆집 개 짖는 소리만 들려도 (강조) 순라군에게 잡혀간 건 아닌가. 저.도. 궁금하거든요. (하다) 그래도 무사히 오셨으니까. (방긋)
여화	(미소) 그니까. 너의 하나뿐인 아씨가 오늘도 무사-히 들어왔잖느냐.
연선	(걱정 어린) 진짜 조심 좀 하세요. 이러다 팔이라도 부러져서 들어오면 뭐라 둘러대실 거예요?
여화	와- 오늘은 진짜 아슬아슬했어. 막 칼들은 날아다니지, 파루는

치는데 난 아직도 운종가지이- 아야!

연선　(여화를 묶어주던 손수건 꽈악! 정색하며) 카알? 지금 칼싸움하고 오신 거예요?

여화　(놀라) 내가 칼이라 그랬어? 아니야- (은밀히) 근데... 오늘에서야 알았다. 내가 17대 1이 된다는 걸.

연선　(드디어 터졌다!) 아씨이!!

S#9.　금위영, 앞 / D

비찬(21), '대체 왜 안 오시는 거야?' 목을 쭉- 빼고 발 동동 기다리고 있다.
저 멀리 금위영으로 걸어오고 있는 수호, 이곳저곳 너덜너덜.
구겨진 갓은 손에 들고-

비찬　(놀라 수호에게 뛰어가 수호를 따르며) 나리!! 왜 이리 늦으셨습니까. 금위대장님이 한참 전부터 기다리고 계신데.. 부임하자마자 지각이라니요. (하다) 몰골은 이게 또 뭐고. (수호를 이리저리 굴려보며) 헌데.. 왜 혼자 오십니까?

수호　(??) 누구랑 같이 와야 하느냐?

비찬　어제 타짜 잡아오신다고 여각에 가셨잖아요! 투.전.사.기.꾼! (가자미 눈) 은밀히 들어가야 한다고 저 떼놓고 가시더니..

수호　(별일 아니라는 듯) 아, 포청에 넘기고 오는 길이다.

비찬　오... 역시! 신출귀몰하다는 그놈을 단번에 잡아 포청에 넘기셨... (하다) 네에에???

S#10.　금위영, 집무실 안 / D

관복을 갖춰 입은 수호. 금위대장 **치달**(50대) 앞에 서 있다.

치달   그래, 박수호 종사관! 무과 장원에 (게슴츠레한 눈으로) 집안도 훌륭하고, 전라도에서 조세미 사건까지 싸-악 해결하고 왔다고. 해서 마음 푹 놓고 믿거라- 했는데!

수호   그저 맡은 바 소임을 다했을 뿐입니다.

치달   (흠!) 그래, 그 맡은 바 소임. (하다) 내가 자네한테 사기꾼을 잡아오라고 첫 임무를 내렸는데 어찌했다고?

수호   명하신 대로 치안을 어지럽히는 자를 잡았고, 수사는 포청의 일이니 포청으로 잘 인계하였습니다.

치달   (버럭! 다다다 쏟는) 각 지방 관청마다 그놈 잡겠다고 난린데! 그걸 우리가! 금위영이 잡아놓고!! 다 된 밥을 홀라당! 어딜 줘? 포오청?

수호   (담백하게) 법대로 처결한다 했으니 심려 마십시오.

치달   아아- 아주 공자님이 형님 하시겠어. 내 밥상에 차려놓은 남의 밥이라 곧 죽어도 손을 안 대시겠다? 어우, 엄청! 장해. 아주!

수호   (별로 개의치 않고) 투전판에서 소란이 있었습니다. 투전판의 규모가 작지 않아 보였고, 수상한 자가 난입한 걸로 보아 도성 치안을 더욱 강화할 필요가 있어 보입니다.

치달   그걸 왜 나한테 말해! 포청에 가서 신고해야지. 아님 또 자네가 잡다가 포청에 데려다주든지!

수호   그럼 수사에 진척이 있으면 보고드리겠습니다.

수호, 깍듯이 인사하고 돌아 나오면

치달   내 이리도 인복이 없어서야. 하..

구시렁대는 소리 들리고.

S#11. 금위영, 복도 / D

수호, 문을 열고 나오면 문 앞에 비찬이 서 있다.

비찬   (수호의 표정 살피며) 많이... 혼나셨습니까? (하다) 나리도 참- 그놈
       만 데려왔어도 금위영에서 존재감 제대로 드러내시는 건데...
       전라도 조세미 포탈 빡! 투전판 사기꾼 빡! 금위대장님 눈에 빡!

수호   (무반응으로 비찬 보는, 눈빛만 '그거 다물지?' 하다)

비찬   (얕은 한숨) 내 앞날도 빡-

수호(O.L) 네가 알아볼 것이 있다.

비찬   (보면)

수호   어젯밤 검은 복면을 쓴 자가 필 여각에서 소동을 부렸다.

비찬   복면이요? ... 자객? 도적..? (하다) 설마... 살수요?

수호   (그럴 것 같진 않다) 확실치는 않으나 실력이 보통 이상이었다. 치
       안을 어지럽힌 자니 그자가 누군지, 그 시작이 어떻게 되었는지
       소상히 알아보거라.

비찬   예!

S#12. 궐, 후원 정자 / D

장기판을 앞에 두고 임금 **이소**(40), **윤학**(38) 마주 앉아 있고,
정자 옆으론 상선, 그리고 궁녀들이 멀찍이 서 있다.
장기판을 보면 이소가 한(漢) 진영 쪽에, 윤학이 초(楚) 진영에
앉아 있다.

윤학	전하! 오늘 조회에도 안 나오셔서 다들 심려가 컸습니다. (꾀병인 걸 아는) 밤새 신열이 있었다, 하셨는데 어의는 어찌 부르지 않으셨습니까?
이소	(마(馬)를 들어 장기판의 귀에 놓으며) 조회가 끝나면 저절로 나아질 병 아니더냐. 번거롭게, 어의는..
윤학	(포(包)로 마(馬)를 넘어 왕(楚) 앞에 놓으며) 용안이 너무 평온하시니 신열이 있었다고 믿을 신료가 몇이나 되겠습니까.
이소	좌부승지 자네나 안 믿지. 다들 내 병중에 무슨 관심이나 있다고... (장기판의 차(車)를 손에 들고 고심하며) 헌데, 자네 아우가 이번에 금위영으로 올라왔다며?
윤학	(근심 어린) 올라오자마자 바쁜지 저도 아직 보지 못했습니다.
이소	다들 자네 집안의 양자가 장차 큰일을 할 재목이라던데...

S#13.   금위영, 집무실 안 / D

칼처럼 정리된 책상. 책상 위에 순라군 일지가 잔뜩 쌓여 있다.
수호, 순라군 일지를 꼼꼼하게 읽는데 책이 거꾸로다.

INSERT

S#5 여화 등장부터 오고 간 눈빛, 끌어안고, 여화 튀고. cut, cut!

수호, 안 좋은 기억에 미간 움찔! 일지를 탁, 덮는 표정 위로.

S#14.   궐, 후원 정자 / D

윤학, 장기판 들여다보고 있는 이소를 바라보는

윤학	(걱정스러운) 그래서 더 염려스럽습니다. 그러다 이목이라도 끌면…
이소(O.L)	벌써 15년이다. 설마 임강의 아들인 걸 알아차리는 사람이 있겠느냐?
윤학	지금 전하도 관심을 갖고 계시지 않습니까?
이소	(나직이) 아바마마를 마지막까지 모신 충신의 아들을 잊어서는 안 되지. … 그리고 지금은 자네 아우가 아니더냐. (들고 있던 차(車)로 포(包)를 잡는) 윤학, 자네 차례일세.
윤학	제가 이기면 내일 조회엔 나오시는 겁니다.
이소	(여유로운 웃음으로) 조회를 안 나가도 될 이유가 생기겠군.
윤학	방심하지 마십시오. 전 끝까지 (장기판의 왕(楚)을 가리키며) 제 왕을 지킬 거니까요.
이소	(미소 지으며 윤학 보는)

S#15. 궐, 정자 근처 / D

편전에서 나온 **지성(60)**, 영의정(60대), 병조판서(50대) 함께 걸어가고 있는데
저편, 정자에서 장기를 두고 있는 이소와 윤학의 모습 보인다.
지성, 발걸음 멈추고 이소와 윤학을 보는

영의정	(쯧쯧) 밤새 신열이 있다 하시더니, 저기서 좌부승지와 장기를 두고 계십니다.
병조판서	(물색없이) 하루 이틀도 아니고 꾀병인 줄 모르셨습니까? (하다) 전하야 그렇다 치고, 좌부승지는 전하의 배동이었단 이유 하나로 지금껏 저리 놀고먹는 것 아닙니까?
영의정	좌상께선 밤낮없이 국사에 이리 애쓰시는데, 해도 너무하십

니다.

지성, 아무 말없이 영의정과 병조판서를 뒤로하고, 정자 쪽으로
향하는.

S#16.   궐, 후원 정자 / D

이소, 장기판 다음 수를 고심하고 있고 윤학, 장기판을 들여다
보고 있다.

지성(OFF)   전하의 차(車)가 위험해 보입니다. 당장 좌부승지에게 어명을
내려 한 수 물러달라 하시지요.

이소, 놀라 고개 들면, 유쾌한 미소를 띤 지성이 정자에 오르고
있는.
윤학, 서둘러 일어나 지성에게 예를 표하고
지성, 이소 곁에 다가와 앉으면 이소, 어릴 적 스승을 대하듯 살
짝 긴장한 얼굴이다.

이소   (살짝 당황한) 좌상이 여기까지 어쩐 일이십니까?
지성   (걱정스레) 지난밤도 제대로 못 주무셨다 하여, 잠시 전하를 뵈러
        오던 길이었습니다.
이소   아침이 되니 괜찮아졌습니다.
지성   석 달째 이어진 가뭄 때문에 많이 힘겨우십니까? (다정하게 정자
        바닥에 드리운 이소의 곤룡포 자락, 반듯하게 정리해주며 이소에게 시선
        맞추는) 비가 안 오는 것이 어찌 전하의 탓이겠습니까?
이소   (낮은 한숨) 모두 과인이 부덕한 탓입니다.

지성	어릴 적부터 전하께선 마음이 힘드시면, 자주 신열에 시달리시곤 하셨지요. 국사의 무게에 너무 힘겨워 마십시오. 소신과 조정의 신료들이 전하를 늘 보필할 것입니다.
이소	(불편한 미소) 고맙습니다, 좌상.
지성	(윤학 보며) 그래도 좌부승지가 있어 내, 마음에 안심이 되네. 전하의 곁에서 불편함이 없으시도록 잘 보살펴드리게.
윤학	예, 좌상대감. 성심을 다하겠습니다.
지성	허면, 소신 이만 물러나겠습니다.

자리에서 일어나 공손하게 예를 표하고, 고개를 드는 지성의 올곧은 얼굴에서.

| 금옥(E) | 충신은 두 임금을 섬기지 않고 정숙한 여인은 두 지아비를 섬기지 않는다, 하였다. |

S#17. 몽타주 / (여화의 꿈)

#17-1. 깊은 산속 + 여막 안 / N

깊은 산속. 스스슥, 나뭇잎들끼리 서로 부딪치는 소리. 부엉이 울음이 음산함을 더하고
한쪽에 덩그러니 무덤 하나. 그 옆에 바람에 쓰러져도 전혀 이상하지 않을 여막 한 채.
문도 없는 여막 안에 삼베옷을 입은 채 미동 없이 앉아 눈을 감고 있는 여화.

| 여화 | (혼잣말) 안 무섭다... 나는 안 무섭다... 무섭다.. 무섭다아... |

순천의 윤씨는 지아비를 여의고 자그마치 7년이나 여묘살이를 했고-

#17-2.   **여화의 별채, 방 안 / D**
보료 위에 돌아누워 있는 여화. 그 앞에 밥상을 놓고 나가는 연선.
이때 우렁차게 들리는 꼬르륵 소리! 안 되겠다, 여화, 일어나 밥상을 바라보며 꿀꺽!
더 이상 못 참겠는

여화   (간절하게) 따.. 따악... 한 숟갈...만...

여화, 누가 들어올까 슬쩍 문을 바라보다가 밥상보를 벗기는데!
텅 빈 그릇들!

금옥(E)   단양의 고씨는 곡길 끊어 열흘 만에 지아비의 뒤를 따랐다.

꼬르륵 그대로 옆으로 쓰러지는 여화- 천천히 보이며.

#17-3.   **절벽 앞 / D**
안개가 자욱하게 껴 있어 밑이 보이지 않는 절벽 위.
그 끝에 가지런히 벗어둔 신발, 바람에 휘날리는 소복.
모든 걸 체념한 듯 상심에 젖은 여화가 절벽 끝에 서 있다.

금옥(E)   해주의 곽씨는 지아비가 죽자마자 상심을 이기지 못하고 절벽에 몸을 던졌는데-

여화, 아래를 내려다보는데 아찔하다.

여화   (주춤주춤 물러서며) 어우, 난 이건 못해-

         !!! 갑자기 누군가의 손에 등 떠밀려 절벽 아래로 떨어지려는 순간!
         휘익! 여화의 몸을 돌려 품에 안는 누군가. 뭔가... 단단하고 넓은
         어깨.
         화려한 옷차림(S#5의 수호 복장)의 사내 품에 포옥, 안기는 여화,
         고개 들면
         뒤에 후광이 화악- 비치며 햇빛 때문에 얼굴이 잘 보이지 않는
         수호.

금옥(E)   (서늘한 목소리) 그렇다면 외간 남자의 품에 안긴 너는!!

         사내를 꼭 껴안은 여화의 팔 보이면

금옥(E)   (살벌한) 양팔이 잘릴 것이고 두 눈은-
여화   (응?? 팔이 잘린다고?) 안 돼에!! (소리 지르는)

S#18.   여화의 별채, 방 안 / D
         여화, 책을 펼친 채 서안에 엎어져 자고 있다가

여화   (잠결에) 안 돼... 안 돼에... (눈 번쩍 뜨는)

         고개 들면 볼에 선명하게 한자, 열녀(烈女) 세로로 찍혀 있고

여화   (양팔을 주무르며 찡그리는) 아파- (하다) 진짜로 잘린 줄 알았네..
연선   (작은 서안 위에 붓을 탁! 내려놓으며) 이번엔 팔이 잘리셨어요?

여화	눈도 뽑힐 뻔했다.
연선	(걱정되면서도 수상한) 뭐가 불안하시길래 꿈도 꾸셨을까..
여화	불안은. (하다 연선 보며) 연선아-
연선	(보면)
여화	(머뭇거리며) 내 얘긴 절대 아니고, 과부가... 정말 사고로- 어떤 놈팽이 품에 안겼는데, 아니 아니, 밀렸는데-
연선(O.L)	(심드렁하게) 죽었대요?
여화	(괜한 걸 물었다) 그래, 대부분 수치를 못 견디고 죽었다로 끝나지...? 사내에게 닿은 곳을 도려내거나, 자진하거나. (얕은 한숨)
연선	(고개 끄덕) 그래서 그 과부는 누군데요?
여화	(당황해 말 돌리며) 아! 그냥, 아는 과부야. 건너 건너.
연선	(피식) 제가 아는 과부는 오늘 중으로 필사를 안 끝내시면-
여화(O.L)	죽겠구나. (하다, 얼른 붓을 들어 필사하며) 왜 이렇게 필사가 어려운지... 붓이 칼보다 더 무거워.
연선	대신 아씨는 무예를 잘하시잖아요.
여화	(그리운) 하긴, 오라버니께서 내게 무예를 가르치실 때 그리 말씀하셨다. (다정한 목소리로) 곱디고운 너에게 이런 재주가 있다니... 세상에 알리지 못해 퍽 안타깝구나. (감상에 젖어들면)
연선	(와장창) 전 그걸 온 세상이 다 알게 될까, 퍽 걱정스럽지요.
여화	(깨갱, 다시 열심히 필사를 해보려고) 이제 얼마나 남았지?

연선, 뿌듯한 표정으로 여화 필사본 위에 종이 묶음 턱! 내려놓는다.
맨 위 [삼강행실도]라 적혀 있고

연선	제가 그럴 줄 알고 미리 한 번 더 했어요.
여화	(감동하는) 연선아-

연선	(소매에서 뒤적뒤적 수첩을 꺼내) 이번엔 두 냥만 받을게요.
여화	(와장창) 두 냐앙?
연선	이것도 많이 깎아드린 거예요.
여화	(연선이 부럽고) 한양에 번듯한 기와집 한 채 장만하고 싶다더니 지금껏 모은 돈으로 살 수 있지 않어?
연선	(수첩 소매에 넣으며) 아직 한참 멀었어요. (하다, 말 돌리며) 아! 아까 봉말댁이 그러는데 마님, 오늘 사돈 마님 만나신대요.
여화	(화색이 돌며) 그래? (하다) 그럼 출타하신 건가?

S#19. 좌상댁, 대청마루 / D

마당이 훤하게 보이는 대청마루. 저편에 뒷마당이 보인다.
금옥 앞에 여화 시누이 **재이(27)**와 병판부인(40대) 앉아 있고 함께 담소를 나누고 있다.

병판부인	(호들갑스럽게) 저희 대감이 글쎄- 좌상대감을 뵐 때마다 그 옛날 황희정승이 떠오른다며 100년- 아니, 200년 만에 하늘이 내린 명재상이라 입이 닳도록 얘길 하십니다.
금옥	(흐뭇하고) 그리 생각해주시니 저희가 감사하지요.
병판부인	(재이 보며) 게다가 어찌나 이쁜 따님을 저희 집에 주셨는지- 현숙하고 품위가 있는 게 정경부인 마님을 꼬옥 닮았지 뭡니까. 호호호-
금옥	(다과 재이에게 주며) 우리 재이가 늦둥이로 자라 많은 것이 서툽니다.
병판부인	서툴긴요. 저희 집 복덩인걸요. (하다) 이런 완벽한 집안에 열녀문까지 내려지면 조선 최고의 가문에 정점을 찍는 건데- 그걸 이판댁 며느리가 받게 생겼으니... (하다, 헙! 말실수한 듯 멈추고)

금옥	(찌릿) 그게 무슨 말입니까?
재이	(애써 무마시키려고) 요즘 웬만한 수절 과부는 받기 어렵다잖아요.
병판부인	(눈치 보며) 그럼요오. 이판댁도 대비마마의 외질 되시는 호판부인이 유독 가까이 두셔서 그런 거라고 수군덕댑니다.

S#20. 좌상댁, 뒷마당 / D

여화, 편하게 뒷마당을 걷고 있는데
뒷배경에 금옥과 재이, 병판부인이 대청마루에 앉아 있는 모습이 보인다.
여화, 눈치채지 못하고 부엌채로 향하는.

S#21. 좌상댁, 대청마루 / D

금옥	(언짢지만) 예로부터 열녀문은 하늘에서 내리는 거라, 했습니다.
병판부인	그럼요오- 그게 어디 입김만으로 받을 수나 있나요오?
금옥	자랑 같아 내 입으로 말하긴 뭐하지만, 우리 큰애는 100일째 하루 한 끼만 먹으며 사당에서 나올 생각조차 안 하는데- 정성을 들여도 모자란 판에 열녀문을 받겠다고 사람에게 줄을 대는지- 이판댁도 참으로 딱합니다. (혀를 끌끌 차고)

금옥, 얘기하는데 재이 우연히 문밖을 보면 저 멀리 소복이 왔다 갔다-
재이, 표정 굳어 조용히 일어나 밖으로 나가는 데서.

S#22. 좌상댁, 부엌채 앞 / D

재이(OFF) 대낮부터 부엌채를 기웃대는 꼴 하고는.

여화, 부엌채를 슬며시 들어가려는데 재이가 차가운 표정으로
여화에게 걸어온다.
여화, 부엌채 들어가려다 말고 고개 돌려 뭔가를 귀에 끼는

여화(E) 도대체 시집간 시누이는 왜 이리 자주 보이는 거야.. 몰래 단것
이나 좀 가져오려 했더니..

저 멀리서부터 잔소리를 쏟아내는 재이 목소리 들리다 이내 멀
어진다.
여화, 재이 보며 정중하게 인사하고 보면
여화의 시선에서 재이, 여화에게 엄청 퍼붓지만[*] 입 모양만 껌
벅껌벅 음 소거 중.

여화(E) 나는 공손하고.. 나를 업신여겨도 노하지 말고.. 베풀고.... 하.. 배
고파..

여화, 입 모양 보고 말이 멈출 때마다 뉘예, 뉘예, 하고.
말이 끝난 거 같아 꾸벅 인사하고는 별당으로 걸어가며 귀에서
뭔가를 뺀다.
보면, 앙증맞은 도토리^{**} 두 알. 귀주머니에 도토리 도로 넣으면

---

* 재이의 대사 : 이래서 못 배워먹은 건 티가 난다니까? 고작 끼니를 굶는 것도 못해서 기웃대는
꼴이라니. 가문에 먹칠을 해도 유분수지. 우리 귀한 오라버니 잡아먹은 죄인 주제에 어디 고개
를 빳빳하게 들고 돌아다녀.

** 도토리 버즈 : 여화의 필수템.

재이	(날 세우며) 우리 오빠 죽었을 때 너도 그냥 바로 죽었어야 해.
여화	(재이의 험한 말을 들어버렸다, 표정 굳는)

재이, 휙! 돌아서며 안채로 걸어가고 여화, 멈춰 서서 멍하니 그 대로 서 있다.

S#23. 여화의 별채, 마당 / D

여화, 표정 어두워 별채로 들어오면
마당에 연선과 재잘대며 바느질거리 받는 꽃님이 있다.
꽃님, 여화를 발견하곤 여화에게 뛰어온다. 연선도 여화 쪽으로 오는

꽃님	(꾸벅 인사하며) 아씨 마님! 그간 별고 없으셨지요?
여화	(환하게 웃으며) 꽃님아, (하다) 며칠 보이질 않아 걱정하던 참이 었다. 혹, 무슨 일 있었던 건 아니지?
꽃님	(밝게) 저희 아부지께서 마음 잡으셨나 봐요! (속닥) 노름한다고 집문서를 들고 나가셨는데 다시 마루에 올려두셨더라구요.
여화	(놀라며) 정마알? 다행이구나. (연선 보며 으쓱, '나 잘했지')
연선	(이번에는 인정한다는 표정)

꽃님, 자신의 소매 뒤적뒤적 뭔가를 꺼내 여화에게 내보이면
하얀 손수건에 앙증맞게 수놓아진 패랭이꽃, 그 위에 곶감 두 개가 놓여 있다.

여화	(미소) 곶감이네... (하다) 내게 주는 것이냐?
꽃님	(애어른처럼) 속상한 건 이유가 있지만 먹고사는 건 이유가 없대

요, 저희 엄마가. (하다) 단거 드심 기분이 좀 나아지실 거예요.

여화 (이 아이가 내 기분을 아는구나) 고맙구나.

꽃님 아씨 마님은 웃을 때가 젤루 예뻐요. (꾸벅) 그만 들어가보겠습니다. (연선에게도) 언니, 나 가볼게요.

꽃님, 총총히 별당을 나간다.
여화, 꽃님의 뒷모습 바라보다 손에 쥐여준 곶감과 손수건을 보는.

S#24. 필여각, 2층 방 안 / D

화려한 옷차림의 **필직(40대 중반)**, 굳은 표정으로
난장판이 된 방 안을 짜증스레 왔다 갔다 하다,
옆에 서 있던 만식의 정강이를 힘껏 걸어찬다.

만식 (윽! 정강이 붙잡는)

필직 (버럭) 대체 내 여각을 이렇게 만든 놈이 누구야?!

만식 송구합니다. 갑자기 복면 쓴 자가 뛰어드는 바람에...

필직 복면...? 그놈이 이 난장을 만들 동안 네놈은 뭐 하고?

만식 원체 빠른 놈이라..

필직 (눈썹 치켜올리며) 놓쳤다? (하다) 혹, 그놈이 7년 전 그놈이냐.

만식 그것까진..

필직(O.L) 그럼 네놈이 제대로 아는 게 뭐야!

만식 (서둘러) 투전판에 타짜가 끼어 있었습니다. 그잘 잡으려고 금위영 종사관까지 숨어들어 일이 더 커졌습니다.

필직 (나머지 정강이를 퍼억! 때리면)

만식 (윽! 반대편 정강이 부여잡는)

필직 그 자리가 어떤 자린데, 사기꾼에 종사관까지 끼어들게 만든 게

야! 이러다 윗분들한테 소문이라도 나면! 기껏 키워논 장사를 망칠 셈이냐!

만식   (무릎 꿇고) 죽을죄를 졌습니다, 어르신.

필직   종사관 따위가 감히 내 여각을 들쑤셔놔? (서늘하게) 물건은.

만식   염려 마십시오. 종사관은 그쪽에 얼씬도 하지 않았습니다.

필직   (뭔가 개운치 않은 표정에서)

S#25.   **금위영, 훈련장 / D**

훈련장에 수호와 비찬, 서 있다.
탁자 위에 화살통과 활 등이 놓여 있고. 수호, 활을 들고 과녁판을 바라보며 화살 잡는.
활을 재고 당기는 모습 자체가 그림처럼 정석이다. 과녁 보는 수호의 날카로운 눈빛까지.
주변에 있던 군관들 오- 오- 감탄사가 터져나오고

비찬   우리 나리께선 검이면 검! 활이면 활! 못하는 게 없으신데에-

수호, 활을 재는 몸과 달리 다른 생각에 빠져 있는데..

수호(E)   무술이 꽤 뛰어난...

INSERT
S#5 수하들의 칼을 요리조리 피하는 여화.

뼈마디를 쭉 펴 활과 팔꿈치가 일직선을 이루는 수호, 흡사 모델 같은 포스.

수호(E)   여인이라...

INSERT
S#5 자신의 품에 안긴 여화.

수호, 활시위 힘껏 당기고 피융! 활시위에서 떠나는 화살! 피융,
피융, 피융!
화면 틸업하면 모든 화살이 과녁에 꽂혀 있지 않고 맥없이 바닥
에 떨어져 있다.
군관들, 엥? 비찬 보면

비찬   (주위 눈총을 의식하며 소리 높여 오버하는) 아- 역시! 마지막 순간 애
       써 빈틈을 보이시다니.. 저 겸양의 미덕!!

이때 멀리서 수호를 바라보던 치달.

치달   너무 기대를 했어, 기대를...

S#26.   **좌상댁, 마당 / N**
       금옥의 시선 아래 대문 앞에 하인들, 일사불란하게 마당으로 뛰
       어나온다.
       금옥과 재이 가운데 서 있고 별채에서 여화와 연선이 헐레벌떡
       뛰어나와 문 앞에 서면
       봉말댁(40대 후반)을 비롯한 하인들, 차례대로 착착, 줄을 서고.
       마당으로 들어오는 지성을 모두가 고개 숙여 맞이한다.
       지성의 뒤론 수행하는 하인 하나, 궐에서 들고 온 지성의 작은

서책 보퉁이 들고 서 있는

금옥   이제 오십니까, 대감.

지성   (온화하게) 종일 분주하다 보니 퇴청이 좀 늦었소. (하다, 재이 보는)

여화, 재이 (공손히) 아버님, 다녀오셨습니까? / (해맑게) 아버지!

금옥   오늘 낮에 사돈어른이 재이를 집에 보내줬습니다. 몸살 기운이
         있어 힘들어하니 며칠 푹 쉬고 오라고-

지성(O.L) (눈빛은 다정한) 출가외인이 어찌 열흘이 멀다 하고 여길 오는 게
         야. 오늘 밤만 예서 자고, 날이 밝는 대로 시댁에 돌아가거라.

재이   예, 아버지. (삐친 척 입을 삐죽)

지성   (재이를 지나쳐 들어가려다 여화를 보며) 안색이 좋지 않구나. (여화
         의 팔목에 묶여 있는 손수건 보고는 걱정스레) 어딜 다친 게야?

여화   아, 아침에 사당에서 내려오다 그만... (하다) 송구합니다.

금옥   (그제야 여화의 팔목 보고) 어찌 그리 허둥거려?

지성   그래, 덧나지 않도록 조심하고. 피곤할 텐데 어서 들어가 쉬거라.

         지성, 다정하게 금옥과 함께 대청마루로 올라가고.
         재이는 여화를 째려보다 휙 돌아서는.
         여화, 재이 신경 쓰지 않고 이제 하루가 끝났다, 한숨 쉬며 연선
         바라보는 데서.

S#27. 좌상댁, 안채 방 안 / N

         지성, 고단한 듯 자리에 앉아 있고 금옥, 따라 앉는.
         금옥의 곁엔 지성이 궐에서 가져온 작은 서책 보퉁이 보인다.

금옥   며칠 쉬러 온 애한테 어찌 당장 돌아가라 하십니까?

지성	나도 마음 같아선 그러라고 하고 싶소. 허나- (염려 섞인) 친정도 없이 혈혈단신인 큰애 심정을 헤아려보세요. 재이가 너무 자주 드나들면, 큰애가 서글프지 않겠습니까?
금옥	(짜증) 가만히 앉아 그림처럼 있는 애 심정까지 살펴야 합니까. 홀로 남은 애가 지아비만 생각하면 됐지. (하다, 서운한) 어째 대감께선 절 야박한 시어미처럼 얘길 하십니다.
지성	부인이 그런 사람이 아니란 걸 내가 왜 모르겠소. (토닥토닥) 그저 쓸쓸하게 지내는 큰애를 더 세심하게 보살피라는 당부의 말입니다. 간혹 바깥바람도 쐬게 해주시고..
금옥(O.L)	수절하는 아이가 바깥나들이라니요. 그러다 사람들 입에 쓸데없는 말이라도 오르내리면 어쩌려고 그러십니까.
지성	(다정히 웃으며) 부인이 잘 가르치고 있는데 무슨 염려가 있겠소? (하다, 책 보퉁이 보며) 참, 내가 궐에서 가지고 온 서책을 꺼내주세요.

금옥, 옆에 두었던 지성의 서책 보퉁이 푸는데, 서책 위에 꽃 한 송이 곱게 놓여 있다.

금옥	(의아한 듯, 꽃 손에 들며) 대감, 이게 뭡니까? 서책 위에 웬 꽃이...?
지성	(미소) 마음에 드십니까? 내, 부인 드리려고 궐에서 몰-래 꺾어왔습니다.

금옥, 지성을 향해 수줍은 듯 환하게 웃고 그걸 보는 지성의 기분 좋은 미소에서.

S#28. 좌상댁, 사당 안 / N
여화, 향을 피워 석정의 위패 앞 향로에 꽂는다.

그 앞에 앉은 여화, 알 수 없는 표정으로 멍하니 위패 바라보다
가 깊은 한숨 푸욱.
그와 동시에 배에서 꼬르륵 소리가 나고

여화   (혼잣말) 생각해보니 오늘 암것도 못 먹었네...

여화, 소매 안쪽에서 아까 꽃님이 준 곶감을 꺼낸다. 손수건에
고이 싸여 있는

여화(E)   ... 직접 수놓은 거니?

플래시백
#28-1. 여화의 별채, 마당 / D
수줍은 듯 손수건을 내미는 꽃님(당시 7살)
여화, 꽃님이 건네준 손수건을 보면 작고 올망졸망한 패랭이꽃
수놓아져 있다.

꽃님   패랭이꽃이 아씨 마님이랑 닮았길래 수놓아봤어요.
여화   석죽화(石竹花)로구나... 바위에 핀... 줄기가 대나무를 닮은 꽃이
            라지? 아주 오래전에 이 꽃을 본 적이 있다.
꽃님   (천진하게) 제가 많이 피어 있는 델 알아요. 저랑 같이 가실래요?
여화   그러면 좋겠지만... (쓴웃음 지으며) 난 밖에 나갈 수 없단다.
꽃님(O.L) (활짝 열린 대문을 보며) 문이 저렇게 열려 있는데도요?
여화   그러게... (대문을 바라보며 자신의 처지가 쓰라린) 나는 밖을 나가면
            안 되는 사람이라...

현재

꽃님(E)   그렇담 아씨 마님께 드리는 손수건마다 제가 이 꽃을 수놓아드
          릴게요!

          손수건에 수놓인 패랭이꽃 매만지다 이내 곶감 하나를 들어 위
          패 앞에 놓는다.
          나머지 하나를 덥석 잡아 물고는

여화   얼굴 한 번 못 본 서방님, 제가 패랭이꽃을 닮았다는데.. 아십니
          까? (아무 대답 없는 위패를 보다가 또 덤덤하게) 오늘 재이아가씨가
          오셔서 아직도 서방님을 따라 죽지 못한 저를 말로 죽이셨습니
          다. (하다) 그저... 서방님이 그리워 그런 것이겠지요? (위패 가까이
          소곤소곤) 저 대신 그리워하는 마음이라 여기고- 제가 잘 참아보
          겠습니다.

          그러다 위패 앞에 놓았던 곶감, 도로 자기 입속에 넣고는 오물
          오물 씹으며

여화   콩 한 쪽도 나눠 먹는 게 부부랍니다. F.O

S#29.   운종가 거리 / D
          화면 밝아지면 파란 하늘 아래 드넓게 펼쳐진 운종가 거리.
          여러 가게와 사람들로 북적인다. 거리 끝에 화려한 명도각, 위
          엄 있게 서 있는.

S#30.   명도각, 안채 누각 / D

화려하고 품위 있는 옷차림, 대행수 **소운(45)**이다.

소운   오늘 귀한 손님들이 오시는 날이니 차질 없이 준비하거라.

      소운의 진두지휘 아래 안채 안으로 고급스러운 비단 방석 착착
      깔리고
      소반에 다과들이 줄지어 들어온다.

S#31.   좌상댁, 안채 방안 / D
      여화와 금옥, 서안을 두고 마주 보고 앉아 있다.
      서안 위에는 삼강행실도 필사본들과 사군자 그림들이 한 묶음
      씩 놓여 있고.
      금옥이 한 장 한 장 넘겨보며 이야기 중인데

여화   (놀라며) 모란회에 제가요?
금옥   그래, (하다) 너도 한 번씩 바깥바람이라도 쐬야 하지 않겠느냐.
      (난초 그림 보며) 아무래도 오늘 모임에선 큰애 네가 필요할 듯 싶
      구나.
여화   정말요? (내가 낮에 외출을? 믿기지 않는 표정에서 설렘 오르는데)

S#32.   여화의 별채, 방 안 / D
      입가에 배어 나오는 웃음을 감추지 못하고 헤실 웃으며 옷가지
      를 정비하는 여화.
      드르륵, 문이 열리고 연선이 방 안으로 들어오면

여화	(방긋 웃으며) 연선아!
연선	(여화의 표정을 보고 걱정 어린) 많이 혼나셨습니까? 무섭게... 왜 이 러세요.
여화	(연선의 손을 꼭) 어머님께서 모란회에 날 데리고 가시겠다지 뭐냐.
연선	(놀라며) 아씨를요?
여화	(끄덕이며) 대낮에 바깥 구경이야. 반년은 넘지 않았어?
연선	(미소 지으며) 그렇게 좋으십니까?
여화	좋다마다. (하다) 모두 자는 밤이 얼마나 외롭고 삭막한데- 지금 나가면 운종가에 사람이 북적북적할 거 아니냐! (웃는)
연선	(손에 들고 있던 다식 여화 손에 쥐여주며) 그럼 이거 가시면서 드세요.
여화	(보면 맛있는 다식) 어? 다식이네?
연선	배고프실까 봐 몰래 챙겨왔어요.

봉말댁(OFF)	아씨! 준비 다 되셨음 어서 나오세요-

여화	(다식 싼 손수건 주섬주섬 소매에 넣으며) 다녀올게. (밖으로 나가는)

S#33. 운종가 거리 / D

수호와 비찬, 북적이는 운종가 거리를 걷고 있다.

플래시백

#33-1. 금위영, 회의실 안 / D

염흥집, 치달과 수호 앞에서 호통을 치고 있다.

염흥집	금위영에서 수사를 한답시고! 어? 여각을 다 들쑤셔놔갖고. 어? 게다가 내가 아끼는 금두꺼비를 잃어버렸다고!! 어쩔 건가! 어

쩔 건가아!

수호   여각엔 찾아보셨습니까.

염흥집   그걸 왜 내가 찾아!!! 그런 거 하라고 내가 세를 얼마나 내는 줄 알아?

치달   (염흥집 눈치 보다 수호에게 속닥) 외로워서 그래. 그냥 대충 아무거 나 비슷한 걸로 사다 주게.

     현재

비찬   (씩씩대며) 그 금두꺼비를 왜 우리가 사다 줘야 합니까?

수호   빨리 끝내지 않으면 꽤 오래 시달릴 것이다. (하다) 허면 호판대 감을 니가 맡겠느냐?

비찬   어서 가시지요, 어서.

꽃님(OFF)   곶감 사세요! 직접 말린 꽃처럼 예쁜 꽃! 감! 이에요!

     수호, 걸어가다가 꽃님의 좌판을 본다.
     꽃님, 허름한 좌판에 곶감을 올려놓고 파는데
     자세히 보면 곶감 타래 맨 꼭대기에 꽃이 꽂혀 있다.

꽃님   (곶감을 바라보는 수호를 보며) 예쁜 곶감 사세요!

수호   (곶감 타래를 들어 꽂혀 있는 꽃을 보며) 이건 무엇이냐?

꽃님   꽃님이가 말린 (타래에 꽃이 얹어진 곶감을 각각 가리키며) 꽃! 감!

수호   (행색도 남루하고 손이 다 터져도 씩씩한 꽃님을 보고 대견한) 곶감과 꽃님이라... (미소 지으며) 예쁜 이름이구나. (곶감 가리키며) 이거 하나 다오.

꽃님   (수호 손에 곶감 올려주며) 고맙습니다!

수호, 꽃님의 손에 엽전 하나 올려놓고는 곶감 가져간다.

비찬   (수호 쫄래쫄래 쫓아가며) 저는요.. 나리 입만 입입니까?

수호와 비찬, 멀리 걸어가고 이어 사람들 사이로 가마 두 대가
나란히 지나간다.
가마 옆엔 봉말댁이 따르고. 뒤에 따라가는 여화의 가마.
가마 창문이 빼꼼히 열리며 여화, 저잣거리 풍경 바라본다.
연선이 싸준 다식을 한입에 넣고 오물오물 먹으며 신이 나 바라
보는 시선-
여화의 눈에 길가에서 곶감을 팔고 있는 꽃님이 눈에 보인다.
흐뭇하게 미소 짓다 가마 창문 닫는 데서.

S#34.   명도각, 점포 안 / D

수호, 명도각 점포 안으로 들어온다.
넓게 펼쳐진 점포 안으로 다양한 물건들이 매대에 진열되어 있
는데 사람은 보이지 않고.
간간이 점원들과 일꾼들만 지나가는

비찬   (휘둥글게) 어? (수호에게) 나리! 오늘 여기 장사 안 하나 본데요?

소운(OFF) 무슨 일로 오셨습니까?

수호와 비찬, 보면 소운이 안채에서 걸어 나오고 있다.

소운   (수호에게 예를 갖춰 인사하며) 새로 부임한 종사관 나리시군요. 이

번에 한양으로 올라오셨다는 이야기는 들었습니다. 저는 대행
수 장소운이라고 합니다.

수호　(소운에게 인사하는) 금위영 종사관 박수호라 합니다. (주위 보며)
찾을 물건이 있어 왔는데- 오늘은 장사를 하지 않나 봅니다.

소운　(예의 있게) 물건을 말씀해주시면 후에 금위영으로 보내드리겠
습니다. 오늘 명도각에 모란회가 있어서요.

S#35.　명도각, 앞 / D

명도각 앞에 가마 한 대씩 착착- 속속들이 도착한다. 그 안에서
내리는 부인들.
맨 앞에 가마에서 금옥이 내리고 이어 여화도 내리면
먼저 도착한 당상관부인들(영상부인, 병판부인, 이판부인 등) 서넛
이 금옥에게 인사하는.
소운, 명도각 앞으로 나와 금옥의 무리를 보며 정중하게 고개
숙인다.

금옥　대행수, 그간 잘 지냈는가.

소운　오랜만에 뵙습니다, 정경부인 마님.

다른 당상관부인들과 소운 인사한다.
수호와 비찬, 명도각 점포 안에서 나와 이들을 본다.
수호의 시선으로 보이는 당상관부인들, 금옥과 더불어 영상부
인, 병판부인 쭉쭉-
!! 화려하고 기품 있는 부인들 뒤에 대조적으로 서 있는 하얀 소
복 차림의 여화.
여화, 장옷으로 얼굴을 가린 채 맨 뒤에서 조신하게 서- 응?

위에는 한없이 평온해 보이는 모습과는 달리 뭔가 불편해 보이는 여화.

수호, 갸웃 보면 뒷발질하며 벗겨진 당혜를 신으려고 안간힘 열심히 휘젓는데- ?!?!

여화, 안 되겠다, 금옥과 부인들 눈치 보다가 뒷걸음질 쳐서 당혜를 고쳐 신는데

툭- 여화의 소매에서 떨어지는 다식 두 개.

여화, 휘휘- 고개를 젓더니 후다닥! 다식 하나를 주워 입으로 훅! 불어 소매에 넣는.

?!?! 수호, 당황하다 피식- 웃음 터지는.

웃음 터진 수호를 바라보는 당상관부인들, 누구- 소운에게 눈짓하면

소운	아! (수호 보며) 이번에 새로 금위영에 부임한 종사관 나리십니다.
부인들	아~ (다들 궁금한 표정으로 수호를 이리저리)
소운	(수호에게) 나리, 인사하시지요.
수호	(!! 여화에게 시선을 떼고 소운에게 다가가 부인들에게 인사한다) 금위영 종사관 박수호입니다.
부인2	아~ 그 양자라던-
부인들	아- (갑자기 떨떠름한 표정으로 고개 돌리고, 숙이고)

사내의 목소리에 여화 보면 수호가 앞에 떡하니! 놀라 후딱 장옷으로 얼굴을 가리고

금옥	큼.. 그럼, 다음에 뵙지요. (당상관부인들에게) 저흰 그만 들어갈까요?
소운	다과상을 준비해두었으니 어서 드시지요.

금옥과 여화, 그 외에 부인들 안채 안으로 들어간다.

여화, 후다닥 수호와 비찬을 스쳐 지나가고

수호, 나가다가 여화가 서 있던 자리에 떨어진 다식 하나를 줍는다.

뒤돌아 여화의 뒷모습을 바라보는데

비찬   에비! 지지!! (탁! 수호의 손을 치는)

수호(E)   (처음 들어본다) 모...란..회요?

S#36.   명도각. 안채 누각 / D

안채 안 문이 열리고 차려진 다과상. 부인들, 줄지어 안채 안으로 들어간다. 그 위로-

소윤(E)   아, 나리껜 생소하실 수도 있겠군요. 모란회는 사대부가 규방을 움직인다는 당상관부인들의 모임입니다.

긴 방 안. 맨 위 상석엔 금옥과 영상부인이 자리를 잡고

그 아래엔 병판부인, 이판부인. 남편 품계 서열에 따라 차례대로 자리를 잡는데.

여화, 어디에 앉을지 몰라 눈치 보다 밀리고 밀려 말석에 겨우 자리 잡는다.

여화의 시선으로 바라보는 모란회 두둥! 웅장하며 살벌한 느낌마저 든다.

영상부인   오늘은 특별히 (금옥 보며) 좌상대감댁 정경부인께서 (강조하며)

큰며느님을 데리고 오셨습니다.

금옥   (여화 보며) 인사드리거라.

여화   (조신하게 인사하는) 처음 인사 올립니다.

금옥   (흡족하게) 부족함이 많은 아이나 어여쁘게 봐주시지요.

병판부인   (호들갑) 호호호. 정경부인께서 부족함의 뜻을 잊어버리셨나 봅
            니다. 이리 단정하고 정갈한데- 부족함이라뇨오-

이판부인, 여화를 매의 눈으로 쫘악- 훑다가 여화 소매 끝에 노
란 물*이 든 것을 포착!

이판부인   단정하고 정갈한 것을 병판부인께서는 보신 적이 없으신 모양
            입니다. 자고로 의복을 깨끗이 하는 것이 가장 기본일진데... 과
            부의 소복 소매 끝이 저리 더러워서야- (찡그리는)

모두의 시선, 여화의 소매 끝을 향하고.
여화도 자신의 소매 끝을 보는데 !! 금옥, 여화 보며 찌릿!

이판부인   우리 둘째 며느리는 소복을 입은 지 5년이 되어가는데도 소복
            에 먼지 한 톨이 앉은 것을 내보인 적이 없습니다.

금옥   둘째 며느님 얘기는 많이 들었습니다. 언제 한번 데리고 나오시
            지요.

이판부인   (여화 힐끗) 밖에 나오면 눈으로, 마음으로 죄짓는 건 시간문제겠
            지요.

금옥   (저것이?!) 마음이 정해져 한곳에 있는데 사사로운 곳에 눈을 돌
            릴 틈이 있겠습니까. 마음에 간직하고 있는 것이 뜻이고 입 밖
            에 내는 것이 말이니 다만 그것을 조심할 뿐이지요. (챙!)

*   S#32 다식의 송화가루가 묻은 것.

| 여화(E) | (체념한) 조용한, 운종가의 밤이 더 나았다. |

S#37.   운종가 거리 / D
수호와 비찬, 금위영을 향해 걸어가고 있다.

비찬	모란회, 진짜 말로만 들었는데, 위엄이 장난 아니네요. 우리가 직접 눈으로 본 거잖아요!
수호	나랑 전라도에 있었던 놈이 그 모임은 어떻게 알고 있는 것이냐.
비찬	한양 땅에서 모란회를 모르는 사람이 어딨습니까? 그런 거에 관심 없는 나리나 몰랐던 거죠. 아까 보니 좌상대감님댁 수절 중이신 며느님도 오신 것 같은데-
수호	그분이 좌상대감댁 며느님이시냐?
비찬	듣기론 품위며, 성품이며 고아하고 격이 있기로 소문이 자자합니다.

INSERT
S#35 다식을 주워 훅- 불어 소매에 넣고 흡족해하는 여화.

| 수호 | 격이 있다라.... (피식 웃고 걸어가는) |

S#38.   명도각, 안채 누각 / D
자리에 그림처럼 앉아 있는 여화. 꼿꼿하고 다소곳하게 앉아 있다.

| 영상부인 | 아까, 그 종사관이 말로만 듣던... 대제학의 양자입니까? |
| 금옥 | 박수호라 했으니 아마 맞을 겁니다. |

병판부인	들기론 그 대쪽 같은 대제학이 밖에서 낳아온 아들이라면서요. 그 집 아들들이 그렇게 견제했다던데... 그래서 전라도에 3년이나 내려보낸 거라잖아요.
부인1	(은밀하게 속닥) 그 점잖다던 대제학도 그런데... 호판대감은 오죽할까. 들으셨죠? 이번엔 기생이라면서요?
부인2	말도 마세요. 호판부인이 한몫 챙겨 몰래 보냈다던데 그게 소문 안 나겠어요? 어디서 줄줄이 아들이라고 데려와도 전혀 이상하지 않은데?
부인1	살아 있는 내훈이시란 분이 그걸 견뎌내기 쉽진 않겠지요.
여화	(보면)
부인2	그렇게 살 바에야 차라리 과부로 사는 게 나을까요? 하늘 같은 지아비가 그런 개차반이면... (여화 보며) 그렇지 않습니까?
여화	(여유롭게) 수절 중이든, 아니든 여인의 삶이 별다를 게 있겠습니까. 하늘이 흐리거나 맑은 것은 사람 따라 정해지는 건 아닐 테니-
모두	(여화 보면)
여화	저는 그저, 부족한 마음 더욱 정진하여 가문에 누가 되지 않길 바랄 뿐입니다.
금옥	(흡족한 표정)

여종(OFF)　　(밖에서 들리는) 호조판서부인 오셨습니다.

문이 열리며 **난경**(58) 우아한 걸음걸이로 들어선다.
뒷담화하던 부인들, 언제 그랬냐는 듯 입 다물고-

난경	제가 늦었습니다. (미소 짓고)
부인2	(찔끔하며) 여기, 앉으시지요. (자리를 내주려고 일어나면)
난경	괜찮습니다. (여화 옆에 앉으며) 저는 여기 앉지요. (미소 지으며) 무

슨 재미난 담소를 나누셨습니까.

난경을 바라보며 미소 짓는 사람들, 아까 욕한 것과 사뭇 다른
자세.
누가 더 불쌍한 인생일까... 난경을 보는 여화의 시선에서.

S#39. 필 여각, 강필직 사무실 안 / D

염홍집, 곰방대 물고 다리를 쩌억 벌리고 앉아 호탕하게 웃고
있다.
앞에 놓인 청송 백자를 보며 감탄하고 있고.
그 옆에 염홍집을 보고 앉아 있는 필직, 염홍집의 비위를 맞추며-

염홍집	크으- 예인의 혼이 느껴지는군. 역시.. 물 건너온 것들은 달라!
필직	물 건너온 것이 아니라- 청송 장인들의 솜씨입니다. 청나라에 서도 이 백자를 사가겠다 줄을 섰답니다.
염홍집	(눈 커지는) 그으래-? (다시 보는) 어쩐지- 격이 남다르다 했네.
필직	(비위 맞추는) 웃돈을 주고 힘들게 구해온 귀-한 백자지요.
염홍집	내 이래서 필 상단을 좋아하네! 허허허!
필직	헌데.. (눈치 보며) 이번에도 당상관부인들이 또 명도각에서 모인 다면서요. (내심 서운한) 정부인께서 그 모임을 이끌고 계시다면 서 너무하십니다. 저희 여각에서도 한번 진행할 수 있도록 힘써 주시지요.
염홍집	끽해야 아녀자들이 잡담이나 나누고 떠들어대기밖에 더하겠 나. 여편네가 집구석에서 하라는 내조는 안 하고-
필직	(찰나의 표정 구깃해지고)
염홍집	그보다 이번에도 청나라 가는 뱃길을 열어달라고?

필직	네, 사흘 뒤에 천진을 통해 북경으로 물건이 나갈 예정입니다.
염흥집	나야 인장만 찍어주면 되는 것 아닌가! 허허허! 내 몫은 두둑하게 챙겨났겠지?
필직	여부가 있겠습니까. (백자 보며) 이것도 내일 댁으로 보내놓겠습니다.

S#40. 명도각, 안채 누각 / D

다들 모인 상황. 영상부인이 미소 지으며 여화를 바라본다.

영상부인	듣자 하니, 좌상댁 큰며느님의 난 솜씨가 일품이라면서요?
여화(E)	응? (하다) 누가... 내가...?
금옥	(미소) 어디 내놓기 부끄럽지 않은 정도이지요. 괜한 제 며느리 자랑 같아 부끄럽습니다만... 난 이파리 하나하나가 힘이 있고, 난 꽃에선 향기가 풍겨오는 듯- 꽤나 격이 있습니다.
이판부인	(흥!) 며느님의 난 치는 실력을 그리 자랑하시니 한번 보고 싶군요.
여화(E)	(표정엔 변화 없지만 내적 갈등 중) 설마... 아닐 거야...
금옥	(이참에 콧대를 꺾어주려는) 이렇게까지 말씀하시니, 아니 보여드리는 것도 겸손은 아니지요. (여화 보며, 다정한 목소리) 그렇지, 아가?
여화	(!!! 금옥을 바라보는데, 놀라 말문이 막히는)
이판부인	대행수!

소운, 방으로 들어오면

| 이판부인 | 지필묵을 준비하시게- |

여화, 울상으로 소운을 바라보는데 소운, 여화를 바라보다 고개

를 돌리는.

여화의 별채, 방 안 / D

화선지에 한 치의 망설임 없이 힘차게 뻗어나가는 붓놀림!
카메라 틸업하면 연선, 무표정으로 쫙쫙 난 잎을 그리고 있다.
잎 하나하나 부드럽기도, 힘이 있기도 하고- 마치 살아 있는 듯
한 생동감!
그 옆에 붓으로 선 연습을 했는지 삐뚤삐뚤 정체 모를 여화의
그림이 수북이 쌓여 있는

연선   (그림 한번 힐긋 보고는) 어디 가서 붓은 잡지 마셔야 할 텐데... (하
         다) 몇 장 그려야 되더라... (다시 난 잎을 치는 데서)

명도각, 안채 누각 / D

여화의 앞으로 착착- 깔리는 지필묵. 여화, 새하얀 화선지를 보
면서 멍-
옆에서 먹을 갈아주고 있는 소운을 힐끔 보다가 옆을 보면,
쫘악- 모든 시선들이 여화에게 향해 있다. 기대에 찬 눈빛들! 반짝!
여화, 심호흡 짧게 하고 붓을 드는데.. 자기도 모르게 떠는 손!
여화, 천천히 붓을 화선지로 옮겨가는데 달달달달, 떨리는 붓이
점선으로 번져가는 !!
숨 막히는 공기, 슬쩍 옆을 보면 어서 그리라는 부인들 눈빛! 여
화, 미소 한 번 씨익.
금옥, '뭐 해? 어서.' 찌릿 눈치를 주면 여화, 또다시 달달달달...
붓을 서서히 움직인다.

소운, 잔뜩 긴장한 여화를 안쓰럽게 바라보고.
영상부인, 이판부인 모두가 다 여화의 난 실력을 지켜보는 가운데 질끈 눈을 감는.
여화, 에라 모르겠다! 촤악! 화선지에 힘차게 난 잎을 하나 치고!

부인들   오오!! (여화 쪽으로 파도처럼 몸을 기울이는 부인들)

여화, 분위기 괜찮다. 자신감 얻어 또 한 번 촤악! 난 잎을 치는데-

부인들   (순간 멈칫하지만) 오오- (뭐지, 새로운 난인가? 물음표, 물음표)

부인들의 반응에 당황한 여화 침을 꼴깍 삼키며
여화, 다시 한 번 촤악! (벼가 무르익은 듯 한쪽으로만 계속!!)

부인들   아- (얘 난 칠 줄 모르네, 기대했던 고개 원래대로)
이판부인   풉- (실소하는)

이판부인의 표정을 본 금옥, 표정 점점 어두워지는데-
소운, 금옥의 표정을 힐끗 보다가
손이 미끄러지며 투투둑! 여화의 화선지와 치마에 먹이 튀고!!

소운   (당황해) 송구합니다! 손이 미끄러지는 바람에 그만-
여화   (치마를 서둘러 닦으려고 하는데 먹물이 번지는) 괜찮습니다.
난경   (소운에게 대노) 대행수답지 않게 안 하던 실수를 하다니!! 내 이
               번 모임을 철저히 준비해달라 부탁하지 않았는가!
소운   (고개 숙이며) 송구합니다. 치우고 새로 준비해드리겠습니다.
난경   되었네!

여화	(난경 보면)
난경	마음이 한 번 흐트러졌는데 다시 난을 치시는 게 쉽겠는가! 그냥 내가게!!
소운	(고개 숙이며) 죽을죄를 지었습니다. 모든 게 제 불찰입니다. 얼른 치우겠습니다.

불같이 소운에게 화를 내는 난경. 여화도 금옥도 상당히 민망한

금옥	(난경 보며) 괜찮으니, 너무 대행수를 나무라지 마십시오.
여화	(얼굴 들지 못하고) 송구합니다.

S#43. 명도각, 안채 앞 / D

금옥을 포함한 부인들, 화려한 뒤꽂이가 든 상자를 하나씩 들고 있다.
아까 전 상황과는 다른 화기애애한 분위기 속에 인사하는.
소운, 안채 앞에 서서 고개 숙여 부인들에게 인사한다.

소운	송구합니다. 오늘 불미스런 일에 대한 사죄의 표시로 작은 정성을 준비했습니다. 부디 노여워 마시고 저희의 잘못을 용서해주십시오.
난경	(누그러진) 다음엔 이런 일 없도록 조심하게.
소운	예, 알겠습니다.

그 옆에 먹물이 잔뜩 묻은 소복 차림의 여화, 장옷으로 가리고 서 있다.

| 소운 | (여화에게) 명도각에 있는 옷이 전부 화려한 옷들뿐이라... 마땅한 옷을 준비해드리지 못해 송구합니다. |

소운　(여화에게) 명도각에 있는 옷이 전부 화려한 옷들뿐이라... 마땅한 옷을 준비해드리지 못해 송구합니다.

금옥　(소운에게) 어차피 소복밖에 못 입는 처지이니 괘념치 말게나.

여화　(뭔가 알면서도 씁쓸한 표정 스치고)

소운　다음에 오실 땐 꼭 입으실 수 있는 옷으로 준비해드리겠습니다.

여화, 소운 보고 미소로 대답하다 난경, 바라보는 데서.

S#44.　좌상댁, 전경 / N

S#45.　좌상댁, 안채 방 안 / N

금옥이 머리를 싸매고 보료 위에 누워 있다. 끙.
그 옆에 재이가 앉아 금옥의 손을 연신 주무르고 있고

재이　(들으라는 듯) 그러게. 뭘 배운 게 있어야 사군자를 치지. 난 하나는 잘 친다고 할 때부터 수상했다니까요?

금옥　(기운 없다) 속 시끄럽게...

S#46.　좌상댁, 안채 방 밖 / N

안채 밖에서는 물동이를 들고 무릎 꿇고 있는 연선과 그 옆에 같이 무릎 꿇고 있는 여화.

여화　(고개 푹 숙이고 앉아 있는데)

재이(E)　또 우리 몰래 뭘 숨기고 있는 거 아냐? 제가 가서 뒤져볼까요?

여화	(뜨악! 연선에게) 어떡해..
연선	일단 제가 걸릴 만한 거 있는지-
재이(E)	하긴, 고작 수나 놓고 필사나 하는 게 전부일 테니, 속여봤자지.
여화, 연선	(동시에 휴-)
재이(E)	담도 못 넘는 과부가 뭘 할 수 있겠어.
여화	(구시렁) 담은 너보다 내가 더 잘 넘을걸..
연선	(소근소근) 아씨, 지금 그런 말을 할 때가-
재이(E)	어머니가 너무 맘이 약해서 그래. 근본 없는 걸 데려와 옆에 끼고 있을 때부터 딱 잘랐어야죠. 어디 감히 지 까짓게 양반 규수 흉내를 내고 난을 쳐?
연선	(시무룩한 표정 스치고)
여화	미안하구나, 괜히 나 때문에.
연선	아니에요. 지 까짓게가 너무 난을 잘 친 게 죄지요.
여화	(연선이 든 물동이 보며) 무겁지.. (하다) 안 되겠다. (마음먹은 듯) 어머님! 제가 어머님을 감히 욕보이고 우롱한 죄 죽어 마땅합니다. 내훈에 이르길, 시부모님께서 매질이나 꾸지람을 하더라도 기꺼이 마음으로 받아들이라 하였으니 저를 아끼시는 만큼 5일간! (결심한 듯) 아니, 열흘간 곡기를 끊고 사당에서 정성을 드리겠습니다.
연선	(놀라 속닥) 안 돼요, 아씨! 그러다 진짜 죽어요.
여화	(속닥속닥) 이 정도 아님 절대 안 풀리실 거야. 이번에 진짜 화나셨어.

하는데 말 끝나기 무섭게 문이 벌컥 열리고 금옥이 나온다.

| 금옥 | (꽝!) 내 명이 있을 때까지 사당에서 내려오지 말거라. |

다시 문 닫고 들어가면 여화, 급하게 연선의 물동이를 내려준다.

여화   많이 힘들었지...

연선   괜찮아요. (하다) 그나저나 진짜 곡기를 끊으실 거예요?

여화   해야지.

연선   그럼, 자체 감금하시기 전에 얼른 다녀오세요. 오늘 낮의 일 때
       문에 다녀오셔야 하지 않습니까?

여화   아, 그래.. (일어나려는데 휘청!) 으- (다리 쥐가 난)

연선   닷 냥이에요. (하다) 통(通)?

여화   통(通)!

S#47.   북촌, 전경 / N
        양반가의 한옥들이 즐비한 북촌 마을의 밤 풍경.
        한적한 골목 끝으로 천천히 걸어가는 수호의 모습이 보인다.

S#48.   수호의 옛집, 앞 / N
        어둠이 내린 골목, 누군가의 집 앞에 수호가 서 있다.
        수호가 서 있는 집으로 양반 하나가 걸어오면 끼이익- 문이 열
        리고
        하인들과 열 살 정도 되어 보이는 사내아이가 나와 양반에게 달
        려간다.
        집 안으로 들어가는 양반과 사내아이의 모습. 문 사이로 정리된
        마당이 힐끗 보인다.
        그 모습을 멀찌감치 서서 먹먹하게 바라보고 있는. 오버랩되며.

플래시백

#48-1. 수호의 옛집, 마당 / D (어린 시절)
햇살이 눈부신 어느 날, 수호의 집 마당.
어린수호(12), 아버지 임강(34)에게서 목검으로 칼 쓰는 법을 배우고 있고.
대청마루에선 어머니 서씨(31)가 바느질하며, 환하게 미소 짓고 있다. *cut.*

현재

끼이익, 문이 닫히며 쿵, 다시 현재로. 문을 바라보며

수호   (낮고 건조한 목소리) 소자... 다녀왔습니다.

이때, 옛집 주변을 맴도는 그림자. !!!
수호, 조심히 다가가 획- 잡아채 벽으로 밀쳐 누르는데-
히이익!! 비찬이다. ??

비찬   켁.. 나..나..나리! 켁- 접니다.. 저!
수호   (얕은 한숨 쉬고, 놔주며) 예까진 무슨 일이냐.
비찬   (십년감수) 무슨 일은요. 나리가 시키신 일들을 하느라 동분서주하고 있었죠. 심상치 않은 기럭지가 딱 봐도 나리 같아 쫓아왔습니다. (하다, 집을 바라보며) 근데 여긴 누구 집입니까?
수호   해서, 시킨 일은 알아보았느냐.
비찬   아! 그 복면 쓴 자에 대한 소문 말입니다. 와- (오버하며) 엄-청나던데요.

수호   (비찬을 바라보는 표정에서) ?

#49-1.   운종가 거리 / N
달이 휘영청 뜬 밤. 운종가, 지붕 위를 달리는 검은 그림자.
휘익! 지붕에서 뛰어내려 담을 넘고 이리저리 살피는. cut.

비찬(E)   달이 휘영청! 뜨는 밤이면 어디선가- 복면을 쓴 누군가가 나타나.

#49-2.   허름한 초가집, 안 + 밖 / N
방 안에 아이들 여럿이 삯바느질하는 여인에게 칭얼대고 있다.
이때, 바깥에 기척이 있어 삯바느질하던 여인 문을 열어보면
문 앞에 쌀가마니가 있는 !!! 보면 복면, 사립문 밖으로 뛰어가는
뒷모습.

비찬(E)   사흘간 배를 곯고 있는 집엔 곡식을-

#49-3.   골목길 / N
골목길에 멍석에 싸여 쓰러져 있는 누군가를 부축해 끌고 가는
복면.

비찬(E)   멍석말이 당한 노비에겐 약포를 주거나 의원에게 데려갔다 합
니다.

#49-4.   명도각, 지붕 위 / N
명도각, 지붕 위에서 운종가 아래를 내려다보며 서 있는 복면.
그 위로-

비찬(E)   바람 같고- 빛보다 빠르며- 지붕 위를 날다람쥐처럼 달리는데!!

S#50.   운종가 거리 / N

수호, 비찬의 말을 들으며 걷고 있다.

비찬   전설의 미담 같은 거죠.

수호   (믿지 않는 표정으로) 전설의 미담...?

비찬   그건 제가 만든 별명인데요. 백성들이 도탄에 빠져 허우적대는
       순간! 따스한 손을 내밀어준 전설의 미담!

수호   (궁금한) 그자의 정체는.

비찬   그게, 아무도 본 자가 없답니다. 오른손이 하는 걸 왼손이 모르게-

수호   아무도 본 자가 없다라...

S#51.   명도각, 담장 밖 + 안 / N

명도각 높은 담장 위를 아무렇지 않게 휘익! 뛰어올라 안으로
들어가는 그림자.

S#52.   명도각, 장소운 집무실 안 / N

소운, 집무실 안에서 장부를 보고 있다.

소운   (순간 멈칫하다 이내 장부를 다시 보며) 오셨습니까.

       끼이익, 문이 열리더니 누군가의 발, 집무실 안으로 들어온다.
       카메라 틸업하면 복면을 벗는 여화다.
       여화, 집무실 맞은편 의자에 털썩 앉으며 소운을 보고 미소 짓는

여화   대행수는 이제 내 발소리도 아네요.

소운	발소리뿐이겠습니까. 목소리에 기분도 알고, 눈빛에 긴장도 알고... (하다) 오늘 마님께 많이 혼나셨을 거란 것도 알지요.
여화	미안합니다. 괜히 나 때문에 혼나셨지요.
소운	(미소 지으며) 양반댁 마님들을 상대하는 장사치가 그 정도 일은 다반사이니 신경 쓰지 않으셔도 됩니다.
여화	힘들게 번 돈인데 손해를 끼칠 순 없으니- 오늘 사용하신 뒤꽂이는 제 지분에서 가세요.
소운	안 그래도 이번 달 아씨에게 드릴 돈에서 뺄 참이었지요.
여화	와- 언젠 목숨 구해줬다고 화연 상단 전체를 다 가지라고 했으면서! 셈이 참 빠르십니다.
소운	장사친데 정확해야 하지 않습니까. (하다) 허나 아씨께서 마음만 먹으면 언제든지 제 상단을 넘겨드릴 겁니다.
여화	싫습니다.
소운	그렇다고 언제까지 밤이슬만 맞으며 살 순 없지 않습니까.
여화	제가 집을 나오면 누구로 살 수 있습니까?
소운	(여화 보면)
여화	얼굴은 있습니까?
소운	(대답 없는)
여화	이름은 있겠습니까?
소운	아씨...
여화	좌상댁 며느리 조여화는 죽은 사람이 될 겁니다.
소운	멀리 가서 새 삶을 사시는 것도 방도이지 않습니까.
여화	그러다 오라비가 저를 찾으면 어찌합니까?
소운	(생각 못했다) 송구합니다. 아씨께 오라버니도 찾아드리지 못하면서...
여화	그게 어디 대행수 잘못입니까. 언젠가는 찾겠지요. 죽었다는 소식도 없으니 분명 살아 있지 않겠습니까.

여화, 소운 보며 미소 짓는 데서. F.O

S#53.   금위영, 훈련장 / D

화면 밝아지면 군관들이 빙- 둘러앉아 있고 가운데 목검 든 수호와 장검 든 비찬 있다.
햇빛 받아 반짝이는 비찬의 검. 비찬, 망설임 없이 수호에게 달려드는데,
수호, 비찬의 수를 읽고 가볍게 피하며 검잡은 비찬의 손등 딱!
비찬, 다시 자세 잡고 검 휘두르면 수호도 무딘 목검으로 장검의 날을 탁탁 쳐낸다!
한 치의 물러남 없는 비찬, 수호에게 적극적으로 공격하면-
수호, 여유로운 몸놀림으로 가뿐하게 비찬의 장검을 받아내고,
군관들 모두 입을 쩌억- 벌리고 보고 있다. '활 빗맞히던 그 종사관이 아니다..'
비찬, 회심의 일격을 수호에게 날리는데,
수호, 휙! 장검을 쳐내며 넘어진 비찬의 목에 목검을 들이댄다.!!

비찬   !!
수호   일격 전에 동작이 여전히 커. (엄한) 수를 읽히면 목숨을 잃는 것
           이야.
비찬   수를 읽혀서 죽는 게 아니고 나리랑 붙으면 죽는 거 아닙니까!
수호   어떤 상황에서라도 네 몸을 지키고 싶다면 쉬지 말고 연습하거라.

비찬을 뒤로하고 걸어가는 수호의 모습에서.

S#54.   *운종가, 세책방 외경 / D*

세책방 입구에 매달린 깃발 간판이 바람에 날린다. 그 밑에 달린 풍경 소리가 댕댕 울리고.
저편에서 윤학이 책 한 권을 들고 걸어와 세책방 안으로 들어간다.

S#55.   *운종가, 세책방 안 / D*

책장 뒤 탁자에 앉아 한가롭게 책을 읽고 있는 윤학,
무심히 고개 들어 책장 보면, 책장 너머에서 얇은 서책 한 권이
조용히 놓인다.
윤학, 태연하게 놓인 서책을 집어 표지 쪽을 만지며 살펴본 후,
다시 책장에 올려놓고
일어나 밖으로 나오는데, 마침, 세책방을 나가려던 연선과 툭!
부딪친다.
연선, 들고 있던 보자기 떨어트리고 털썩 주저앉으면 윤학 깜짝
놀라고
넘어진 연선, 별일 아닌 듯 툭툭 털고 일어나는데 손바닥이 까져 피가 맺힌

윤학	(놀라서 살짝 당황한) 혹시 다친 것이냐?
연선	괜찮습니다. 신경 쓰지 마세요.
윤학	그럴 순 없지. 나 때문에 넘어졌으니, 의원에게라도...
연선(O.L)	그리 마음이 쓰이신다면 의원에게 갈 돈으로 주세요.
윤학	(당황하며) 뭐?
연선	(멀뚱하니) 그러니 됐다잖습니까. 괜찮으니 그냥 가세요.

연선, 떨어진 책 주워 세책방을 나가고 윤학, 연선이 떨어트린

책을 발견한다.

윤학   저기! 이 책-

보면 이미 연선은 보이지 않고
윤학, 툭툭, 책을 털어 제목을 보면 [깨어나보니, 좌부승지부인]
????

윤학   좌부..승지..부인...? (당황한 표정 짓는 데서)

S#56.   명도각 앞 + 운종가 거리 / D
세책방에서 나와 운종가를 걸어가던 연선, 명도각 앞쪽 꽃님의
좌판을 무심히 보는데
엎어진 좌판 부서져 있고, 팔고 있던 곶감들이 어지럽게 땅에
굴러다니고 있다.
연선, 깜짝 놀라 뛰어가 좌판 뒤쪽 상인에게 묻는

연선   아저씨! 꽃님이한테 혹시 무슨 일 있나요?
상인1   말도 마라! 방금 어떤 놈들이 와서 지애비 노름빚 대신 걜 끌고
         갔어.

연선, 상인1의 말이 끝나기가 무섭게, 정신없이 뛰어가는 데서.

S#57.   여화의 별채, 마당 / D
여화, 별채 마루에 앉아 수를 놓고 있는데

연선(OFF)	아씨이!! 아씨이이-!!

여화, 고개 들어보면 별채 마당으로 연선이 다급히 들어온다.

연선	(숨 헐떡이며) 큰일 났습니다!
여화	(의아한) 무슨 일이냐.
연선	아씨! 꽃님이가 노름빚 대신 끌려갔대요!
여화	(놀라) 뭐?

S#58. 필여각, 전경 / N

S#59. 필여각, 2층 방안 / N

필여각의 작은 방 안에서 윤학과 한 선비가 술을 마시고 있다.
이때 문이 열리고 방으로 들어오는 수호. 윤학을 보고 반가운데-
윤학은 수호를 잠시 쳐다보더니 표정 없이 외면하는.
윤학, 선비에게 눈짓을 하자 선비, 일어나 자리를 비켜준다.

윤학	(무심하게) 오랜만이구나. 앉거라.
수호	(공손하게 마주 앉아, 탁자에 놓인 윤학의 빈 잔에 술 따라주면)
윤학	거처는? 어디에서 지내고 있는 것이냐.
수호	당분간 금위영에서 지내기로 했습니다.
윤학	그래... (하다) 헌데 여긴 어찌 온 것이야?
수호	집에 들렀더니 여기 계신다고 해서요.
윤학	그 말이 아니라- (하다) 전라도로 내려갈 땐 언제고 한양엔 왜 다시 올라온 것이냐 묻는 것이다.

수호	(윤학이 어려운) 전라도에 오래 머물기도 했고-
윤학(O.L)	조용히 지내거라. 네가 남의 입에 오르내리는 것 자체가 집안에 폐가 될 수 있으니..
수호	(서운한) 예, 형님. (하다) 그간 형님은 잘 지내셨습니까?
윤학	(건조하게) 보다시피 잘 지냈다. (하다) 더 할 말이 남았느냐?
수호	(멈칫하다, 이내) 아닙니다.
윤학	(안쓰러운 맘 누르며) 나는 좀 더 마시다 갈 것이니, 먼저 가보거라.

수호, 고개 숙여 윤학에게 인사하고 방을 나서고
윤학, 그런 수호의 뒷모습을 애틋하게 바라보는 위로-

플래시백
#59-1. 윤학의 집, 마당 앞 / N (15년 전)
방문을 열고 다급하게 나오는 윤학(23).
보면, 마당에 피투성이가 된 **어린수호**(12)가 쓰러져 있다.

#59-2. 윤학의 집, 방 안 / N (15년 전)
정신을 잃은 채, 신음하고 있는 어린수호.
방금 의원이 다녀간 듯, 등에 피가 밴 흰 무명천 붕대를 감고 있다.

어린수호	(열에 들떠 숨을 헐떡이며) 아버지.. 어머니...

수호, 상처가 가득한 손을 허공으로 뻗으며 고통스러워하는데,
걱정스럽게 지켜보고 있던 윤학, 얼른 다가가, 어린수호의 손을
꼭 잡아주고.

현재

윤학, 쓸쓸한 얼굴로 앞에 놓인 술잔에 술 따르는.

S#60. 필 여각, 2층 방 밖 + 1층 복도 앞 / N

표정 굳어 나오는 수호, 계단으로 내려가는데 꽃님이 1층에서
음식을 나르고 있다. !!!

INSERT

S#33 자신에게 웃으며 곶감을 내미는 꽃님.

수호, 부엌으로 들어가는 꽃님을 돌려세운다.

수호   꽃님이가 아니냐.
꽃님   (수호를 보고) 나으리... (눈물 그렁그렁)
수호   (여각 둘러보며) 헌데, 여긴 무슨 일이냐.

S#61. 필 여각, 앞 + 1층 안 / N

여각 앞으로 걸어오는 누군가. 문이 열리고 1층에 있는 사람들
틈 사이로,
화려한 치맛자락 바닥에 쓸리며 들어온다. 치마 아래로 고운 꽃
신 보이고
!!! 누군가의 시선으로 1층을 둘러보는데
복도 쪽에서 꽃님이 웬 남자에게 끌려가고 있다. !!!

S#62. 필 여각, 1층 복도 앞 / N

꽃님의 손을 잡고 사람 없는 쪽으로 가려던 수호. 이때!!

여화(OFF) (다급하게) 그 손 놓으시오! 내가 그 아일 사겠소!

꽃님을 수호에게서 떨어트리는 손. 카메라 틸업하면
화려한 옷에 검은 너울을 쓴 여화가 수호를 단단하게 바라보고
있다.
처음 만난 여각에서 다시 만나게 된 여화와 수호의 모습에서.
엔딩.

에필로그

S#63. 여화의 별채, 방 안 / D
바람에 책이 촤르르- 펼쳐지고.

S#64. 여화의 별채, 마당 / D
소복을 입은 채 툇마루에 앉아 있는 여화. 그 위로 자막 〈과부 3
년 차〉
여화의 시선은 마당에 널려 있는 천들이 펄럭이는 걸 영혼 없이
볼 뿐인데,
꽃수가 놓인 수건 하나가 바람에 펄럭~ 날아간다.
수건은 나비처럼 바람에 나풀나풀 날리더니... 결국은 담장 밖
나뭇가지에 걸린다.

여화 ... 어머, 꽃 수건이 밖으로 날아갔네. 이를 어쩐다..

이끌리듯 담장 앞에 서서 나무를 올려다보는 여화.
보면, 담장 밖에 지나가는 사람도 없이 고요하고

여화   (주변을 살피다 이내) 어머님이 아끼시는 수건을... 저리 둘 순 없는
데...

주변을 휘휘- 살피던 여화, 담을 넘으려 하다가 이내 포기하는.
별채 안으로 걸어 들어가려다 멈칫. 다시 뒤돌아 담장을 빤히
바라보다가 결심한 듯
담을 뛰어넘어 담장 밖으로 사라졌다 다시 휘익! 안으로 들어
온다.
손에는 꽃 수건이 들려 있고, 생기 도는 미소를 짓는 여화에서.
엔딩.

二편

설을 넘는 여신

S#1.　　운종가 거리 / N

화면 밝아지면 정신없이 뛰어가는 누군가의 발, 검은 무사복을 입은 여화다. 그 위로-

연선(E)　　아씨! 꽃님이가 노름빛 대신 끌려갔대요!

카메라 틸업하면 사람들을 피해 골목골목마다 휙휙- 뛰어가는 여화의 모습. cut, cut.

S#2.　　명도각, 장소운 집무실 안 / N

무사복을 입은 채 소운 앞에 앉아 있는 여화.

소운　　거길 또 가신다고요? (하다) 위험하니 제가 가서 데려오겠습니다.
여화　　(고개 젓고) 강필직이 운영하는 여각에 대행수가 나타나면 어찌 되겠습니까. 상단끼리 복잡해질 수도 있으니 제가 아이를 되사 올게요.
소운　　정 직접 가시겠다면 활유와 함께 움직이세요. 그리고-
여화　　(보면)
소운　　(의미심장한 눈빛으로) 이렇게 빨리 쓰이게 될 줄은 몰랐는데...

〈시간 경과〉
여화, 벽에 걸린 화려한 옷을 바라보고 있다. 탁자 위에 놓인 검은 너울까지-

1부 S#43 먹물로 치마가 범벅이 된 여화.

금옥	어차피 소복밖에 못 입는 처지이니 괘념치 말게나.
여화	*(뭔가 알면서도 쓸쓸한 표정 스치고)*
소운	다음에 오실 땐 꼭 입으실 수 있는 옷으로 준비해드리겠습니다.

여화, 소운의 진심이 담긴 선물에 뭉클한. 이내, 결심한 듯 벽에
걸린 옷을 내리고.

S#3.   명도각, 안채 앞 / N

안채 마당에 소운과 덩치 커다란 **활유(20대)** 서 있다.
덜컹, 문이 열리며 소운이 준비해준 옷을 입고 위엄 있게 서 있
는 여화.
소운, 그 모습에 만족스러운 미소를 띠고 활유는 믿음직하게 여
화를 바라보는데
여화, 쓰고 있던 너울을 덮는 데서.

2부

얼굴 없는 여인

S#4.   필여각, 1층 안 / N

여각 문이 열리고 검은 너울을 쓴 여화, 여각 안으로 들어온다.

여화, 두리번거리는데 꽃님이 웬 남자에게 끌려가고 있는 걸 발견한 !!

여화(E)   (당황하며) 뭐야! 벌써 저자한테 팔린 거야?!
여화   그 손 놓으시오! 내가 그 아일 사겠소!

여화, 끌려가는 꽃님에게 정신없이 걸어가 꽃님의 손을 잡고 있는 놈팽이(?)의 손을 탁!
놈팽이(?) 돌아보면 수호가 뻥하니- 여화를 바라본다. !!!

여화   (다급하게) 그쪽이 얼마에 샀는진 모르겠지만 나한테 아일 되파시오.
수호   (??? 여화를 보며) 누구시오.
여화   얼마가 됐든 값은 두 배로 치르겠소.
수호   신분부터 밝히시지요.
여화   (꽃님의 손을 잡고) 그건 나리께서 알 바 아니십니다.
수호   (이것 봐라?) 그런 걸 알아내는 것이 내 일이라-
여화(O.L)   그 또한 내가 알 바는 아니지요.
수호   (빠직! 꽃님이를 자기 쪽으로 끌어당기며) 금위영 종사관입니다. 대체 누군데 이 아일 사겠다고 하는 겁니까.
여화   (당황) 고작- 이런 일에 권력을 휘두르시는 대에-단한 종사관 나리를 몰라뵈었네요. 허나, 이 아이는 제가 데려갑니다. (꽃님이 당기면)
수호   (순간 여화 목소리가 낯이 익다 느껴지고) 잠깐.

수호, 꽃님이를 잡은 손, 놓고 여화 쪽으로 다가온다. !!
너울 사이로 수호와 눈이 마주친 여화, 당황해 손으로 얼굴을

가리고

수호   (여화의 손목을 탁 잡으며) 우리 어디서 본 적 있지 않소?

여화, 다른 한 손으로 수호의 팔을 치우려고 잡다가 손목에 감긴 손수건 스르륵 풀리고
팔에 있는 상처 그대로 드러나는!!

INSERT
1부 S#5 여화의 팔에 스치는 만식의 표창.

당황한 여화, 수호에게서 팔을 빼내려고 하면 다시 자기 쪽으로 여화를 당긴다.

수호   잠깐 좀 봅시다.
여화   이게 뭐 하는 짓이요.
수호   확인할 것이 있어 그러오.
여화   아니 되오! (팔을 뿌리치면)

여각사내(OFF)   안 되오~ 되오~ 되오~ 어디서 그렇게 뻐꾸기들이 울어?! 암수 서로 정다워서 짝 없는 사람 서러워서 살겠나!

가까이서 눈이 마주친 여화와 수호. 여각사내의 말에 화들짝 놀라
수호, 밀치듯 여화 손을 놓고 뒤로 물러서면 여화, 괜히 기분 상하는데? 니가 잡았잖아.
중간에 서 있던 꽃님 여화 한 번, 수호 한 번, 바라보며 갸우뚱.

수호, 여화, 꽃님 돌아보면 험상궂게 생긴 여각사내가 다가온다. (1부 S#2 사내)

여각사내	여기 널린 게 방이여! (옆에 서 있는 꽃님 보고 귀찮은 듯) 노름빚 때문에 온 아이니 데려갈 거면 돈을 주고 데려가시든가!
여화	(낼름) 100냥! (여각사내 보며 진지하게) 100냥이면 됩니까.
수호	(여화가 어떻게 나오는지 보자 하는) 150냥.
여화	(찌릿, 수호 보더니) 200냥에 사가겠소.
수호	250냥.
여화	(눈 질끈!) 300냥!
수호	(이쯤에서 그만해라) 350냥!

수호, 돈을 부르는데 꽃님이 여화의 뒤에 숨으며 여화의 치맛자락을 꼭 쥐는데.
반대쪽 손엔 주워 든 여화의 손수건이 들려 있고

여화	(에라 모르겠다, 소매에서 묵직한 은자 뭉치를 꺼내 사내에게 던지며) 은자로 500냥! (꽃님의 손을 잡으며) 가자.

여화, 꽃님을 데리고 뒤도 안 돌아보고 나간다.
여각사내 놀란 눈으로, 은자 확인하며 '땡잡았네-' 하며 돌아서고,
!! 수호, 급히 여화를 따라 나가는데-

S#5.   필여각, 밖 + 근처 거리 / N
수호, 여각 밖으로 뛰쳐나오는데 여화와 꽃님이 없다. '어디로 갔지?' 두리번거리다

사람들 사이로 걸어가는 여화와 꽃님을 보는!! 발 빠르게 두 사람을 쫓는 수호.

여화, 뒤를 돌아보는데 수호가 자신과 꽃님을 쫓아 걸어오는 게 보이고-

슬금슬금, 걸어가다 점점 빠르게 경보하면서 걸어가는데 홀떡! 꽃신이 벗겨진다.

신을 신으려다가 쫓아오는 수호를 보고는 에라 모르겠다! 수호 얼굴에 냅다 던지는!

부웅! 여화의 꽃신, 포물선 그리듯 수호의 얼굴에 정통으로 날아오고.

날아오는 여화의 꽃신을 손으로 턱! 받아낸 수호, '이 정도쯤이야.' 그때! 커다란 산에 부딪힌 느낌. 투웅! 수호, 보면 덩치 산만 한 활유다.

충격에 잠시 어지러운 듯 머리를 흔들다 고개 들면 이미 아무도 없는!!

수호, 여각 주변을 이리저리 둘러보며 여화와 꽃님을 찾는데.

필직(OFF)   뉘신데 내 여각에서 수상쩍게 기웃대는 겁니까?

돌아보면 필직이 수호에게 다가온다. 필직, 수호를 위아래로 훑어보는

수호   이 여각의 주인이시오? 금위영 종사관 박수호라 합니다.
필직   박수호? (눈썹 치켜올리며) 아아- 얼마 전, 내 여각에서 소란을 피웠던 그 종사관 나리 아닙니까?
수호   그땐 죄송하게 됐습니다.
필직   사기꾼 한 놈 잡겠다고 여각 전체를 뒤집어놨다길래 어떤 얼굴

일까... 궁금했는데... (수호를 빤히 바라보며) 이리 보게 될 줄이야.

수호   (뼈 있는) 워낙 불법으로 성행하는 투전판들이 많아 조사를 안 할 수가 없었습니다.

필직   (요놈 봐라? 수호를 빤히 보며) 한양엔 처음인 것 같아 한 번은 좋게 넘어가겠지만, 또다시 내 여각을 건드린다면 내 종사관 나리를 오늘처럼 곱게 보내진 못할 것 같습니다만.

필직, 비릿하게 웃는데!! 수호, 어디선가 필직을 본 것 같은 기시감이 들고

윤학(OFF)   (서늘하게) 감히 이 나라 종사관에게 함부로 대하는가.

필직, 돌아보면 윤학, 까칠한 표정으로 서 있다. 수호, 윤학 바라보는데

수호   (윤학 보고) 형님!

필직   (형님?)

윤학   내 아우일세. (수호에게) 내가 이리로 불러 괜한 소릴 듣게 했구나.

필직   (태도 돌변해 수호 보며) 아이고, 좌부승지영감님의 아우셨습니까?

윤학   (필직 보고 언짢은 표정으로) 내 아우가 여각에서 무슨 소동을 벌였는지 모르겠네만, 내게 이야길 하게. 변상해줄 터이니.

필직   아닙니다. 아무것도 모르는 장사치의 경솔한 말이니 이해해주십시오.

윤학   (수호에게) 이만 가자.

필직, 마지못해 고개 숙여 인사하는데, 표정은 일그러져 있다. 윤학, 걸어가면 수호, 따라가고.

S#6.   명도각, 직원 숙소 안 + 복도 / N
너울을 벗은* 여화, 숙소 방문 틈으로 보면
꽃님이가 새근새근 자고 있다. 옆에서 머리를 쓰다듬던 소운.
등잔불을 꺼주고 나오면

여화   꽃님이는... 괜찮습니까?
소운   많이 놀랐는지 열이 좀 나 약을 먹이고 재웠습니다.

S#7.   명도각, 장소운 집무실 안 / N
탁자 위에 너울과 꽃신 한 짝 놓여 있다.
문이 열리고 소운과 여화가 들어와 자리에 앉으며

소운   아비가 또 노름판에 팔 수도 있으니 내일부터 명도각에서 일을
        시켜볼까 하는데... 아씨 생각은 어떠신지요?
여화   좋은 생각입니다. 아무래도 곁에 두고 지켜보는 편이 낫겠지요.
        영특한 아이니 뭐든 잘할 겁니다.
소운   (미소 지으며) 오늘 쓴 돈까지 해서 이번 달 아씨에게 나갈 지분은
        없는데... 괜찮으시겠습까?
여화   (놀라) 이렇게나 장사가 잘되는데 벌써 다 썼어요?
소운   500냥을 하룻밤에 쓰고 오신 분이 할 말씀은 아니지요. (웃는)
        헌데, 활유 말로는 웬 사내가 아씨 뒤를 쫓았다던데... 혹시 아는
        자였습니까?
여화   (과하게 반응하며) 어머, 그럴 리가요오? 조선 팔도에 제가 아
        는 사내가 어딨다고 그러세요! 저언혀, 저어어언혀 모르는 이
        입니다.

*   너울만 벗어두고 아직 옷을 갈아입지 않은 상태입니다.

소운	혹여 (힘줘) 아씨의 정체라도 들켰을까 봐 걱정되어 드린 말이
	었습니다.
여화	(뜨끔하면서도 스스로에게 하는 말처럼) 수년간 아무에게도 들키지
	않았습니다. 앞으로도 그럴 거구요. (말 돌리며) 꽃님이, 영특한
	아이니 싹싹하게 잘할 겁니다.
소운	옷은.. 마음에 드십니까?
여화	(입고 있는 옷 내려다보다) 참 예쁜 옷이었지만 저에겐 맞지 않네요.
	옷도... 신도... 신발도 한 짝 잃어버렸습니다. (하다) 생각해주는
	마음은 고맙지만.. 오늘같이 이 옷을 입을 일은 없어야겠지요.

여화, 탁자 위에 놓인 꽃신 한 짝 매만지는 데서.

S#8. 북촌, 거리 / N

까칠한 표정으로 걸어가고 있는 윤학의 뒤로, 수호 걸어간다(아까와는 사뭇 다른).
허공에 덜렁대는 여화의 꽃신 한 짝, 수호의 손에 들려 있고

윤학	(정면을 응시한 채 걸어가며) 강필직 저자는 그저 그런 장사치가 아
	니다. 지저분한 일도 개의치 않는 자니 앞으론 엮이지 말도록
	해라.
수호	(멈춰 서서) 형님.
윤학	(멈춰 서 돌아보면)
수호	고맙습니다.
윤학	(잠시 수호를 보다가) 네게 인사 받자고 한 일은 아니다. 밤이 늦었
	다. 얼른 금위영으로 돌아가거라.

윤학, 무표정한 얼굴로 돌아서 가버리고, 남겨진 수호, 쓸쓸히 윤학의 뒷모습을 본다.

이내 수호의 시선에 윤학이 사라지고, 수호 혼자 덩그러니 골목에 서 있는데

한 손에 들린 여화의 신발 한 짝.?!

수호, 미처 몰랐다. 자기 손에 들려 있는 여화의 꽃신. 깜짝 놀라 툭- 던지는.

걸어가다 멈칫! 뒤돌아 던진 꽃신, 다시 줍는 수호.

S#9. 금위영, 집무실 안 / N

집무실 바닥에 놓여 있는 여화의 꽃신. 그 옆에 스윽- 커다란 발이 등장!

카메라 틸업하면 비찬이 꽃신 옆에 발을 대보고 갸우뚱한다.

비찬   (너무 궁금해 수호에게) 나리! 이게-

수호(O.L)   증좌다. (하다) 놔두거라.

비찬   증좌요? (하다) 연모의 증좌입니까?

수호   (얕은 한숨) 비찬아.

비찬   (긴장한) 예?

수호   너 얼마 있느냐?

비찬   (!! 수호를 경계하며, 다다다) 그건 왜요? 아무리 친한 사이라도 금전적인 문제는 엮이지 말라고 저희 어머니가 말씀하셨습니다.

수호   (찌릿) ... 하루에 500냥을 아무렇지 않게 쓰는 여인이 있는데-

비찬(O.L)   (덥석!) 저 좀 소개시켜주십시오!

수호   (빠직!)

비찬   (궁금해 죽겠다) 그래서, 그 여인이 누굽니까?

수호	이름도, 얼굴도 모르는 여인이다.
비찬	혹, (꽃신 보며) 저 신발 주인입니까?
수호	(큼!) 눈치는 빠르구나.
비찬	제가 주인을 꼭- (꽃신 들면)
수호(O.L)	거기 딱, 두거라.

S#10. 좌상댁, 전경 / D

S#11. 좌상댁, 별채 마루 / D

타당.타당.타당. 여화, 넋을 놓은 표정으로 다듬이질을 하고 있다.
빛보다 빠른 속도로 타당.타당.타당. 리듬과 박자에 맞춰 마치
악기를 연주하는 듯
손놀림, 점점 더 빨라진다.

여화(E)   (다듬이질하는 모습) 처음부터 예감이 안 좋았어.

INSERT
1부 S#5 자신을 끌어안는(?) 수호. cut.

여화(E)   (다듬이질, 타당) 집요했고.

INSERT
2부 S#5 꽃님과 자신을 따라오는 수호. cut.

여화(E)   (다듬이질, 타당) 실력도 만만치가 않은데.

INSERT

1부 S#5 여화의 시선, 여각에서 칼을 막는 수호 그 위로-

수호(E)   (다듬이질, 타당) 대체 누군데 이 아일 사겠다고 하는 겁니까!

여화(E)   쓸데없이 사명감도 있었어.

INSERT

2부 S#4 여화의 손목을 잡고 자신의 쪽으로 끌어당기는 수호.

여화(E)   (마무리 타당!!) 더 엮이면 위험하다.

다듬이를 내려놓는 여화. 땀방울이 또록 떨어진다.
여화 옆에 빳빳한 이불 홑청이 쌓여 있고. 땀을 쪽 흘린 여화, 뿌듯한 표정으로
이불 홑청을 보는데 !! 다듬이질을 얼마나 했는지 너덜너덜.
한쪽에서 개고 있던 연선, 뭔가를 보고 놀라면 저 멀리 여화를 지켜보고 있는 금옥.
여화, 얼른 이불 홑청을 내리고 아무 일도 없는 듯 다시 다듬이질을 시작하고.

S#12.   금위영, 집무실 안 / D

책상 앞에 앉아 있는 수호, 고개를 숙인 채 생각에 잠겨 있는데.
그때 수호의 책상으로 종이 한 장 스윽- 밀어 넣는. 수호, 고개 들면
치달, 못마땅한 표정으로 수호를 내려다보고 있다.

수호	(일어나며 꾸벅 치달에게 인사하는) 오셨습니까.
치달	인사는 됐고. 그 종이 좀 살펴보게.
수호	(종이를 들어보면)
치달	자네 녹봉에서 깔 금액일세. (하다) 받을 게 없겠지? 아마 몇 달은 없을 거야. 부임한 지 첫날부터 퓔- 여각에서 난장 피우질 않나- 호판대감의 잃어버린 금두꺼비까지! 대체 뭘 부셨길래- 150냥이나 나온 거야?

INSERT
2부 S#5 자신을 바라보는 강필직의 웃음.

수호	강필직이란 자를 잘 아십니까?
치달	알면 왜? 가서 값 좀 깎아달라 부탁이라도 하라고? (하다) 아서라- 그놈이 얼마나 돈에 환장한 놈인데-
수호	분명 어디선가 마주친 적이 있는 잔데... 기억이 나질 않습니다.
치달	그랬겠지. 온갖 구린 데는 다 그자가 끼어 있으니... 어디서 보고도 남았을 게야.
수호	(그런 건가) 헌데... 그걸 알고도 그냥 두십니까?
치달	응?
수호	지체 높으신 대감들과도 친분이 두터워 보이고- 제가 종사관인 걸 알면서도 전혀 위축되지 않았습니다. 게다가 수사 중에 벌어진 일인데...
치달	(뜨끔한 표정)
수호	금위대장님께 친히, 청구를 한 걸 보면 그 뒷배가 상당한가 봅니다.
치달	뭘 또 그렇게까지 얘기하나. (정곡 찔려 삐질) 잡아넣고 싶은 맘이 왜 없겠어. 우리 금위영이 딱! 나설 일이 여즉 없었던 게지. (하

다) 자네가 말하지 않았나. 수사는 포청에서 한다고.

수호   (피식 웃으며) 그렇담 앞으로 제가 잘 살펴보지요.

!! 이때 뭔가 느껴지는 누군가의 시선... 이 방에 또 다른 누군가가 있다! 흠칫!
문틈 사이로 누군가 빤히 보는 시선. !!
쉿- 치달에게 조용히 하라고 한 뒤, 조심스럽게 문으로 다가가는 수호.

S#13.   금위영, 집무실 복도 / D

수호   (문 벌컥 열며) 누구냐!!

벌컥 열어젖힌 문 뒤에 서 있는 소녀, **이경(17)**이다.

이경   (눈 반짝이며) 새로 오신 종사관 나리십니까?

수호   (물러서며) 누구신지...

이경   (조신하고 차분하게) 소녀, 황이경이라 하옵니다. 올해로 열일곱, 위로 오라버니 다섯이 있습니다. 저희 아버지께선 금위대장을 지내고 계시답니다.

수호, 얼결에 인사하고 뒤돌아 치달을 바라보는데. 치달, 수줍게 손을 들어 보이는

치달   (살짝 민망) 아- 내 막내 여식일세. (이경 보며) 딸, 언제 왔어.

수호, 들어가라고 몸을 비켜주는데 ?? 이경, 다시 수호의 앞에

서는.

수호	??
이경	황이경이라 하옵니다.
수호	(어쩌라고)....? 아까 들었습니다.
이경	(수호를 뚫고 나갈 눈빛 쏘고)
수호	(나 이거 어쩌라고, 치달 보며) 왜...
치달	하... 또 왔네, 왔어. 응, 여기는 박수호, 종사관 박수호. 일단 좀 나가자.
이경	(감격에 겨워) 이름도 딱입니다. 이것은 운명! 운명입니다-
치달	(어우) 아니- 지난달에도 만났잖니, 운명. (이경 끌고 나가며) 자 이제 이름도 들었으니 가자.
이경	(안 끌려가는) 도련님- 내일 또-
치달	(급하게 이경의 입을 막고 수호에게) 그때 내가 시킨 일은 다 했나?
수호	아... (하다, 바로 생각이 안 떠오르는 표정)
치달	그.. 뭐, 내가 시킨 일이 있잖는가!
수호	(생각났다) 아! 지금 바로 호판대감댁에 다녀오겠습니다.
치달	그래, 그거. 얼른 가게! 바람처럼 가게! 후딱!

수호, 치달에게 인사하고 돌아서서 걸어가면

이경	(가는 수호 바라보며) 도련니임-! 앞으로 자주 봬요오-!
치달	(수호 뒷모습 보며, 나지막히) 자네와 내 앞길이... 어찌 이리도...

안쓰러운 표정으로 수호의 뒷모습을 바라보는 데서.

S#14.   좌상댁. 별채 마당 / D

여화, 이불 홑청을 탕탕! 털어 햇빛에 널고 있다.
한쪽엔 봉말댁이 걸어놓은 색색의 저고리와 치마들이 바람에
나풀거리고-
여화, 그 옷들을 바라보다가 자신이 입고 있던 새하얀 소복을
내려다보는

꽃님(OFF)   아씨 마님!!!

보면 봉말댁이 걸어놓은 옷들 사이로 꽃님이 활짝 웃으며 뛰어
오는데,
아직 열이 덜 내렸는지, 양 뺨이 불그스름하고

여화   (반갑게) 꽃님아! (붉은 뺨을 보곤 걱정스레) 어디 아픈 것이냐?
꽃님   아프긴요! 저 아주 쌩쌩해요!
여화   (미소 지으며) 다행이구나.
꽃님   아! 그리고 저 오늘부터 명도각에서 일하게 됐어요!
여화   그래? (금시초문이라는 듯) 잘되었다.
꽃님   어제 어떤 분이 저를 구해주시고 명도각에 맡기고 가셨는데-
        하늘에서 내려온 선녀 같았어요. (모르는 척) 마치 아씨 마님처
        럼요.
여화   그랬느냐? (하다) 이제부터 더 씩씩하게 지내야 한다.
꽃님   (소매에서 손수건 꺼내 내밀며) 아씨 마님, 이걸 떨어트리셨더라구요.

        INSERT
        2부 S#4 벗겨지는 손수건.

여화	!! (당황하며 손수건 받는데)
꽃님	(누가 들을까 봐 속닥) 제가 깨끗하게 빨아서 다림질까지 한 거예요.
여화	(알고 있구나... 꽃님 바라보면)
꽃님	아씨 마님! 다...다! 감사합니다! (도도도 달려가는)

꽃님의 뒷모습을 바라보는 여화. 왜인지 모르게 뭔가 가슴에서 뭉클하고.

S#15. 궐, 소편전 안 / D

이소, 지루한 얼굴로 앉아 있고, 지성, 상소문과 절첩*, 문서를 가지고 들어 있다.
지성, 이소에게 상소문의 내용을 일일이 설명해주고 있는

지성	(상소문 펴서 읽는) 지역 몇 곳의 향교에 서책들이 노후되어 유생들의 어려움이 많다 하옵니다. (상소문 이소에게 올리며) 하여 서책을 새로 보내주심이 좋을 듯합니다.
이소	(상소문 받아 대충 훑어보곤) 윤허하오!
지성	(이름 셋이 적힌 종이 올리며) 평안도 관찰사로 천거된 자들이옵니다. 소신이 보기에 가장 적합한 자는 전 대사헌의 장남인 손민-
이소(O.L)	(붓을 들어 낙점하며) 윤허하오!
지성	(힐끗 이소 보곤, 절첩 읽는) 함경도 동첨절제사가 올린 장계이옵니다. 북방에 세워진 공적비가 많이 훼손되었다 하오니, 속히 백성들을 불러...
이소(O.L)	(뜨악하게) 가뭄도 심한데 그게 속히 해야 할-
지성	(이해를 못하냐? 하는 눈빛으로 찌릿! 이소 보면)

* 종이를 여러 겹으로 붙인 후 접어서 병풍 형태로 만든 문서.

이소	속히- 윤...허하오!
지성	(부드럽게) 전하! 수백 명이 피를 흘려 국경을 지킨 것을 기억하는 공적비이옵니다. 어찌 그게 속히 처결할 일이 아니겠습니까?
이소	(시무룩) 과인의 생각이 부족했습니다.
지성	(오늘 처결할 일 마친 듯 자세 고쳐 서서) 조회에는 간혹 안 나오시더라도 경연에는 참여하시는 것이 어떠실지요. 경연에도 안 나오시고 조회도 자주 거르시니 소신, 염려가 되옵니다.
이소	(해맑게) 과인이 유학의 경서를 더 배워 무엇하겠습니까?
지성	(당황스러운 듯 이소 보면)
이소	(묘한 미소) 좌상께서 늘 제 곁에 있어, 바른 가르침을 주시지 않습니까?
지성	(겸양의 얼굴로) 전하, 어찌 그리 망극한 말씀을 하시옵니까? 부족한 소신, 그저 전하를 위해 최선을 다할 뿐이옵니다.

염흥집(E)	저! 저놈 명줄 끊어질 때까지 흠씬 두들겨 패라!

S#16. 호판댁, 마당 / D

염흥집, 씩씩대며 툇마루 위에 서서 내려다보고 있고, 옆에 난경이 안절부절못하며

난경	기어이 송장을 치르셔야겠습니까? 대감!
염흥집	어허! 감히 아녀자가 어딜 나서! (하다) 저 밥만 축내는 버러지 같은 놈을 쳐 죽이든, 밟아 죽이든 내 재산 내 맘대로 하겠다는데! (하인들 보며) 뭣들 하느냐! 어서 매우 치지 않고!!

카메라 틸업하면 툇마루 밑에선 늙은 곽씨할배(60대)가 멍석에

말려

장정들에게 두들겨 맞고 있다. 난경, 염홍집의 말에 표정 거두고 방 안으로 들어가고.

이러다 진짜 죽는 게 아닌가, 때리는 장정들도 어쩔 줄 몰라 하는데

비명을 지르다 못해 혼절했는지 신음조차 들리지 않는다.

수호와 비찬, 염홍집 마당으로 들어오다 멍석말이를 당하는 곽씨할배를 보고 멈칫 선다.

표정 굳어 보는 수호.

S#17.   호판댁, 사랑채 방 안 / D

금두꺼비를 들고 요리조리 바라보는 염홍집.

잃어버린 것과 달리 입 벌린 모양인데, 조금 더 크다.

표정 없는 수호, 염홍집 앞에 앉아 있는데

염홍집	(두꺼비 보며 활짝 웃으며) 내 자네가 찾아낼 줄 알았어!
수호	(건조해 싸한) 찾으시는 두꺼비가 맞습니까?
염홍집	그럼! 내 소중한 두꺼비, 눈에 넣어도 안 아픈 두꺼비가 맞네!
수호	.... 헌데 마당에선 무슨 소란입니까?
염홍집(O.L)	말 나온 김에 하는 말인데... 요즘 왜 이리 울화통 터지는 일만 생기는지! 저 아무짝에 쓸모없는 종놈이 귀하디귀-한 내 그림에 물을 튀겼지 뭔가! (그림 가리키며) 보이는가?

염홍집의 시선 따라가보면,

나무 아래 앉아 있는 호랑이가 그려진 [산중백호도*]가 위엄 있

* 산에 있는 호랑이 그림.

게 벽에 걸려 있다.

눈 씻고 봐도 그림에 어떤 흔적도 보이지 않고 깨끗한

염흥집	딱 봐도 영험한 기운이 느껴지지 않는가? 껄껄껄! 저 솟아나는 호랑이 기운 덕에 내 이 자리까지 올랐다는 거 아니겠나.
수호	(말 돌리며 그림 살펴보는) 어디가 상한 곳입니까?
염흥집	조...조기! (수호 슬쩍 보고) 조조조..조기. (또 수호 슬쩍 보고) 일 좀 줄이게! 자네의 눈이 벌써부터 침침한 모양이야. 무튼 삼시 세 끼 밥만 축내는 늙은 종놈을 골로 보냈으니 (사악하게 웃으며) 이 참에 잘됐지. 안 그런가?
수호	(대꾸 없이 염흥집을 건조하게 바라보는)

S#18. 호판댁, 마당 / D

비찬, 툇마루 앞에 서 있으면 사랑채 안에서 수호가 걸어 나온다.
수호, 표정 없다. 아무 말없이 마당 보면 이미 흔적도 없이 깨끗한

비찬	(분함 누르며) 다 죽어가는 노인을 대문 밖으로 내다 버렸습니다!
수호	(시선 돌려) 가자.

S#19. 좌상댁, 마당 + 부엌채 / D

부엌채 안에서 마늘을 까고, 파를 다듬는 봉말댁.
호들갑스럽게 부엌채로 뛰어 들어온 옆집 여종.

여종	아줌니! 그 소식 들었어라?
봉말댁	(파를 다듬으며) 뭔 소식을 들었길래 그리 호들갑이여?

여종	그-그- (기막혀 말도 안 나온다) 호판댁 곽씨할배 말여요. 지금 멍 석말이를 당해가지고 초죽음이 됐어라아!
봉말댁	(놀라며) 뭔 대단헌 사고를 쳤길래 멍석말이를 당했대?
여종	말도 마요! 호판대감이 아끼시는 그림에다가 요맨큼 물 한 방울 튄 거 갖고- 사람을 개 패듯 때려 길 밖에 갖다 버렸대요.
봉말댁	하이고, 송장 치우는 거 아닌지 모르겠네. 아들도 일찍 죽고 어 린 손자놈하고 둘이 사는디... (혀 쯧쯧 찬다)

문밖에서 이 모든 얘기를 들은 여화, 표정이 굳어지고.

S#20. 빈 민촌. 곽씨할배 집. 앞 / N

다 쓰러져가는 허름한 움막집, 금방이라도 쓰러질 것 같은 집에 불조차 켜져 있지 않고.
간간이 아이의 칭얼거림만 들린다.
활유, 쌀 한 섬을 지고 들어와 툭, 내려놓으면

곽씨할배(OFF) 뉘시오?

덜컹, 문이 열리고 온몸이 멍이 든 채 몸조차 가누지 못하는 곽 씨할배, 모습을 드러내고.
(머리에 무명천 감겨 있고, 거동 자체가 불편한 상황)

곽씨할배	(쌀을 보고 놀라) 이... 이게 다 뭐요?
활유	(울음 애써 참느라 입술 파르르) 어떤 분이 이걸 전해드리라셨습니다.
곽씨할배	(어쩔 줄 몰라 하며) 이 은혜를 어떻게 갚아야 할지- (힘겹게 일어나 밖에 나오며) 혹- 제게 의원을 보내주신 분이요?

활유	(허공 한 번 보고 껌벅껌벅) ... 의원이... 어흑.. (참고) 다녀갔습니까?
곽씨할배	의원이 아까 약첩을 들고 왔었습니다. (울컥해) 억울하오. 그놈의 호랑이 그림 근처엔 가지도 않았는데.. (서러워) 그간 그렇게 맞아도 60년 밤낮을 소처럼 일했는데 내 어찌 그깟 그림보다 못헌 취급을 받고 쫓겨나야 한답니까.
활유	(눈시울 붉어지다 이내 줄줄)
곽씨할배	(감정 북받쳐) 분헌 마음에 그깟 그림 갈기갈기 찢어버리고 싶지만... (손자 보며 겨우 말 잇는) 이 몸으로 저 어린 것을 무슨 수로 먹여 살린단 말이오.

문 안쪽에서 얼굴만 빼꼼 내민 삐쩍 마른 손자(10)가 끔뻑끔뻑
보고 있다. "할아버지-"

S#21.   빈 민촌, 곽씨할배 집, 근처 / N
곽씨할배를 껴안고 꺽꺽 울어대는 활유. 이 둘을 먼발치서 보는
그림자, 복면 여화다.
서늘하게 표정이 굳는 데서.

S#22.   금위영, 집무실 안 / N
수호와 비찬 대화 중이다.

비찬	나랏법에 아무리 노비라도 증좌 없이 죽을 만큼 때리면 안 된다 하지 않았습니까? 그 집에 뼈를 묻었던 하인이랍니다!
수호	국법보다 위에 있는 이들인 것을.. 거기까진 우리가 관여할 일이 아니다.

비찬	(힐끔 보며) 그런 분이 의원을 보내셨습니까.
수호	우리야 법 아래 있으니 법에 따라 구휼한 것이다.
비찬	(역시!) 맞다! 그때 나리가 거리에서 곶감 팔아준 아이 있잖습니까? (강조하며) 꽃감! 그 아이.. 지금 명도각에 있답니다.
수호	명도각?
비찬	그게 얘기가 길어요. 그 전설의 미담 있잖아요. 제가 좀 더 알아 봤거든요? 근데 최근에 여각에서 복면한테 집문서를 뺏긴 자가 있다지 뭡니까. 수소문해서 그자를 찾아가 물었는데 복면이 노름판에 찾아와 (목소리 낮게) 한 번만 더 여길 오면- 그땐 이 집문서가 아니라 니 목숨을 걸어야 할 것이야-
수호	그게 곶감 파는 아이랑 무슨 관계가 있단 말이냐.
비찬	조선말은 끝까지 들어보라고, 그 집문서를 뺏긴 자가 꽃감 아이 아비랍니다.
수호	!! (혼자 생각하다) 결국... 그 아일 도우려고 그런 것이었나...
비찬	(수호 관심 없이 신나서 계속 떠드는) 알고 보니 글쎄- 이자가 노름 에 미쳐 딸까지 팔아버리는 놈이더라니까요? 그때 알았죠. 이 건! 전설의 미담이다! 감이 팍-
수호	(비찬이 감이 팍! 하는 순간 비찬의 이마를 팍 때리며) 그래서 결론은. 세 단어로 정리해서 말하거라.
비찬	(아야! 하다, 손가락 세며) 전설의, 미담, 멋있어..?
수호	(검집에 손을 대는데)

비찬, 수호를 피해 후다닥 밖으로 나가고 수호, 피식 웃는 데서.
F.O

S#23. 명도각. 안채 앞 / D

화면 밝아지면 꽃님, 놀란 표정으로 점포 쪽을 바라보면
수호가 안채로 두리번거리며 들어온다.

INSERT
2부 S#4 필 여각에서 마주친 수호.

마침, 안채로 들어오던 수호, 꽃님과 따악, 눈이 마주치는데
꽃님 놀라 뒷걸음질 치다 도망치려 돌아서는데-

수호(OFF)	도망치지 말아라. 물어볼 것이 있어 온 것이니.
꽃님	(쭈뼛 돌아보면)
수호	여기서 일하는 것이냐?
꽃님	(고개 끄덕끄덕하면)
수호	그날 널 데려간 사람은 아는 이더냐?
꽃님	(놀라 입을 한 손으로 가리고, 소리 뭉개지며) 전 몰라요! 정말이에요!
수호	(... 이 아이 알고 있구나.. 꽃님을 보고 단번에 파악하는)
꽃님	(눈 크게 뜨고 절레절레!!)
수호	그래, 알겠다. (옅은 미소 올라) 말하기 싫은 건 하지 않아도 된다.
꽃님	(그런 수호를 빤히 보는)
수호	(툭, 꽃님의 머리 위로 손 얹고는) 너는 네 비밀을 잘 지키거라.

소운, 안채에서 나오다 꽃님과 함께 있는 수호를 본다.
수호에게 예를 갖춰 인사하는 소운.

S#24.   명도각, 장소운 집무실 안 / D
국화차, 수호 앞에 두는 소운의 손. 수호, 소운의 집무실에 앉아

있다.

소운	(자리에 앉으며) 무슨 일이시길래... 금위영에서 예까지 나오셨습니까?
수호	아까 봤던 아이는 왜 이곳에 있는 겁니까?
소운	저희가 품삯을 주며 일을 시키고 있는 아이입니다만.
수호	누가 데리고 왔습니까?
소운	(웃으며) 종사관 나리께선 아이가 궁금한 것이 아니라 아이를 데리고 온 분이 궁금하셨던 거군요.
수호	... 대행수께서 아는 분입니까?
소운	안다면 알고, 모른다면 모르지요. (하다) 몇 번 그분과 거래를 한 적이 있으나 얼굴도 없고 이름도 없는 분이라... 본인은 거두지 못하니 제게 저 아이를 부탁하고 가셨습니다.
수호	필 여각에서 꽤나 높은 값을 치르고 데려갔을 텐데... 그냥 맡겼다구요.
소운	(미소 지으며) 그분이 이렇게 말씀하시더군요. 못난 애비를 만난 건 저 아이의 팔자려니 하겠지만-
여화(E)	겨우 열 살밖에 안 된 어린아이가 애비 노름빚 대신 팔려가도 국법으로 지켜주지 못할망정 그저 지켜만 보는 세상이니.
소운	이 얼마나 개탄스러운 일이냐, 하시길래... 한낱 장사치인 저조차 느끼는 바가 있어 아무것도 묻지 않고 아이를 맡았습니다.
수호	(의미 있는 표정 스치고) 기회가 된다면 그분의 얼굴을 뵙고 싶군요.
소운	저도 언제 뵐지 모르는 분이라서요.
수호	(표정)

#25.   몽타주

#25-1.   여화의 별채, 방 안 / D
드르륵, 문이 열리고 연선 들어온다. 보면, 여화 필사를 하다가
화가 치밀어 붓을 탁! 내려놓는. cut.

#25-2.   여화의 별채, 마당 / D
연선, 별채 마당으로 들어오면,
마당 담장 앞에서 이리저리 왔다 갔다 심란한 여화의 모습 보인다.
대체 왜 저러시지? 의아하게 보는데-
여화, 갑자기 방 안으로 후다닥- 들어가는 데서.

S#26.   운종가, 세책방 안 / D
책장 뒤에 서서 책을 읽고 있던 윤학, 고개 들어 책장 보면
책장 너머에서 얇은 서책 한 권이 조용히 놓이는데,
서책 표지엔 [혼자가 좋소]라 쓰여 있다.
윤학, 서책을 들고 탁자에 앉아 책 표지를 손으로 세심하게 만
져보다
책장 너머에 있는 세책방 주인 쪽을 보며

윤학   꽤 재미있어 보이는구만... 내, 이걸 사가겠네.
세책방(OFF)   예, 나리! 잘 고르셨습니다.

S#27.   좌상댁, 사당 안 / N
늦은 밤, 문 앞에서 졸고 있는 연선의 동태 살피며
손으로는 더듬더듬 위패 치우고 벽장을 열려고 하는데-

'철그럭' 들리는 소리. 벽장 보면 자물쇠 잠겨 있다.

여화.!! 싸한 기운에 홱 돌아보면 연선이 천천히 손 들어 올린다.

열쇠를 손에 쥐고 있는

여화 잠깐만 나갔다 오겠다니까!

연선 (열쇠를 다시 제품에 넣고는) 오늘만큼은 안 됩니다!

여화 평소처럼 나가는 건데 왜 그래에.

연선 꿈자리가 뒤숭숭한 게 촉이 왔어요. (하다)

여화 넌, 무슨 꿈 같은 걸 믿어. 괜찮으니 비켜봐-

연선 (철통같이 팔짱을 끼고) 불안하단 말이에요. 오늘 나갔다가 뭔 일 이라도 생기면 어쩌시려고요.

여화 알았다. (체념한 표정 짓고)

연선, 팔짱을 풀려고 하는데 휘익! 여화의 뻗는 손! 그보다 연선 이 더 빠른

연선 이번엔 안 속습니다, 절대.

여화 제법이다? (하며 싹싹, 열쇠를 빼앗아보려 이리저리)

연선 (안 되겠다, 저고리에 열쇠를 넣고 납작 배를 깔고 엎드리는) 저얼대! 안 됩니다!

여화, 납작 엎드린 연선을 질질 끄는데 배로 깔고 뭉갰던 열쇠 가 힐끗.

잽싸게 열쇠, 자신의 발로 스윽- 빼내고 발로 밟아 감추는 여화.

S#28. 금위영, 집무실 안 / N

비찬, 구석에서 꾸벅꾸벅 졸고 있고.

수호, 문서를 보고 있는데 창밖으로 푸드덕! 소리가 나면,

잠시 생각하다 이내 일어나 밖을 나가는 데서.

S#29. 금위영, 마당 / N

수호, 마당으로 나오면 고요한 어둠 속에 달이 떠 있는.

달을 바라보는 수호, 비찬 기지개 켜며 수호에게 다가간다.

비찬   어디 가십니까?

수호   도성 순라나 돌까 한다.

비찬(O.L) (어리둥절) 순라군이 수백인데 그걸 나리가 직접 나가신다구요?

수호   (저도 제가 왜 이런 생각을 했는지 궁금해 멈춰 선다) 그러니까.

수호, 다시 돌아들어 가려는데 급히 멈춰 서며 하품 쩌-억 하던

비찬과 퉁! 부딪히고.

비찬   아야- (살짝 짜증) 왜 그러십니까?

수호   일전에 의원을 보냈던 노인은 괜찮다더냐.

비찬   예, (하다) 듣기론 그 집 마당에 쌀 한 섬이 놓여 있었대요. (크으-)
        제 생각엔 전설의 미담님이 다녀가신 듯합니다.

수호   미담님?!

비찬   그 왜 달! 복면! 곡식요! 지붕 위를 날아다니는 우리 미담님!! 와-
        그 집 앞에 죽치고 있을걸. 그랬음 실제로 봤을 텐데-

수호   (미간 살짝) 애꿎은 길 놔두고 지붕은 왜 날아다녀. (은근 지붕 보
        고) 그래서, 주로 어디에 나타난다고?

비찬   (당황하며) 그걸 제가 어떻게 알아요.

수호	주로 나타나는 시간은?
비찬	(뭘 물어) 밤이겠죠.
수호	(아무 말없이 돌아서서 밖을 나가면)
비찬	(쫓아가며) 나리! 이 밤에 어디 가시는 건데요!

S#30. 궐, 이소의 방 앞 / N

윤학, 어둡고 고요한 긴 복도를 천천히 걸어 이소의 방 앞으로
걸어가면,
방문 앞에 있던 상선, 윤학에게 예를 갖춰 인사하고는

상선	전하! 좌부승지영감이 들었사옵니다.
이소(OFF)	들라 하라.

S#31. 궐, 이소의 방 안 / N

윤학, 서책 두 권을 든 채 안으로 들어가면,
야장의(夜長衣)*를 입은 이소, 윤학을 반갑게 보고.
윤학, 예를 표하곤 자리를 잡고 앉는

윤학	(가지고 온 서책 내밀며) 전하, 오늘 새로 가져온 서책입니다.

이소, 서책을 받아, 표지 보면 [혼자가 좋소]라고 쓰여 있다.
이소, 서책 표지를 손가락으로 잠시 어루만지다, 제목 부분의
종이를 조심히 떼어내면
안에 작은 쪽지가 들어 있다. 쪽지를 펴서 보면 [全羅道無君所

*　　　 궁중에서 왕, 세자, 세손이 밤에 입는 긴 잠옷.

尋之物[*]]라고 쓰여 있는.

이소, 실망한 표정으로 윤학을 보면

이소	(낮은 한숨) 큰 기대는 안 했다만, 이번에도 아무것도 못 찾았구나.
윤학	너무 조급히 생각하지 마시고, 다음 달을 기다려보소서.
이소	(낙심한듯 서책 내려놓다 옆에 놓인 책 흘끗 보곤) 헌데... 이건 무엇이냐?

이소, 서책 집어 들면, [깨어나보니, 좌부승지부인]

윤학	(미소 지으며) 소신이 읽어보니 꽤나 재미있는 패설이라... 전하도 읽어보시면 좋을 듯하여 가져왔사옵니다.
이소	(떨떠름한 표정으로 가볍게 서책 밀치는) 제목부터 영 기분이 언짢구나. 요즘 과인의 인기가 윤학이 너보다 못한 모양이지?
윤학	아무래도 중전마마와 후궁까지 계신 전하보다야 홀로 된 제가..
이소	자네도 이만 일가를 이루게. 벌써 홀로 된 지 10년이 아닌가.
윤학	(미소 지으며) 언젠가 제가 안심하고 전하의 곁을 떠날 수 있게 되면, 그때 생각해보겠습니다.
이소	(윤학 놔줄 생각 없는) 아무래도 자넨 홀로 죽게 되겠구먼-
윤학	(미소 지은 채 서책 챙기며) 내일은 경연에 나오시는 게 좋을 듯합니다. 오늘 좌상대감의 얼굴이 좋지 않았습니다.
이소	모르는 소리. 사람이 갑자기 변하면 안 된다. 막상 내가 나가면, 얼마나 당황하시겠느냐. 어릴 적 스승님을 놀라게 해드려선 안 되지.
윤학	(미소 지으며) 가끔씩 놀라게 해드리는 것도 나쁘진 않지요.

윤학을 바라보며 피식 웃는 이소의 시선에서.

*   [전라도엔 아무것도 없었습니다.]

S#32.   한양 전경 / D

인왕산 아래로 창덕궁과 북촌, 운종가 저 멀리 도성 밖 판자촌
까지 넓게 보이는 위로

염흥집(E)   으아아아악!

새들이 놀라 푸드덕 날아오르고. 다급한 발소리들이 들려온다.

S#33.   호판댁, 마당 / D

화면 밝아지면 노발대발하며 기함하는 염흥집의 얼굴!

염흥집   (부들부들) 감히 이 나라 호조판서의 물건에 손을 대!! 누구야악-!!!

마당에 모여 있는 하인들, 또 난리인가 싶어 긴장하며 눈을 아
래로 깔고 있고,
뒤쪽에서부터 홍해가 갈라지듯 갈라지며 모습 드러내는 무관
복장의 수호, 그리고 비찬.

염흥집   (수호 발견하고 버선발로 마당까지 내려와) 자네 왔는가!
수호   (몸 스윽 피하며 건조하게) 아침부터 무슨 일로 부르셨습니까.
염흥집   (부들부들) 자네밖에 믿을 사람이 없어서 내 금위대장에게 특별
히 부탁했네!
수호   (보면)

S#34.   호판댁, 사랑채 방안 / D

수호, 표정 없이 그림을 바라보고 있고,
그 옆에 비찬은 비집고 나오려는 웃음을 간신히 참고 있다.
카메라 틸업하면 사랑채 벽에 걸린 커다란 그림. 그런데 그림이
좀 이상하다. 응???
눈은 짝짝이에 붓으로 대에충 그린 고양이 그림, 약 올리듯 걸
려 있다.

염흥집   (분해 죽는) 자넨 봤지 않는가!! 내 산중백호도를! 어느 정신 나간
         놈이 내 비싸디비싼 귀한 그림을 이 따위 그림으로 바꿔놨네!

수호   (귀찮다) ... 짐작 가는 이라도 있으십니까?

염흥집   (칼답!) 없지. (하다) 누가 감히 조선 팔도에서 나 염흥집을 건드려,
         어? (번뜩) 그래, 어젯밤에 하인 하나가 담 넘는 시커먼 놈을 보
         았다 했어!

수호   (스윽 염흥집 보는) 혹 그자가 검은 복면을 썼다 합니까?

염흥집   어, 어! 맞네. 이 씹어 먹어도 시원찮을 놈!

수호, 펄떡대는 염흥집을 보다가 그림 보면 뭔지 모르게 그림이
약 올리는 듯한- 느낌.
눈빛 가늘어져 본다. 이것도 그 여인 짓인 건가...

S#35.   좌상댁, 사당 안 / D
눈을 지그시 깔고 앉아 있는 여화, 그 옆에 황당한 얼굴인 연선.
카메라 틸업하면 사당 바닥에 떡하니 호랑이 그림이 펼쳐져 있
다. 염흥집의 산중백호도!

연선   (기어이 나갔다 왔구나) 이... 웅장한 호랑이는 뭘까요?

여화	누군가의 맷값이다.
연선	(심호흡 크게 한 번 쉬고) 어찌 된 일인지부터 말씀해주시겠어요?

S#36. 몽타주 / (테이프 빠르게 돌아가는 느낌 3배속)

여화(E)	(테이프 감는 소리로) 이게 어떻게 된 거냐면-

#36-1. 빈민촌, 곽씨할배 집, 앞 / N

(기존 상황보다 더 오버스런) 곽씨할배, 활유와 안고 엉엉 우는 그 위로- cut.

여화(E)	할배가 그깟 그림 벅벅 찢고 싶소, 이러고 우는데 너무 화가 나는 거야.

#36-2. 여화의 별채, 마당 / D

담장 앞에서 이리저리 왔다 갔다, 심란한 여화. (#25-1~2의 모습)
그러다 번쩍! 뭔가 좋은 생각이 떠오른 듯.
여화, 갑자기 방 안으로 후다닥- 들어가는 데서

여화(E)	그 대감이란 작자가 아끼는 그림이라니- 어디 나도 한번 보러 가야겠다 싶었지. 대체 어떤 그림이길래 사람을 그 지경으로 만들었나 싶고.

#36-3. 호판댁, 담장 안 / N

염흥집의 담장을 훌쩍 뛰어넘는 검은 그림자, 복면을 한 여화.
그 위로- cut.

여화(E)   어차피 맷값으로 다 치른 그림이 염흥집 손에 있을 이유가 없잖
            아? 연선이 네 계산법으로 생각해봐. 셈이 딱 맞지?

#36-4.   **호판댁, 사랑채 방 안 / N**
            여화, 조용히 방문을 열고 들어가면,
            염흥집 코를 드르렁드르렁 골며 잠이 들어 있는데
            여화, 어둠 속에서 벽에 걸린 [산중백호도]를 쳐다보다씩 웃다가
            뒤적뒤적. 뭔가를 걸어놓고 나가면 커다랗게 걸린 여화표 산중
            고냥도. 그 위로- cut.

여화(E)   벽이 허전할까 봐 친절하게 따끈따끈한 그림까지 걸어두고 왔
            다구.

S#37.   좌상댁, 사당 안 / D
여화   (생긋 웃어 보이며) 그래서 갖고 왔다!
연선   (고개 숙인 채 부들부들)
여화   (... 급하게 뒤적뒤적 소매에서 도토리 꺼내 귀를 막는)

S#38.   좌상댁, 사당 밖 / D
연선(OFF)   아씨이이이!

            사당이 떠나갈 정도로 흔들리는 연선의 고함.

S#39.   운종가 거리 / D

운종가 거리, 필직과 만식, 거들먹거리며 거리를 걷는다.

상인들, 벌벌 떨고 있는데 필직, 곡물을 파는 상인1에게 다가간다.

상인1   (굽신 인사하며) 단주님, 나오셨습니까.

필직   그래, 장사는 잘되고?

상인1   자리를 내어주신 덕분에 겨우 입에 풀칠은 면했습니다. (꾸벅) 이 은혜 잊지 않겠습니다요.

필직   (곡식들을 휘- 둘러보다 호두 한 알을 들면)

상인1   천안 호두이온데 맛이 아주 기가 막힙니다.

필직   (빠직! 눈썹 치켜올려 세우는) 뭐라?

만식   (!!! 급하게 필직의 눈치를 보며 조용히 하라는 듯 상인 노려보면)

상인1   (방긋 웃으며 강조하는) 천.안.호.두!

반대편에서 걸어오던 소운과 활유, 거리 좌판에서 물건 팔고 있는 상인에게 인사하는

상인2   대행수님! 안녕하십니까!

소운   잘 지냈는가.

소운, 상인들의 매대를 하나씩 살펴보고 있는데 우당탕!

필직(OFF)   네놈이 죽고 싶어 환장했느냐!!!

카메라, 반대편, 소리 나는 쪽 비추면 필직이 매대 하나를 뒤집고 상인 하나를 팬다.

필직   천한 호두라니! 어딜 감히 천하다는 말을 내 앞에서 꺼내는 게냐!!

상인1   (싹싹 빌며) 천안 호두라 말씀드린 것이온데 제게 왜 이러십니까!!
필직   (흥분해서 때리며) 다시 한 번 말해봐! 천한? 천한?!

소운(OFF)   지금 뭐 하는 짓이오! 강단주!!

필직, 상인을 때리다 돌아보면 소운이 단단하게 서 있다.
활유, 듬직하게 소운 앞을 가로막으면

소운   (활유에게) 되었다. (위엄 있게 필직에게 걸어가는데)
필직   아니 이게 누굽니까. (빈정거리며) 지나가던 길이면 곱게 지나가
       시지요.
소운   (강조하며) 천안 호두 맛을 좀 볼까 했는데 강단주는 천한 것을
       싫어하나 봅니다.
필직   (천안에서 빠직! 소운의 귀에 가까이 다가가) 그때 죽였어야 했는데...
       그랬다면 니년의 입에 호두 따위가 들어갈 수 있겠느냐.
소운   (단단하게) 얼마나 다행입니까. 기어이 살아남아 대행수로서 책
       임을 다하고 있으니, 하마터면 근본도 모르는 양아치한테 수백
       년 이어온 전통이 깨질 뻔하지 않았습니까.
필직   양아치라니!! 어디 감히! 이래 봬도 내 몸엔!! (순간 소운의 뒤로 장
       옷을 쓰고 나온 난경과 시선 부딪히고 말 멈추는)

난경, 건조한 시선으로 필직을 바라보다 시선을 거두고 지전상
안으로 들어가면

필직   (비릿하게 웃으며) 언제까지 그 자리를 지킬 수 있을 것 같으냐.
소운   (여유롭게) 제 자리를 걱정하시는 겝니까. (하다) 그래 봤자 강단
       주의 자리는 아닐 겝니다.

소운, 명도각으로 들어가면. 필직, 긴장된 표정으로 지전상으로 향하는 모습에서.

S#40. 금위영, 집무실 안 / D

집무실 벽 한가운데에 떡하니 붙어 있는 산중고냥도 그림.
수호, 그 앞에서 팔짱 끼고 그림 보고 있다. 입가에 피식, 오르는 웃음.
어느새 비찬도 옆에 와 그림을 감상하고 있다.

비찬   (고개 갸웃) 갭니까? (하다) 곰인가? (하다) 한 가진 확실하네요.
수호   뭐가 말이냐.
비찬   우리 미담님이 그림은 더럽게 못 그리신다는 거요. (큼) 사실 전 그놈의 그림이 도둑맞아 통쾌합니다.
수호   (비찬은 보지 않고 엄하게) 네 본분이 무엇인지 잊은 게냐?
비찬   (움찔하면서도 투덜) 두들겨 맞은 노인을 생각하면-
수호(O.L) (눈빛 굳다) 노인의 집에 쌀을 가져다주는 정도야 미담으로 치부할 수 있으나, 이것은 도적질이다.

벌컥 문 열리면 치달 들어오고, 수호와 비찬, 치달에게 고개 끄덕 인사하면

치달   (호기심 어린) 호판대감이 자넬 왜 불렀나? 뭐 또 귀찮은 일 부탁하지? (하다) 이해하게. 걸핏하면 공사 구분 못하고 공권력을 사사로이 쓰는 사람이라... (하다, 그림 보고) 이건 또 뭐야!
수호   집에 산중백호도가 사라지고 이 그림이 남아 있었다고 합니다.
치달   뭐? (그림을 쓸데없이 유심히 보고) 명색이 호조판서댁에 던져놓고

간 그림인데 그냥 그림일 리 없다! (고양이 눈을 보며) 역적들 무리
가 날린 경고장이라든가.

수호 (과하다) 제가 보기엔 그저 한낱 도적이 아닐까 싶은데.

치달(O.L) 싸늘하다! (목소리를 낮추며) 자네 맹호위서(猛虎爲鼠)라는 사자
성어를 아는가?

수호 … 호랑이가 위엄을 잃으면 쥐가 된다는 뜻 아닙니까?

치달 그 말이 뭘 뜻하는지 모르는가? 군왕이 권위를 잃으면 신하에
게 제압을 당한다는 말일세. (공포스러운 듯) 역모의 냄새네!!

비찬 (무슨 말인지 못 알아듣고) …. 연모요?

수호 (이런 대화에 끼고 싶지 않다…)

치달 (비찬을 찌릿 봤다가) 도적이든 역적이든 자네가 이놈을 꼭 잡게.
금위영의 명예가 자네 손에 달렸네!

수호 … 알겠습니다.

S#41. 필여각, 강필직 사무실 안 / D

화려한 탁자 앞에 필직 앉아 있고, 만식 옆에 서 있는

필직 내 반드시 하나 남은 명도각까지 뺏은 후에 그년이 어떤 표정을
짓는지 봐야겠다. (만식에게) 청나라로 가는 배는?

만식 차질 없이 준비해놓았습니다.

필직 염흥집에게 먹인 돈이 얼만 줄 아느냐? 어렵게 만든 뱃길이니
물건을 보내는 데 절대 실수가 있어선 안 된다.

만식 걱정 마십시오.

필직 (귀찮은 얼굴로) 또 하나 신속히 처리해야 할 일이 있다.

만식 (서늘한 표정) 언 놈을… 죽일까요.

필직 그림 하나를 찾아와!

만식	(시답잖은 일에 실망하는 표정인데)
필직	긴히 내려온 일이니 조용하게 처리해.
만식	예, 형님. (비장해지고)

S#42.　좌상댁, 부엌채 안 / D

여화, 커다란 가마솥 앞에서 긴 나무 주걱을 헉헉대며 젓고 있다.
이글대는 장작불 열기에 얼굴이 벌게진 채 소매로 땀 닦는.
연선, 안절부절못하고. 이때 금옥, 부엌채 안으로 들어와

금옥	오랜 시간, 한결같은 정성을 다해야 조청이 완성되는 법이다.
여화	네, 어머니. (억지 미소 걸려 나무 주걱 젓는다)
금옥	(명상하듯) 급하지 않게, 허나 느리지도 않게- 강하지도 그러나 약하지도 않게, 처언천히- (하다) 일정한 속도로 계속 저어줘야 바닥에 눌어붙지 않는 게야.
연선	(보다 못해) 제가 젓겠습니다. (나무 주걱 뺏으려고 하면)
금옥	(엄한 표정으로) 어딜!! 감히 대감이 드실 조청에 손을 대느냐.
연선	송구합니다... (깨갱 하고)
여화	(금옥의 눈치 흘끔 봤다가 운 떼는) 근데... 어머니 (하다) 내일..
금옥(O.L)	내일 일은 오늘 일을 마쳐야 시작되는 법. 처언천히- 어서 젓거라.

땀을 뻘뻘 흘리며 조청을 젓는 여화의 모습에서.

S#43.　금위영, 집무실 안 / N

집무실 안. 굳은 표정으로 앉아 있는 수호 앞에 놓인 꽃신과 고양이 그림.

그 앞으로 아무것도 적혀 있지 않은 화선지 놓여 있고 손가락으로 톡톡..
책상을 두드리다 수호 마음 굳혀 붓을 드는 데서.

S#44. 좌상댁, 부엌채 안 / N
여화, 죽상 되어 나무 주걱 돌리고 있다. 팔에 힘이 하나도 없어 죽을 맛이다.

여화   오늘 밤에 조청이 만들어지기는 하는 걸까? 이걸 다 만들어야 절에 가는데... (다시 힘내서 돌리며) 할 수 있다!
봉말댁(E) 아씨, 대감 마님께서 부르십니다.

아버님께서? 서둘러 부엌채 나가는 여화.

S#45. 좌상댁, 사당 안 / N
지성, 사당 안에서 석정의 위패를 말없이 바라보고 있다.
한없는 쓸쓸함과 서글픔이 묻어나는 지성의 시선이 적막 속에 흐르고.
덜컹! 이때 사당 문이 열리고 여화, 들어오려다 위패 앞에 서 있는 지성을 본다.

여화   부르셨습니까.
지성   (따뜻하게 바라보며) 내일 절에 가야 하는데 너무 늦게 부른 것이냐.
여화   (울컥 올라와 지성 보며) 내일인지.. 알고 계셨습니까.
지성   그걸 내 어찌 모르겠느냐. (하다) 쌀 두 섬을 내줄 테니 가서 공양

	하고 오거라.
여화	(괜히 눈물 나고) 고맙습니다, 아버님.
지성	네가 우리 집안 며느리이니 네 오라비 성후도 우리 식구나 진배 없다. 정성을 드려 돌아올 수만 있다면 쌀 몇 섬이 아깝겠느냐.
여화	(뭉클한 시선으로 지성 보면)
지성	오라비가 돌아올 거란 희망 하나로 이 모진 시간을 잘 버텨내고 있음을 내 모르지 않는다.
여화	아버님...
지성	피곤하겠구나. 어서 내려가서 쉬거라.

지성, 사당 문을 나서고 여화, 지성의 쓸쓸한 뒷모습 바라보는 데서.

〈시간 경과〉
여화, 담담한 얼굴로 사당 마루 판자 하나를 들추면
검은 비단포에 쌓인 길쭉한 물건. 비단 걷으면 50cm 정도의 짧은 창포검*.

플래시백
#45-1. 동굴 / D
채색옷을 입은 여화(17), 서글픈 얼굴로 큰 나무 뒤의 동굴 안으로 들어선다.
돌무더기 쌓인 곳에 풀썩 주저앉아 다급하게 돌을 걷어내는.
그 아래 묻힌 긴 나무 상자 꺼내 열어보는데 그 안에 창포검이 들어 있는 !!!

여화	(검을 보며 울컥) 오라버니, 대체 어디 계시는 거예요? 저 혼인할지도 몰라요. 제발 저 좀 데려가주세요.

현재
여화, 창포검을 다시 비단에 곱게 싸며

여화	벌써... 15년이네요.

S#46.   사찰 전경 / D
제법 깊은 산속 사찰. 뎅-뎅- 고요함 위로 바람에 흔들리는 풍경
소리 들리고.

S#47.   사찰 안 / D
나란히 세워진 여러 위패 사이에 임강과 서숙현의 위패 놓여 있다.
속을 알 수 없는 얼굴로 가만히 그 위패를 보고 있는 수호.

플래시백
#47-1. 수호의 집, 마당 / N (어린 시절, 1부 S#48의 집)
살수들(*필직과 무리)의 다리와 피 묻은 칼날들. *cut.*

수호의 집 마당엔 핏자국이 낭자하고, 마당에 처참하게 죽은 하
인들. *cut.*

등에 칼을 맞고 풀썩 쓰러지는 어린수호.
임강, 쓰러지는 수호를 구하기 위해 뛰어오는데.

임강의 등 뒤에서 번뜩이는 칼날(*필직)이 순식간에 임강을 베어버리고.
마지막까지 수호를 보호하듯 수호를 향해 다가가며 쓰러진다.
수호의 흐려지는 시선으로 보이는 분명치 않은 살수의 얼굴
(*필직) 뒤로
무참히 다른 살수에게 베여 쓰러지는 어머니가 보이는 !!! cut.

현재
사찰 밖에 서 있는 윤학이 수호의 뒷모습을 안타깝게 보고 있다.
고요한 사찰 안으로 풍경 소리만 들려온다.

S#48.   사찰 밖 / D
수호, 사찰 밖으로 나오면 안타깝게 바라보던 윤학, 다시 무심하고 담담한 표정 짓는

수호   (윤학 보며) 같이 와주셔서 고맙습니다.
윤학   (뚱하니) 네 부모님 기일에 같이 안 가면 무심한 형이라고 아버님 잔소리가 사흘은 갈 것 아니냐.
수호   3년 만에 찾아온 거라... 부모님께 인사가 좀 길었습니다. (하다) 이제 내려가지요.

이때, 스님 다가와 윤학에게 합장한다.

스님   작년에 그 빗속에도 오시더니 올해도 또 잊지 않고 찾아주셨습니다.

수호, 무슨 말인가 싶어 보면 윤학, 자기한테 한 말이 아닌 것처럼 대충 스님에게 합장을 하고 자리를 피한다. 스님, 수호에게 합장하며

스님   참으로 아우를 아끼시는 형님 아닙니까.
수호   (윤학을 바라보는 시선에서)

S#49.   한적한 산길 / D
나란히 산길 말없이 내려오는 수호와 윤학.
수호, 그런 윤학을 복잡한 심경으로 쳐다보는.

S#50.   한적한 산길, 다른 일각 / D
산길 오르는 발걸음이 가벼운 여화와 이미 지쳐 헥헥거리는 연선.
그 뒤론 지게에 쌀을 진 하인 둘도 고되어 보인다.

연선   (힘이 들어 헥헥) 아씨.. 얼마나 남았어요?
여화   거의 다 왔다.
연선   반 시진 전에도 거의 다라고 하셨잖아요.

여화, 쌀을 지게에 진 하인들 돌아보며

여화   힘들겠구나. 잠시 쉬어가자.
연선   (철푸덕 주저앉아 헥헥거리는)

#50-1.   산등성 너머에 옹기종기 모여 여화 일행을 숨어서 지켜보고 있는

남루한 사람들 일곱. 어설픈 생계형 화적떼다.

손엔 호미, 낫, 뭉툭한 나무 몽둥이를 들고 초조한 듯 침을 꼴깍 꼴깍 넘기고 있는데.

화적1	행님! 맘, 단디 묵으소. 저기 짊어진 지게 보이제. 쌀이 두 섬이여.
화적2	(낫을 든 손을 덜덜 떨며) 이러다 천벌 받는 거 아닌가 몰러.
화적3	천벌을 받기 전에 우리 애들이 다 굶어 죽을 판인디, 이판사판이여.
화적1	조심하쇼. 사람이 다치믄 안 되는 거 명심하라고...
화적2	그럼, 하나, 둘, 셋에 나가는 겨?
화적1	하나, 둘에 나가는 건 어떤교?
화적3	이러다 해 지겠네. 최대한 험한 면상들 하라꼬...

#50-2.   여화, 연선과 잠시 바위 위에 앉아 한숨을 돌리고 있고,
아래쪽엔 쌀 지게를 내려둔 하인 둘이 숨을 돌리고 있는데,
와아아아- 어디선가 들려오는 떠들썩한 함성.
그리고 이어지는 다다다다- 발소리에 여화 고개를 돌리면,
화적떼가 손에 낫, 호미들을 들고 달려오고 있다. 여화, 놀라 일어나는데,
화적떼 뛰어와 엉거주춤하며 손에 든 무기로 여화 일행을 위협하는.

화적1	(호미 든 손을 덜덜 떨며) 목심이 아까부면... 언능... 쌀을 내놔라!
화적2	내놔라! 안 그러면 가만 안 둘 겨!!
화적3	가만 안 둔당께!! 진짜여.

여화, 어이없어 돌아보는데, 아래쪽에 쌀 지게를 진 하인들은 벌써 다 내뺀 다음이다.

여화   (침착하게) 원하는 게 저 쌀이냐.

화적1   그럼 뭐겠냐?

여화   (화적떼의 몰골 보니 견적 나오고) 사람만 상하게 하지 말고, 쌀은 가지고 가거라.

화적2   (응? 이렇게 쉽게 내놓는다고) 정말이여? 진짜 우리가 가져가도 되관디?

여화   그래, 가지고 가라 하지 않느냐.

화적1   (어리둥절한) 한입으로 두말하는 거 아이지요?

여화   얼른, 가지고 가래두!!!

화적떼들 오히려 당황하며 주섬주섬 쌀가마니 쪽으로 가는데..

#50-3.   카메라 위쪽으로 쭈욱 빠지면 수호와 윤학, 산길에서 내려오고 있다.
          아래쪽에서 사람들 웅성거리는 소리 들리고 뭔가 이상한데,
          수호, 내려다보니, 소복 입은 여인과 따르는 하녀 한 명을 화적떼들이 둘러싼 형국이다.
          상황이 위급하다 느낀 수호.

수호   형님은 여기 계십시오.

윤학   어? 왜?

하고, 윤학이 보면 저 멀리 여화 일행과 화적떼 보이고,
수호는 둘러보다 긴 나무 막대기 하나 잡아 산 아래로 돌진!

S#51.   명도각, 장소운 집무실 안 / D

활유, 안채 마당으로 들어오며 소운에게

활유   대행수님! 금위영에서 서찰이 왔는데요.

소운, 활유에게 서찰을 받아 펼치고, 표정 굳는.

S#52.   한적한 산길, 다른 일각 / D

여화, 화적떼가 지게를 등에 업는 걸 도와주고 있다.
얼결에 연선도 돕고 있는데, 비쩍 마른 화적2 무거워 다리 휘청
하고

여화   들고 내려갈 수 있겠느냐?
화적2   걱정 말어..유. (하다) 말어라잉!
수호(OFF)   멈춰라!

여화, 올려다보면... 저자는... 왜 또!!

여화   아이씨- 저자가 왜 또 여기 있냐?
연선   (어리둥절) 누군데요? 아씨, 아는 분이세요?

여화, 장옷을 훅 올려다 쓰곤, 수호가 화적떼 쪽으로 못 가게 길
을 막아서는데
여화   (애써 가냘프게) 도와주세요! 위험합니다.
수호   도와드릴 테니 일단 저쪽으로 비키시오.

수호, 막아서는 여화를 훅- 넘어, 화적떼 쪽으로 달려간다.

여화, 안 되겠다! 장옷 쓴 채로 수호 쪽으로 다다닥- 따라 내려가 겁에 질린 화적2 손에 든 호미를 덜덜 떠는데, 그 손을 확 잡아 자기 목에 가져다 대며

여화 　저어... 나리! 제가 위험하니 저부터 구해주세요. 거기 말고 저요!!
화적2 　(겁에 잔뜩 질려) 왜... 이러..세..요오...

수호, 돌아보는데, 호미 목에 겨눠진 여화 보이는데,
막상 호미를 든 화적2 벌벌 떨며, 손을 확 빼내며 호미 떨어뜨리면
수호 '이게 무슨.' 하다 우선 제 앞의 화적떼를 낙엽 떨어뜨리듯
이 손쉽게 제압하고
여화에게 가려는데... 이러다가 화적떼들이 수호한테 다 잡혀 버릴 것 같고...

여화 　아니, 나를... 나부터..

때마침 여화의 옆쪽으로 달려오는 화적 하나 잡으려 달려오는 수호다!

여화 　(가냘프게) 에그-머니나!!

짐짓 다소곳한 비명을 지르며 수호 쪽으로 거짓으로 푹 쓰러지고,
수호, 그 순간에 빠른 몸놀림으로 여화를 받아 안는 위로
수호(E) 　금위영 종사관으로서 전합니다. 당신을 반드시 잡을 것이니 부디-

풀썩 넘어진 여화, 감긴 눈을 살짝 뜨는데,
저를 빤히 보고 있는 수호와 제대로 눈 맞았다..!!

수호(E)   절대 내 눈에 띄지 마시오.

여화와 수호가 서로 눈을 못 떼는 데서. 엔딩.

S#53.   여화의 별채, 방 안 / D

여화, 겸허한 표정으로 앉아 있다. 천천히 먹을 갈며 심호흡 크게 한 번!
천천히 붓에 먹을 묻혀 바닥에 편 화선지에 커다랗게 동그라미를 그린다.
그러다가 맘에 안 들었는지 구깃, 하고 다시 새 화선지에 동그라미-
심혈을 기울이는 듯, 얼굴엔 먹물도 묻어 있고.

〈시간 경과〉
다 됐다. 만족한 표정으로 화선지 들어 보이면 커다랗게 그려진
[산중고냥도]
산중고냥도 클로즈업되며 오버랩으로-

S#54.   금위영, 집무실 안 / N

산중고냥도 클로즈업에서 카메라 빠지면
그림을 앞에 두고 톡톡. 아무것도 적혀 있지 않은 화선지 앞에 앉아 있는 수호.
책상을 두드리다 수호 마음 굳혀 붓을 들고 정갈히 써 내려가는

서찰.

봉투에 서찰을 넣어 밖으로 나가는 수호.

바람에 화선지 뭉치들 팔랑팔랑하는데, 카메라 클로즈업되면
정갈한 글씨 적힌 화선지 사이로 여화의 눈만 그려진 수호의 그
림 보이는 데서. 엔딩.

어디선가 본 듯도 ᄒᆞ여

프롤로그

S#1. 좌상댁, 안채 안 / D

화면 밝아지면 금옥 앞에 다소곳하게 앉아 있는 여화.
서안 앞에 앉아 책 너머로 여화를 바라보는 금옥의 시선.

여화   (조신하게) 내훈에 따르면 남자와 여자는 한자리에 섞여 앉지 말
        고, 물건을 직접 주고받아서도 안 됩니다.
금옥   (건조하게) 평상시는 물론이고, 제사나 초상 때라도 광주리 같은
        도구를 이용해서 물건을 주고받으라 했다. 왜인 것이냐?
여화   남녀 사이에 혹시나 있을 수 있는 신체 접촉을 피하기 위함입니다.

여화(E) (가녀린 목소리) 나리이! 그쪽 말고 이쪽부터 구해주세요오-

S#2. 한적한 산길, 다른 일각 / D

화적떼를 쫓아가는 수호를 기어이 잡아끄는 여화의 슬로 모션.
아픈 척, 수호 쪽으로 풀썩 쓰러지는 여화를 빠른 몸놀림으로
받아 안은 수호!
!!! 놀란 여화, 슬그머니 실눈을 떠보면 수호, 여화의 얼굴을 빤
히 바라보고 있다. !!
서로 잠깐의 정적이 흐르고 번뜩! 놀라 자기도 모르게 안고 있
던 여화를 놓아버리는데
여화, 비탈길이라 힘없이 데구르르르. 응?

연선   (눈이 휘둥그레지며) 아씨이!! (쫓아 내려가고)

데굴데굴 굴러가는 여화 위로.

3부
어 디 선 가 본 듯 도 하 여

한적한 산길 / D

이 모습을 본 윤학, 깜짝 놀라 허겁지겁 수호 곁으로 간다.

윤학   대체 무슨 일이냐!!

자기가 굴려놓고 당황한 수호도 이내 정신 차리고 급히 여화에
게 달려가고.
철푸덕! 여화, 욱! 내면에서 깊은 빡침이 올라 벌떡 일어나려는데
연선, 휘익! 장옷으로 급하게 여화의 얼굴을 가려주며 잡아 세
운다.

연선   (낮은 목소리) 아씨, 보는 눈이 많아요. (여화를 진정시키고)

마침 수호와 윤학, 급하게 여화 앞에 다다른다.

수호   (바로 수사 모드) 화적떼들이었던 것 같은데..
연선   아무 일 없었습니다.
수호   혹시 얼굴을 아는 자들이었습니까?
연선   (여화 눈치 살피며) 그게..

윤학(O.L)	(연선 알아보고) 어? 아는 얼굴이네?
수호	(윤학 보고) ?
연선	(윤학 말을 못 들은 척 수호에게) 처음 보는 자들이었습니다.
윤학	(연선에게 조용히) 우리 그때 세책방에서 만나지 않았느냐?
여화	(장옷 사이로 얼굴 빼꼼히, 윤학과 연선 쪽쪽 보고 연선에게) 누구야?
수호	(여화에게 담백하게) 금위영 종사관입니다.
연선	(여화에게 소곤) 오다 가다 잠깐- (종사관이란 말에 놀라) 네에? 종사관이시라구요? (여화 머리를 장옷으로 더 꽁꽁 감춰주는)
윤학	(장난스레) 종사관에 놀랄 필요 없다. 나는 이 나라 좌부승지다.
여화, 수호, 연선	(동시에 윤학에게 시선이 화악! 여기서 갑자기?!?!)
윤학	(큼큼) 그저 다들 놀란 마음일 듯하여 (하다, 급 화제 전환, 연선에게) 지난번, 다친 덴 괜찮으냐?
여화	(소곤) 다쳤었어? 어디?
연선	괜찮습니다. (하다) 아씨께서 많이 놀라신 듯하니 저희는 이만. (꾸벅 인사하고 여화를 꽁꽁 싸매 돌아서려는데)
수호	잠깐.
여화	(움찔 놀라 멈추는)
수호	눈앞에서 사건을 목격했으니 그냥 넘어갈 수는 없습니다. 금위영에서 수사를 할 터이니 협조 부탁드립니다.
여화	(놀라 장옷에서 얼굴 쑥 튀어나오며) 아니, 그 무슨- (하다, 다시 쏙 들어가 연선의 귀에 속닥속닥)
연선	(낭랑한 목소리) 근방에 있는 절에 치성을 드리러 가던 길이라 발길을 돌릴 수가 없습니다, 라고- 저희 아씨께서 말씀하십니다.
여화	(연선에게 빨리 가자 눈짓, 발을 떼면)
수호	그럼.
여화	(꾸벅 인사하고 돌아서려는데)
수호	절까지 함께 가시지요. 화적떼들이 다시 올 수도 있고...

여화	...!! (진짜 보자 보자 하니까, 연선이 옆구리 꾹) 무례하오, 라고 전해.
연선	(놀라) 제가요? 종사관이랑 좌부승지라는데요?
여화	(미치겠네, 연선 뒤에 숨어 목소리 최대한 변조해) 어찌 이리 무례할 수 있습니까. (한 번 가다듬고) 남녀가 유별한데 수절 중인 아녀자가 이 자리에서 남정네와 말을 섞는 것만으로도 불편할 수 있음을 왜 모르십니까. (하다) 하물며 금위영에서 화적떼를 만난 일을 조사한다면, 그 소문이 불러올 파장이 무엇일지 정녕 모르시겠습니까.

수호와 윤학, 연선 뒤에 얼핏 보이는 여화의 말에 압도당하는

수호	큰 결례를 범했습니다. 오늘 일은 피해가 가지 않도록 조치하겠습니다. (윤학에게) 이만 가시지요.
윤학	그래.. (하다, 여화에게) 조심히 가십시오.

수호, 여화에게 예를 표하고 연선도 윤학에게 다시 꾸벅 인사를 한다.
산을 내려가는 그들의 뒷모습을 바라보는 여화와 연선, 이윽고 시야에서 보이지 않자

여화	(장옷 확- 걷어내며) 와- 원수는 외나무다리에서 만난다더니-
연선	...? 우리 아씨, 언제 또 종사관 나리와 원수가 되셨을까..
여화	(눈 굴리며) 아아니이. (하다) 딱 봐도 나랑 원수가 될 상 같지 않느냐?
연선	딱 봐도 아씨 정체를 알면 얄짤 없이 잡아갈 상이었습니다.
여화	그치? 나 아까 굴리는 거 봐. 인정이라고는 눈곱만큼도 없는 게- (수호 내려간 곳 보며) 절대! (강조) 다시는 마주치지 말아야 할 자다.
연선	(좀 수상하다) 저 종사관, 마주친 적 있으세요?

여화	(꿍!) 연선아- 나 아파, (몸 여기저기) 요기- 요기도!
연선	(여화 돌려가며 몸을 살피는)
여화	내가 날아만 봤지, 굴러보긴 처음이네.
연선(O.L)	(여화 소복에 묻은 흙 무심히 툭툭 털어주며) 지금 화적떼 놓아주겠다고 나섰다 더 큰 사고 나실 뻔했어요. (하다) 남들 눈에 띄어서 큰 사달 날 걸 흙바닥 구르는 걸로 막으셨다 생각하세요.
여화	(연선을 빤히 보며) 오- 그 생각을 못했네?
연선	(바닥에 널브러진 쌀 두 섬 보며) 그나저나... 이것들은 어떡할까요? 제가 다 이고 갈 수도 없고...
여화	(보다가) 두고 가자.
연선	(크게 놀라) 이 많은 걸 다 두고 가신다고요?
여화	공양도 좋지만 당장 배곯는 자들이 가져가는 게 낫지. (하다) 지체했구나. 어서 가자. (사찰을 향해 올라가는 데서)

S#4. 산길, 내려가는 길 / D

수호와 윤학, 산길을 내려가고 있다.

윤학	하마터면 큰일 날 뻔했다. 마침 우리가 지나갔기 망정이지 위험한 상황이었구나.
수호	(갸우뚱) ... 전혀 위험해 보이지 않던데...
윤학	그게 무슨 말이냐.
수호	오히려 화적떼를 도와주려는 것 같아 보이지 않았습니까?
윤학	(황당한) 그들이 화적떼랑 한패란 말이냐?
수호	그렇진 않을 겁니다. 좌상댁 큰며느님이었습니다.
윤학	(놀라) 좌상댁? 그걸 니가 어찌 알아?
수호	얼마 전, 명도각에서 우연히 뵈었습니다.

| 윤학 | 소문만 무성하던 좌상댁 큰며느리라... |
| 수호 | 무슨 소문이요? |

S#5. 사찰 마당 / D

여화와 연선, 사찰 마당에서 스님들과 인사하고.
연선, 마당에 있으면 조심히 법당 안으로 들어가는 여화.

S#6. 여화의 집, 마당 / D

〈자막 - 15년 전〉
열심히 목검으로 검을 연습하는 여화(17).

| 윤학(E) | 나도 잘은 모르지만, 원래 무관 집안의 여식이었는데 일찍 조실 부모하고 위로 오라비만 하나 있었다 들었다. |
| 수호(E) | 무관 집안이요? |

타악! 타악! 자세를 잡고 다시 목검을 가다듬는데 뒤에서 뭔가 기척이 느껴지는.
!!! 여화, 순식간에 뒤돌아 타악! 목검으로 쳐낸다. 카메라 틸업 하면
여화의 오라비 **성후(24)**가 여화의 목검을 받아내주고 있다.
절대 밀리지 않는 여화와 한 손으로 여유롭게 받아쳐내는 성후.

| 성후 | (막아내며) 제법이구나. (웃으며) 이젠 네 몸 하나쯤은 지킬 수 있겠어. |
| 여화 | (공격하며) 아직, 오라버니를 따라가려면 멀었습니다. |

성후	(피식, 웃으며) 지금도 충분한데 날 따라와 무엇하게-
여화	오라버닌 스스로를 지키기 위해 무관이 된 게 아니잖습니까- (성후를 공격하며) 저도 오라버니처럼 다른 사람들을 지켜주고 싶어요.

탁! 타악! 성후, 차고 있던 검을 빼내 여화의 목검을 단숨에 쳐낸다.!!!

여화	(엉덩방아를 찧고) 진짜 검을 사용하는 게 어딨습니까? 반칙입니다.
성후	적들한테도 그리 말할 거냐? (미소 지으면)
여화	(투정 부리는) 저한텐 제 검이 없잖습니까?
성후	내, 너에게 꼭 맞는 창포검을 하나 만들어주마. (하다, 여화를 일으켜주며) 곱디고운 너에게 이런 재주가 있다니... 세상이 알게 하지 못해 퍽! 안타깝구나.
여화	(보면)
성후	하지만 분명 네 힘으로 할 수 있는 일이 있을 게다. (여화의 머리를 쓰다듬으며) 그 일을 찾게 되면 기꺼이 해야 한다.

이때, 마당으로 내금위 무사 하나가 뛰어들어온다. 성후, 돌아보면

무사	전하께서... 승하하셨다.
성후	(놀라는)

〈시간 경과〉
무관 복장으로 나가는 성후를 걱정스러운 얼굴로 배웅하는 여화.
성후, 발걸음을 멈추고 여화 돌아보는

성후	급한 일이 생겨 궐에 들어가니 며칠간 집에 못 올 거다.
여화	(걱정스럽게) 저는 걱정 마시고 조심히 다녀오세요.
성후	(여화 어깨 토닥이며) 집단속 잘 하고.. 끼니 거르지 말고 있거라.

성후, 여화를 한 번 보고 다시 대문 밖으로 뛰어나간다.
불안한 얼굴로 마당에 선 여화. cut.

S#7.   여화의 집, 방안 / D

윤학(E)	오라비마저 없이 혈혈단신으로 혼인을 했다 하더구나.

앞에 앉아 있는 어르신 앞으로 허혼서를 밀어내는 여화.

여화	큰아버님! (분노하며) 오라버니도 안 계신데 혼례라뇨? 전 정혼했단 말조차 들은 적이 없습니다.
큰아버지	(화를 내며) 좌상댁이다. 조실부모한 너에게 가당키나 한 자리냐. 네 오라비가 안 돌아온 지 벌써 몇 달이 지났다.

절망스러운 여화의 표정에서. cut.

S#8.   여화의 집, 방안 / D

다른 날. 혼례복을 입고 체념한 듯 앉아 있는 여화.
문이 벌컥 열리고. cut.

S#9.   여화의 집, 마당 / D

윤학(E)	설상가상으로 시집오던 날 아침, 지아비가 죽어 얼굴도 못 본 채 과부가 되었다고 하지.
수호(E)	망문 과부란 말입니까?
윤학(E)	사연이 그러하니 그 삶이 평탄치 않았을 게다.

문이 열리며 혼례복이 아닌, 하얀 소복에 흑비녀를 꽂은 여화가
마당으로 내려온다.
눈물조차 나오지 않는 여화, 담담한 표정으로 마당 앞에 놓인
흰 가마 안으로 들어가는.
"신랑이 오다가 괴한에게 변을 당했대요!"
"하나뿐인 오라비도 생사를 모른다며.. 얼마나 팔자가 드세면
서방까지 잡아먹어?"
그 위로 들리는 소리, 소리, 소리들!! cut.

윤학(E)	그러나 그게 뭐 중요하겠느냐. (약간 빈정거림) 하늘이 내린 명재 상 석대감에, 며느리한테 열녀문까지 내려지면 이 나라 최고의 가문이 될 텐데... 죽은 자와 남겨진 자 모두 가문을 위해 쓰임이 대단한 게지.

S#10. **사찰 안 / D**
현재. 법당에 앉아 가만히 눈을 뜨는 여화, 표정도, 미동도 없다.

S#11. **궐. 소편전 안 / D**
이소, 지성을 마주하고 있다.

이소	호판이 아주 귀한 그림을 도둑맞았다던데, 대체 어떤 그림인지 좌상께선 아십니까? (흥미로운 듯) 과인도 한번 보았으면 좋았을 텐데요.
지성	산중백호도란 그림이라 하온데, 소신도 궁금하긴 했습니다. 허나-
이소	(지성 보면)
지성	(부드럽게) 신료들 앞에선 그리 말씀하지 마옵소서. 무릇 군왕이란- 도둑맞은 그림을 궁금해하시기 전에, 감히 조정 중신의 집에 도둑이 든 나라의 어지러운 상황을 먼저 염려하셔야 합니다.
이소	아.. 그렇군요. 또 과인의 생각이 짧았습니다.
지성	나무가 부러지는 것은 좀벌레가 파먹었기 때문이고, 담장이 무너지는 것은 틈이 생겼기 때문*이라 하지 않았사옵니까.
이소	(뭘 말하냐 하는 느낌으로 보면)
지성	백성은 조정을 두려워하고, 반상의 법도가 바로 서야, 이 나라의 근본이 흔들리지 않는다는 것을 늘 유념하셔야 합니다.
이소	알겠습니다. 좌상의 가르침을 늘 가슴에 새기겠습니다.
지성	(미소 지으며) 염려 마소서. 포청에서 곧 그림 도둑을 잡아, 전하의 심려를 덜어드릴 것입니다.

이소, 묘하게 미소 짓고, 그런 이소를 바라보는 지성의 단단한 시선에서.

S#12.   화방, 안 / D

화방 안으로 들어서는 만식. 화방주인, 만식을 보자마자 움찔하는데 척!
화방주인의 목에 칼을 겨누는. 표정이 살벌하다.

---

* 木之折也必通蠹 牆之壞也必通隙(목지절야필통두 장지괴야필통극) -한비자 망징편

화방주인	(덜덜 떨며) 왜...왜 이러십니까요. 산중백호도는 들도 보도 못했습니다.
만식	(칼, 화방주인의 목에 더 깊이 들어가며) 호랑이에 대해 들든, 보든... 무조건 나한테 가져와!
화방주인	암요, 암요. 여부가 있겠습니까.
만식	그림 넘기는 자가 누군지도 잘 봐놓고. (하다, 서늘하게) 남의 것에 손을 댔으면 손모가지 정도는 뎅겅, 잘라줘야 하지 않겠어?
화방주인	(격한 고개 끄덕끄덕)
만식	아무도 모르게, 은밀하게. (하다) 알겠느냐.
화방주인	(격한 고개 끄덕끄덕)

만식 나가고 화방주인, 너무 놀라 흐물거리게 주저앉으면 한쪽 구석에서 비찬이 고개를 빼꼼하게 내민다.

화방주인	(십년감수했다, 손발을 벌벌 떨고 있는데)
비찬	아니, 저렇게 큰 소리로 떠들면서 은밀하게 찾는 거 맞아? (하다, 주인 보고) 괜찮으십니까?
화방주인	(괜히 억울해) 그림은 들도 보도 못했는데- 다들 그림을 내놓으라니. (절레절레) 그쪽도 이만 가보시오. 난 모르니까.
비찬	저 살벌한 자가 강필직 (팔뚝 들어 올리며) 이거 맞죠? 저자는 왜 산중백호도를 찾습니까?
화방주인	(당황) 그걸 제가 어떻게 알아요.. 내 그림은- (버럭!) 들도 보도 못했다고 몇 번을! 도대체 몇 번을! 말하는 거요! 제발 사람 말 좀 들으시오! 미치지 않고서야 지금 그 그림이 밖에 나오겠소? 어디 아무도 모르는 곳에 꽁꽁 숨겨놨겠지?!

S#13.　　좌상댁, 사당 마루 밑 + 안 / D

반쯤 말려 있는 호랑이 얼굴, [산중백호도]가 마루 밑에 숨겨져
있다.
덜컹! 문 열리는 소리 들리고, 마루 밑, 판자 틈으로 빛이 들어오는.
카메라 틸업하면 금옥이 안으로 들어와 [산중백호도]를 숨긴
마루 위를 버선발로 딛는다.
소매에서 비단 수건을 꺼내 아들의 위패를 소중하게 닦고 제자
리에 놓는데-
밖에서 "마님, 손님 오셨습니다." 들리고

금옥　　　(의아한 얼굴로 중얼) 손님..?

S#14.　　좌상댁, 마당 / D

난경, 마당에 서서 집 주변을 묘한 시선으로 둘러보고 있다.

금옥(OFF)　(반가운 목소리) 정부인께서 예까지 어쩐 일이십니까.

난경, 뒤돌아보면 금옥, 마당으로 걸어나와 반갑게 맞이한다.
미소 짓는 난경, 고개 숙여 예를 표하고

난경　　　갑자기 찾아와 실례가 되진 않았는지요.
금옥　　　무슨 그런 말씀을. (하다) 안으로 드시지요.

난경, 금옥을 따라 안채로 들어간다.

다과상을 가운데 두고 금옥과 난경, 차를 마시고 있다.

난경　　(안채를 둘러보며 미소 짓는) 참으로 정갈하게 꾸미셨습니다.

금옥　　(찻잔 내려놓으며) 집엔 처음으로 오신 게지요?

난경　　매번 모란회에서만 뵙다가... 이제야 와봤습니다. (하며 찻잔 들어 마시는)

금옥　　그나저나 어쩐 일로 오셨습니까.

난경　　다름이 아니라 저희 모란회에서 이번 구휼에 나가보는 게 어떨지 싶어 이리 찾아뵙게 된 것입니다.

금옥　　구휼...이요?

난경　　제 선에서 소소하게 진행하던 일인데 대비마마께서 어찌나 기뻐해주시던지.. 함께 좋은 일을 하는 것도 나쁘지 않을 것 같아서요.

금옥　　(놀라며) 친히 구휼에 나가신단 말입니까?

난경　　(미소) 그리 힘든 일도 아닙니다. 어차피 음식은 아랫사람들이 하고 전 나누는 일만 하는걸요. (하다) 해서, 내일 있을 구휼에 정경부인 마님께서도 나와보시는 건 어떻습니까.

금옥　　(탐탁지 않고) 글쎄요... 저희가 간다고 뭐 달라지겠습니까만.

난경(O.L)　　이판대감댁 정부인과 둘째 며느님은 이미 몇 번 나오셨습니다.

금옥　　(이조판서라는 말에 멈칫, 난경 보며) 이판대감댁 부인께서요?

난경　　이번 대비마마 탄신일에 전국 각지에 효자나 효부, 열녀들에게 상을 내리시겠다니- 그 댁 부인께서도 수절 중이신 둘째 며느님과 동참하신 게 아닐는지요.

금옥　　(기품 있게) 우리가 간다고 백성들의 생활이 달라지진 않겠지만- 좋은 취지이긴 하니 함께 가도록 하지요. (하다) 매일같이 집안에서 사당만 왔다 갔다 하는 큰애한테도 좋은 경험이 되겠네요.

난경, 미소 지으며 차를 들고. 금옥, 뭔가 생각하는 표정에서.

S#16. **금위영, 집무실 안 / N**
수호, 집무실 안으로 들어오는데 비찬이 정신없이 따라 들어온다.

비찬   나리! 강필직이 산중백호도를 찾고 있습니다!!

수호   그게 무슨 말이냐?

비찬   낮에 금위대장께서 산중백호도가 장물로 나왔는지 확인해보
라서서 화방에 갔었거든요? 근데 거기서 누굴 만났는 줄 아십
니까? 글쎄! (얼굴에 칼자국 쓰윽 긋고는) 강필직 (팔뚝 들어 올리며)
이거가 그림의 행방을 묻지 뭡니까.

수호   (눈 가늘어져) 강필직 상단에서 그림을 찾아?

비찬   (고개 끄덕하며) 네, 것두 완전 살벌하게 찾더라니까요.

수호   이미 금위영이 수사를 하고 있는데 그자들이 그림을 찾는다?
필시 다른 연유가 있다는 것일 텐데...

비찬   당연히 이유가 있겠죠. (하다) 첫째! 비싼 그림이니까. 둘째! 그림
을 갖고 싶은 누군가가 시켜서 셋째! (은밀히) 그림에 다른 이가
알면 안 될 비밀이 있어서-

수호   ...!! 비밀?

비찬   마지막 넷째! 여기가 중요합니다.

수호   ...?

비찬   그림을 가져간 우리 전설의 미담님을 잡으려고.

수호   (빠직! 하... 한숨 쉬는)

비찬   아무래도 강필직이 우리 미담님을 잡으려고 하는 것 같습니다.
와씨, 그 칼자국 어마무시했는데-

수호   (피곤하다) 너네 미담님도 만만치 않은 자니 걱정 말거라.

S#17.   여화의 별채, 방 안 / N

여화, 멍하니 앉아 있다.
이어 문이 열리고 연선이 들어온다.

연선   (서안 위에 주머니를 올리며) 명도각에서 서찰을 보내왔습니다.
여화   서찰? (하다) 무슨 일로?

여화, 서안 위에 올려진 주머니를 펼쳐본다.
주머니 안에서 나온 서찰 두 장... 여화, 서찰을 펼쳐 읽다가 심각
한 표정으로
다른 서찰을 마저 읽는데 그 위로-

수호(E)   그간 얼굴을 가린 채 여인의 몸으로 꽤 많은 일을 한 걸 알고 있
소. 엄연히 지엄한 국법이 존재하거늘 도성의 치안을 어지럽히
고 분별없이 행동한다면 금위영 종사관으로서 그런 자를 잡아
내는 것이 내 일임을 알려주려 하오.

플래시백
#17-1. 필 여각, 1층 복도 앞 / D (2부 S#4)
여화의 팔목을 잡아 제 앞으로 들어 올려 상처를 확인하는

수호(E)   나는 당신을 반드시 잡을 것이니 부디-

검은 너울 사이로 보이는 수호의 눈빛과 표정.

수호(E)   절대 내 눈에 띄지 마시오.

수호(E)   참! 그림은 빠른 시일에 갖다 놓길 바라오.

수호의 서찰을 읽은 여화, 표정 심각해진다. 서찰 내려놓으면.

연선   (여화의 표정 살피며) 무슨 안 좋은 전갈이라도...

여화   (연선에게 서찰 내민다)

연선   (받아 읽으며 눈 커지는) 설마.. 낮에 그 종사관 나리가 보낸 거예
       요? 어쩐지. 그러니까 이미 종사관 나리는 아씨- (손으로 복면 가
       리는 제스처) 팍, 이것도 봤고. (손으로 하늘하늘 너울 제스처) 하아
       아- 이것도 봤다는 거네요?!

여화   (심각한 표정으로 고개 끄덕끄덕)

연선   그 중요한 얘길-

여화   (뒤적이며 도토리 귀에 꽂는)

연선(E) 숨기신 거예요? 전 혹여 무슨 일이라도 생기면 아씨 대신 옥살
       이를 해야 하나, 마님께 죽도록 맞아야 하나. 몸이 하나라 걱정
       인데에-

여화   (도토리 버즈 빼고) 아.. 다른 걸로 바꿔야겠어. 다 들리네.

연선   (걱정하는) 아씨-

여화   (연선 달래며) 걱정하지 마. 나 안 잡혀... 날 어찌 잡아.. 내가 안 나
       가면 잡을 수가 없을 텐데...

연선   (감정 와장창!) 나가시니까 문제죠.

여화   늘 얘기하지만 네가 제일 나빠.

연선   (서찰 접으며) 근데... 그림을 갖다 놓으라는 거예요, 말라는 거예요?

여화, 촛불에 서찰을 태우며 곰곰이 생각하는 데서.

S#18.   금위영, 전경 / N

불 꺼진 금위영 전경. 횃불을 들고 번을 서는 군졸들 사이로 검은 그림자, 움직인다.

그림자, 휘익! 담을 넘고, 주변을 은밀히 살피며 빠른 걸음으로 어딘가로 향하는.

S#19.   금위영, 숙직 행각 안 / N

작은 서안, 이불장, 벽에 나무 횃대 하나만 걸린 금위영 숙직 행각, 수호의 방이다.

방 안에 누워 뒤척이는 수호, 잠을 이루지 못하고 심란한 듯 일어나 나가는 데서.

S#20.   금위영, 집무실 안 / N

불 꺼진 집무실에 아무도 없다.

이때! 문으로 비치는 검은 그림자. 이어 문이 열리고 복면을 쓴 여화,

조심스럽게 집무실 안으로 들어온다.

수호의 책상에 가져온 [산중백호도] 놓으려는데 집무실에 걸려 있는 [산중고냥도].

여화   (중얼) 진짜 누가 그렸냐.. 붓 끝마다 힘이 넘치는 게... 마치 살아있는 호랑이 같네. (자기 그림을 바라보며 내심 감탄하는데 !!)

수호   무모한 것이냐, 무지한 것이냐.

수호, 집무실 목검을 집어 여화의 목에 갖다 대는데 !!!

!!! 망했다. 여화, 돌아서 있는 상태로 갖고 온 그림 손에 꼭 쥐고
는 속으로 하나... 둘...
셋! 여화, 돌자마자 자신의 목에 겨눴던 목검을 족자로 가볍게
쳐낸다.
수호, 날렵하게 다시 여화를 향해 목검을 들이밀고

| 수호 | (밀착된 여화에게 낮은 목소리로) 내 분명 눈에 띄지 말라고 했을 텐데.. |
| 여화 | (최대한 작게) 갖다 놓으라고 해서 온 거요. |

이에 질세라 여화도 이리저리 몸을 피하며 족자로 검을 막는 !!
어둠 속에서 몇 합을 맞추는 여화와 수호.

수호	(탁) 눈에 띄지만 않음 잡진 않겠다고도 했고.
여화	(탁) 아, 그런 뜻이었소?
수호	(탁) 제 발로 들어왔으면 잡힐 각오도 한 거겠고.
여화	(탁) 내가 또 그렇게 쉽게 잡힐 사람은 아닌데.
수호	(탁탁) 그럼 어렵게 잡는 걸로 하지.
여화	(탁) 그냥 쉽게 눈에 안 띈 걸로 합시다.

여화, 수호를 피해 몸을 돌리려는데.
수호, 여화의 복면을 벗기려고 하는 순간 놀란 여화, 수호를 밀
어내듯 뻗는!
수호..!!!! 수호의 시선 아래쪽으로 떨어지는.
여화가 수호의 속저고리 고름을 잡아뜯은 것!
속저고리 사이로 드러나는 맨가슴에... 수호, 여화 잠시 얼음!!
수호, 서둘러 옷깃을 여미는데 땡!! 여화, 족자를 확! 수호에게
펼쳐서 던진다.

!! 수호의 얼굴에 호랑이 그림이 달려들고. 그림 쳐내고 보면 여화는 이미 사라진 뒤다.

허탈한 수호, 보면 바닥에 [산중백호도]가 위엄 있게 펼쳐져 있다. 수호, 표정.

S#21.   운종가 거리 / N

여화, 정신없이 도망친다. 뒤돌아보면 보는 사람 아무도 없고.

주변 담장 아래에 몸을 숨기며 숨을 헐떡이는.

여화, 한 손으로 잡고 있던 복면을 다시 묶으며 누가 오나 확인하는데

여화   그놈의 호랑이 때문에 이게 무슨-

다시 달려가는 여화의 뒷모습이 사라지면 그 위로.

냐아옹- 장난스러운 고양이 울음소리.

S#22.   몽타주 / (수호의 꿈)

#22-1.   금위영, 집무실 안 / N

보면 집무실에 걸려 있는 산중고냥도 속 고양이가 눈을 꿈뻑꿈뻑..!!

수호, 개의치 않고 서책을 보고 있다. 그때 휘잉- 바람이 불고 촛불이 꺼지는!!

불 꺼진 집무실 안, 다시 불을 켜려고 하는데!! 부엉이 울음소리 크게 들리고.

문 앞에 검은 그림자 휘익- 지나가는.!! cut.

#22-2. **금위영, 집무실 밖 / N**

덜컹! 문을 열며 "누구냐!" 외치는 수호.

하지만 밖엔 아무도 없다. 주위를 둘러보는 수호, 저 멀리 검은 복면이 뛰어가는. cut.

#22-3. **운종가 거리 / N**

아무것도 보이지 않는 운종가 거리로 뛰어나와 두리번거리는 수호.

'바스락' 소리에 보면 담장 밑에 몸을 숨기고 있는 복면 여화가 보인다. !!!

수호, 재빨리 복면 여화에게 달려가면 사라지고 없고.

그때 저 멀리 걸어가는 검은 너울을 쓴 여화가 보인다.

검은 너울을 쓴 여화, 수호를 보자마자 놀라 도망가고-

수호, 검은 너울 여화를 뒤쫓아 겨우 잡아 돌려세우고는 너울을 걷어내는데

여화(OFF)   저부터 구해주세요- 나리이!!

어디선가 과부 여화의 목소리가 들린다.

수호, 목소리가 들리는 곳을 향해 뒤돌아보면

저 멀리 호미를 든 채 하얀 소복을 입고 수호에게 달려오는 여화!! 마치 구미호처럼!!

수호   누구냐! 정체를 밝혀라!

어느새 너울 여화, 과부 여화가 복면 여화로 겹쳐지며

수호에게 신발 한 짝을 냅다 던지는!! 타악!!

번쩍!!눈을 뜨는 수호. 보면 자신의 얼굴 앞에 비찬의 얼굴이 떠억!!
으어어어! 화들짝 놀라 벌떡 일어서 옆에 세워둔 검집을 잡고
겨눈다.

수호	(식은땀 흐르고) 누구냐!! (헉헉대면)
비찬	(검집 보고 놀라 손 들며) 으어어- 접니다, 나리!
수호	(민망한, 이내 검집을 내려놓으며) 뭐냐, 기척도 없이. (앉으면)
비찬	요즘 들어 대체 왜 그러십니까.
수호	(멍한 상태에서) 귀신이 곡할 노릇이구나.. 모두 같은 자일 리가 없는데.. 전부 한사람으로 보이다니..
비찬	(반짝? 똘망똘망 보며) 전부 한사람으로 보이십니까? 누가요?
수호	되었다. 나가보거라.
비찬	(조심스럽게) 혹, 어디선가 본 듯도 하고 막 낯이 익고 그러십니까?
수호	(맞다!) 너도 이런 이상한 경험을 한 적이 있느냐?
비찬	당연하죠. 소싯적에 그런 경험 안 한 사람이 몇이나 된다고. (하다) 나리의 모습은 지극히 정상입니다. 책을 봐도, 일을 해도.. 지금 꿈도 꾸신 거죠?
수호	(보면)
비찬	세상 모든 사람이 한사람으로 보이는 건 (명쾌하게) 이는 필시 연모-
수호(O.L)	(정색하며) 닥쳐라.
비찬	(함박함박) 우리 사이에 뭘 그리 부끄러워하십니까. 처음 느껴보는 감정이시라 어색할 수 있죠. 그걸 보통 입덕부정(入愿否定)이라 하니까요.
수호	입..덕부정?
비찬	들 입, 클 덕, 아닐 부, 정할 정! 이미 커진 연모의 정을 부정한다는 뜻이죠. (하다) 어느 댁 규수입니까? 제가 연모의 뻐꾸기 좀

날려드려요?

수호, 짜증 나 옆에 두었던 검집 잡으려고 하면 비찬, 이미 사라지고 없고-
검집 옆에 세워둔 그림, 염흥집의 [산중백호도]가 말려 있다.
수호, 잠을 설친 듯 피곤한 표정인데 덜컹! 다시 문이 열리며 비찬 머리만 빼꼼 내미는

비찬   얼른 준비하고 나오세요. 금위대장님께선 이미 수구문*으로 가셨습니다.

수호   수구문?

비찬   오늘 당상관부인들께서 구휼차 수구문으로 출타를 하신답니다. 절대 불상사가 없도록 빈틈없이 보호해드려야 한다고요.

S#24.   빈민촌, 앞 / D

수구문(水口門) 근처 빈민촌 앞. 여러 대의 가마가 줄지어 들어선다.
가마꾼, 가마 내리고 시중 드는 하녀들, 가마 문을 열면 난경을 비롯한 당상관부인들..
멀리 금옥과 여화의 가마도 이어 도착한다.
비단 당혜, 가마에서 내리려다 멈칫! 보면 누가 봐도 질퍽한 땅, 내리기 꺼리는데
이미 도착해 있는 난경, 가마 앞에 다가간다.

난경   (활짝 웃으며) 오시느라 고생하셨습니다. 근방 땅이 좀 질퍽하니

*   광희문(光熙門).

조심히 내리시지요.

S#25.   **가마 안 / D**

여화, 긴장한 듯한 표정 후하- 한숨을 길게 들이마셨다, 내쉰다.

여화   (기도문 외우듯) 내훈에 따르면 시부모가 부르시면 빨리 예하고
　　　 공손히 답해야 한다. 감히 구역질하고, 트림하고, 재채기하고,
　　　 기침하고- 한 발로 삐딱하게 기대지 말고 (하다) 됐어, 조여화.
　　　 할 수 있다!

S#26.   **빈민촌, 앞 / D**

하나둘씩 내리는 부인들. 금옥과 이판부인도 가마에서 내린다.
내리자마자 난경을 가운데 두고 피 튀기는 신경전.
금옥의 뒤에 병판부인이, 이판부인 뒤에 다른 당상관부인이 서
있다.

이판부인   (난경을 보며) 이번엔 열 섬밖에 준비하지 못해 송구스럽습니다.

　　　 금옥, 응? 무슨 소리? 뒤돌아보면 이판부인 뒤로 수레에 쌀 열
　　　 섬이 실려 있다. 큼.

난경   무슨 소리를요. 매번 구휼에 힘써주시니 감사할 따름이지요.

이판부인   (금옥에게 먼저 인사하는) 오셨습니까. (하다, 뒤를 보며) 정경부인께
　　　 선... (강조하며) 며느님과 손만 잡고 오셨나 봅니다?

금옥   (큼! 불편한 기색, 난경 보고 표정 풀며) 마음이 앞서 오느라 준비하

지 못했습니다. (하다) 다음엔 더 많은 힘을 보태겠습니다. (이판 부인 보며) 이렇게 좋은 일을 부인과 며느님께서만 몰래- 숨어서 하고 계신 줄 몰랐지 뭡니까. (혼잣말처럼) 어떤 의도인지 모르는 바는 아닙니다만.

이판부인 　지금이라도 알고 (힘주어) 굳.이. 나오지 않으셨습니까. 그럼 됐 지요.. (챙!)

파바박! 날이 서 있는 금옥과 이판부인의 긴장감 속에 해맑은 목소리!!

치달(OFF) 　여러부운! 안녕하십니까-

활짝 웃으며 부인들 사이로 걸어오는 치달.

치달 　귀한 여러분을 오늘도 안전하게 모실 금위대장 황치달입니다. (인사하면)

금옥 　(세상 다정한 목소리로) 아가, 어서 내리거라.

금옥의 말에 가마에서 내리는 하얀 비단 당혜,
철퍽!! 한 치의 망설임 없이 질퍽한 땅을 딛는 여화, 하얀 신이 진 흙으로 얼룩지는

금옥 　(여화가 내리는 모습을 보고 찌릿!)

여화, 움찔 놀라 둘러보면 모두가 자신을 바라보는 시선들.
다시 가마 안으로 들어가야 하나 주춤하고 엉덩이 뒤로 스윽- 빼는 순간!!

치달	(감격하며) 저 눈처럼 하얀 당혜가 더럽혀지는 걸 망설이지 않는 걸음! (금옥을 보며) 몸을 사리지 않는 모습이 참으로 덕이 넘치십니다!
여화	(치달에게 고마운 표정, 금옥 앞에 다가와 서면)
금옥	(기분 좋은) 일하러 왔는데 옷이 더럽혀지는 게 무슨 상관이겠습니까.
이판부인	(풋, 금옥을 바라보다) 아가아-

이판부인이 부르면 **백씨(20대 중반)** 사뿐!
가마에서 내리는데 하얀 당혜에 흙 한 점 묻지 않는.
주변 사람들 백씨의 백조 같은 우아함에 탄복탄복.

여화(E)	(백씨의 모습을 보고 감탄) 그 말로만 듣던 수절 과부 5년 차 백씨부인!
치달	마치 고요한 수면 위를 걷는 듯한 한 마리의 백조처럼! (이판부인 보며) 저렇게 우아하고 품위를 잃지 않는 모습이라니요.
이판부인	(금옥 보며) 품위를 지키는 것 또한 아녀자의 덕목 중 하나지요.
금옥	(이판부인 말에 부들부들, 여화 휙! 째려본다)
여화	(금옥의 머리 위로 손 그늘 만들어 눈빛 피하며) 어머님, 햇살이 강해 눈이 부시실 듯합니다.
난경	저는 그럼 준비할 게 있으니 먼저 가보겠습니다. (자리를 뜨고)
치달	(팔랑팔랑) 준비가 될 동안 준비된 차일 밑으로 가시지요.

치달, 설치된 차일 쪽으로 금옥과 이판부인, 당상관부인들을 안내하는.
여화, 백씨 바라보면 백씨, 아무런 표정 없이 이판부인을 따라나서고.
여화도 금옥의 뒤를 따라간다.

S#27.　　운종가, 세책방 안 / D

세책방주인, 서책 정리를 하고 있고 옆에선 윤학이 한가로이 책을 고르고 있다.

윤학　　혹, 새로 들어온 재미난 서책이 있는가?
세책방주인　(쌓인 서책 중에 두 권을 골라) 예, 방금 이 두 권이 들어왔습니다.

윤학, 세책방주인에게 서책을 넘겨받고 있는데, 이때, 연선 세책방으로 들어온다.
윤학, 연선을 알아보고 어? 왠지 반가운.
연선, 윤학을 못 보고 지나쳐 매대 앞으로 가면

윤학　　(연선 옆으로 스윽- 다가와 읽던 책 툭! 건네주며) 지난번, 네가 떨어트리고 간 서책이다. 세책방에 맡길까 했는데 이리 또 만났구나.
연선　　어? (하다, 공손하게 절하며) 좌부승지 나리 아니십- (하다, 뜨악!!)

인사하다 눈에 들어온 책 이름 [깨어나보니, 좌부승지부인] !!!

연선　　(살짝 당황한) 아닙니다, 그런 거. 오해하지 마십시오.
윤학　　(놀리고 싶다) 무슨 오해. 내가 막 오해하고 그러는 사람은 아니다만, 뭐가 아닌 것이냐?
연선　　이 서책, 제가 빌린 것이 아닙니다.
윤학　　그럼 이 책은 왜 나한테 있고 나랑 부딪혔던 사람은 어디 갔느냐?
연선　　(허둥지둥 회피하듯) 저도 잘 모르겠습니다.

연선, 윤학에게 받은 책은 옆에 두고, 들고 온 보자기에서 필사해온 책들을 꺼낸다.

윤학의 눈에 [산술관견(算術管見)[*]]이 들어오고.

연선	(세책방 주인 보며) 이번에 필사해온 책들이에요.
윤학	(산술관견 집으며 살짝 놀라) 이 산술 책도 네가 필사해온 것이냐?
연선	(아무렇지 않게) 예.
윤학	마침 보고 싶었던 책인데... 이 필사본은 내가 사마.
연선	어려운 책이라 한 냥은 주셔야 합니다.^{**}
윤학	(소매 안에서 엽전 든 주머니 두 개 꺼내 건네며) 두 냥이다. 지난번 다친 약값도 보탰다.
연선	(엽전 주머니 보곤) 약값이 무슨 한 냥이나 합니까? 그리 돈을 펑펑 쓰시면 큰일 납니다.

연선, 서책 윤학에게 건네고. 주머니 두 개 중 하나만 집어 휙 나가버리고
그 뒷모습을 보고 피식 웃는 윤학.

윤학	(세책방 주인에게) 저 아인 여기 단골인가?
세책방주인	연선이요? 온갖 책들을 필사해주고 여기서 벌어가는 돈이 꽤 됩니다. 좌상대감댁 별당아씨한테 더부살이를 하고 있어 그런지 글솜씨가 보통이 아니거든요.

멀어지는 연선의 뒷모습을 잠시 바라보던 윤학. 자연스럽게 [산술관견] 책 훑어보는.

[*] 조선 철종 때 이상혁이 지은 수학 책. 내용은 주로 현대의 기하학으로, 정심각형과 마름모의 이론, 원의 지름과 면적 및 원주(圓周)의 관계, 현(弦)과 호(弧)의 관계 따위를 설명했다.

^{**} 화폐 단위 : 조선 시대 상평통보를 사용할 때 단위의 기본은 무게이나 가치에 중심을 두고 썼습니다. 때문에 현재 한 냥에 약 5만 원 정도로 보고 설정했습니다. 한 냥이 엽전 100개라 소매에 넣을 수 있는 크기의 돈주머니에 엽전이 들어 있는 설정으로 바꿨습니다.

S#28.   빈민촌, 차일 밑 / D

차일 밑에는 치달이 세상 지엄한 표정으로 지키고 서 있고
그 위에 금옥과 이판부인, 여화, 백씨를 포함한 당상관부인들이
담소를 나누고 있다.
금옥의 시선을 따라가면 저 멀리 난경과 호판댁 하인들이 빈민
촌 아이들을 살피고 있다.

금옥   (난경 보며) 참으로 대단하지 않습니까. 매번 백성들을 위해 쌀을
           내어주고 직접 솔선수범까지 보이시니...

이판부인   (지지 않고) 그러게요. 모든 여인에게 본이 될 만한 분 아니십니
           까. (백씨 보며) 저희 며느리에게 열녀로서 기본 덕목을 두루 갖
           췄다며 (강조하듯) 뵐 때마다 어찌나 칭찬해주시는지 몸 둘 바를
           모르겠습니다.

백씨   (은근한 미소 짓고)

금옥   수절하는 이에게 필요한 건 기본 덕목보다 지아비를 향한 열(烈)
           이지요. (여화 보며) 우리 큰아인 매일같이 사당에 올라가는 것도
           모자라 (힘주어) 굳이 남은 평생 지아비 묘를 지키겠다며 청을
           하지 뭡니까.

여화(E)   (당황하다, 금옥 보고 살며시 웃으며) 내훈에 이르길 윗사람에게 조
           금이라도 말대꾸하거나 아첨하지 말고 더러운 일에 간섭하지
           말며-

금옥   (눈 부릅뜨고 더 웃어야지? 눈으로 말하는)

여화   (금옥 시선 알아듣고 입꼬리를 조금 더 올리는)

병판부인   (호들갑) 그게 정말 쉬운 일이 아닌데- 참으로 대단하십니다- 호
           호호-

여화(E)   (병판부인 보고 눈웃음) 말은 함부로 하지 않는 것이 좋다.

주변에 있는 당상관부인들, 대단한 눈빛으로 여화를 보고
금옥, 크큼, 헛기침하지만 미소를 잃지 않는. 여화, 그들의 시선
이 몹시 부담스러운데

이판부인   열녀의 끝은 (서늘하게) 지아비 따라 죽는 자결 아니겠습니까.

자결이라는 말에 놀라는 금옥과 당상관부인들, 밑에 있던 치달
의 표정. cut, cut, cut!
여화도 이판부인 말에 놀라 백씨 보는데
백씨, 이판부인이 당연한 말을 했다는 듯 표정 하나 변화 없이
고요하다.
백씨의 반응이 너무 의아한 여화.
백씨, 그런 여화에게 시선 주지 않고 꼿꼿하게 앉아 있다.
치달, 시선 둘 곳 찾아 두리번거리는데 저 멀리 수호와 비찬이
보이고.
얼른 그쪽으로 걸어가는.

S#29.   빈민촌, 앞 / D
수호, 보면 저 멀리 자신을 향해 급하게 달려오는 치달 보인다.
수호와 비찬, 치달에게 꾸벅 인사하면

치달   괜히 왔어. 괜히 왔어. (고개 절레절레 흔들며)
수호   (차일 쪽 쓱- 보며) 무슨 일 있습니까?
치달   북풍한설이 몰아치는 칼날 없는 전투일세. (목소리 낮추며) 저기..
        좌상댁과 이판댁이 제대로 붙었거든?
수호   (좌상댁이란 말에 차일 쪽 바라보는)

치달	말로는 아가- 아가- 하면서 막 무덤가로 보내질 않나, 심지어- (차일 쪽 한 번 보고 손으로 목을 슥-) 그냥 앞에서 죽여버린다니까? 대체 열녀문이 뭐라고... (하다) 여튼, 여기 문제 생기면 자네나 내가 저승사자 손잡고 황천길 갈 판이니! 정신 단단히 차리게!
수호	... 알겠습니다.
치달	(손 불끈!) 무사 복귀!! (어깨 툭툭 치며) 얼른 자네가 대신 가보게. (치달 멀찌감치 사라지면)
비찬	(무서워서 발 동동) 거보십시오, 나리! 그때 잡은 사기꾼 포청에 넘겨줘서 그렇다니까요? (하다, 한숨 푹)

수호, 보면 저 멀리 차일 밑에 앉아 있는 하얀 소복의 두 여인, 여화가 보이는.
자기도 모르게 펄럭이는 차일 사이로 보이는 여화에게 천천히 다가가다 멈춘다.

비찬	나리도 긴장되십니까? (눈앞에 손 왔다 갔다 흔드는)
수호	(시선을 여화에게 둔 채) 네 눈엔 저 부인이 어떻게 보이냐.
비찬	부인이요?

비찬, 차일 쪽을 바라보면 비찬의 시선에선 백씨가 먼저 보이는.
다른 사람들과 달리 홀로 표정 없이 꼿꼿하게 앉아 있는 백씨.

비찬	어후- 절대 다가가면 안 될 분이죠. 찌르면 피 한 방울 나지 않을 것처럼 차가워 보이지 않습니까? (부르르 떨며) 어우- 생각만 해도 춥네.
수호	(시선을 떼지 못하는)
비찬	(? 수호 보며) 그만 보십쇼- 눈 마주칩니다!

| 수호 | (계속 시선을 여화에게 두다 돌아서며) 눈 마주칠 일이 뭐가 있겠느냐. 비찬이 넌, 저쪽에 물건 나르는 걸 도와주거라. |
| 비찬 | 예! (후다닥 뛰어가면) |

수호, 표정 없이 반대쪽으로 걸어간다.

S#30. 빈민촌, 차일 밑 / D

여화와 백씨, 당상관부인들이 앉아 있는 차일 쪽으로 서둘러 걸어오는 난경.

난경	준비되었으니 가시지요. (다시 빈민들 쪽으로 걸어가고)
여화	(벌떡 일어나며) 어머님, 다 되었다고 합니다.
금옥	그래, 가자꾸나. (끙- 일어나려는데)
백씨	몸도 힘드신데... 여기 계세요. 제가 어머님 몫까지 하겠습니다.
여화	(금옥을 다시 자리에 앉히며 고개 젓는) 으응, 어딜 일어나십니까.
금옥	(뭐지, 당황해 여화 보면)
여화	어머님, 다 되었다 하니 (강조) 저만, 저만 가겠습니다. 여기 고대로- 앉아 계시지요.
금옥	(크음! 헛기침 크게 하며) 잠깐!
여화	예?
금옥	장옷을 쓰고 가야지?
여화	허나... 일을 하려면...
금옥	저리 사람들이 많은데 맨얼굴을 드러낼 수 있느냐. (하다) 죽을 떠줄 때도 하인들의 손을 한 번 거치거라. 아니면 바닥에 내려놓든지.

여화, 어쩔 수 없이 장옷을 쓰고 돌아서는데

멀리 차일로 걸어오는 수호와 눈이 딱!! '저놈은 또 왜..' 하다 번쩍!!

여화, 장옷을 더 깊게 눌러쓰고는 급히 고갤 돌리는데

수호, 여화의 얼굴을 보고도 모르는 척 지나간다.

여화, 멈칫! 자신의 위아래를 훑어보면 엄연히 수절 과부의 모습이고. 알아볼 리가 없잖아?

안도의 얕은 한숨 쉬는.

S#31.　명도각, 장소운 집무실 안 / D

소운과 연선, 마주 보고 앉아 있다.

소운	별일 없었느냐?

소운　별일 없었느냐?

연선　뭐.. 매일 똑같지요. 필사하고 아씨 보살피고.. (하다) 대행수님은요?

소운　나도 늘 똑같지. 상단 일에.. 아씨가 벌인 일 수습하고..

연선, 소운　(동시에 품, 웃음 터지는)

소운　(장부 내밀며) 지난번, 네가 맡긴 900냥에서 50냥이 더 불어났다.

연선　제가 언제 확인했다구. (소매에서 주머니를 꺼내 소운에게 건네주며) 이번 달에 모은 20냥이에요. 대행수님께서 더 많이 불려주세요.

소운　(웃으며) 벌써 한양에 기와집 두 채도 더 샀겠다. (아쉬운 듯) 너같이 셈이 야무진 아이가 우리 상단 살림을 맡아줘야 하는데...

연선　(미소) 아씨한테 아직 말하지 말아주세요. 아직 다 못 모은 줄 알고 계세요.

소운　(걱정스런 눈빛으로) 그래도 말씀드리는 게 낫지 않겠느냐? 아씨가 너를 노비로 삼으신 것도 아니고 마음만 먹으면 나올 수 있는 건데.

연선　(배시시 웃으며) 제가 따로 집이 있음 뭐 해요. 아씨가 맘대로 오시지도 못할 텐데...

연선, 소운   (둘이 마주 보고 한숨 푹)

빈민촌, 다른 일각 / D

여화, 보면 여인들이 길게 한 줄로 있다.
피죽도 못 먹어 길바닥에 누워 있는 노인과 아이들까지.
여화, 장옷으로 얼굴을 가리고 있어 불편해 죽겠다.

여화(E)   아, 불편해- 이걸 쓰고 어떻게 일하지?

고개를 옆으로 돌리면 전혀 불편한 기색이 없는 백씨.
장옷을 쓰고도 한 마리의 백조처럼 여유롭기까지 하다.

여화(E)   (백씨 바라보며) 아... 진짜, 뭘 해도 할 사람이야. (감탄감탄)

이때 저 멀리 차일에서는 당상관부인들의 웃음소리가 들리고
여화, 돌아보며 얕은 한숨 쉬는

〈시간 경과〉
펄펄 끓는 솥 근처로 가면 이미 수십 명이 줄 서 있다.
천을 경계로 사내는 금위영에서, 여인과 아이들은 여화와 백씨
등등이 나눠주고 있다.
여화, 불편하게 한 손으로 장옷을 잡고 장옷 사이로 손을 내밀
어 죽을 뜨면
앞에 있던 하인이 받아 빈민 여인들에게 나눠주는.
여화, 장옷만 벗으면 되는데 손발이 묶여 불편해 죽겠다.

그럼에도 바가지에 가득가득 죽을 퍼서 주는데
옆에서 죽을 뜨는 백씨, 딱 적량만큼만 떠서 바가지에 담는다.

빈민1   조금만... 더 주시면 안 되겠습니까?

백씨   (무시하고 다음 순번에게 죽을 떠서 주면)

여화   (이 모습 보고 안타까워 빈민1에게) 이리로 오시게.

백씨   (날카롭게 바라보며) 정량대로 주셔야 합니다.

여화   겨우 죽밖에 못 주는데 이것마저 아끼자는 겁니까?

백씨   (건조하게) 그렇게 주다간 못 받는 사람이 생깁니다.

여화   (!!! 그 생각은 하지 못했다, 결국 빈민1 보낼 수밖에 없고)

이때, 여화에게 다가와 소매를 잡는 노파.

노파   (여화 보고) 우리 손녀 못 보셨소? 손녀가 없어졌는데..

여화   (당황하며) 손녀요?

여화, 노파가 잡는 바람에 장옷이 바닥에 풀썩 떨어지고 백씨,
여화를 바라보는데-
금위영 수하 두 명이 급히 다가와 노파를 여화에게서 떼어낸다.
노파, 여화 다시 붙잡으려 하는데 수하들 노파 끌고 가고.
사람들 "손녀딸이 없어졌대." "저 할매 암것도 못 먹었을 텐데..."
수군수군.
여화, 끌려가는 노파 따라가려는데

백씨   (차갑게) 신경 쓰지 마세요. 여긴, 누가 죽어나가도 전혀 이상할
          곳이 아닙니다. 아님, 살기 힘들어 도망이라도 쳤던가요.

여화   (가는 노파, 망연히 바라보는 데서)

야장의를 입은 이소, 누워 있다 비스듬히 일어나고. 지성, 아래에 들어 있다.

지성　전하! 신열은 좀 가라앉으셨는지요.

이소　(짐짓 아픈 척) 아직 머리가 아프고 속이 울렁거립니다만, 탕약을 먹었으니 곧 가라앉겠지요.

지성　(염려하는) 벌써 15년이나 지났사온데, 아직도 그리 힘드십니까?

이소　다 잊은 듯하다가도, 이 즈음만 되면 악몽에 잠을 이룰 수가 없으니... (지성 보며) 이리 나약한 과인의 모습이 참으로 한심해 보이시지요.

지성　전하, (서글픈) 소신 또한 장성한 아들을 앞서 보냈습니다. 그 슬픔을 어찌 모르겠습니까?

이소　(당황한 듯) 괜히 좌상의 마음까지 힘겹게 해드렸습니다.

지성　어릴 적부터 효심이 지극하셨던 전하의 마음을 모르지 않사오나- 자리 보전을 너무 오래하시면, 이런저런 말들이 나올 수 있습니다. 조정의 일은 소신이 다 알아서 한다 해도, 전하께서 용안을 비춰주셔야 할 일도 있는 것입니다.

이소　내, 늘 좌상에게 짐만 되나 봅니다.

지성　그리 생각하지 마십시오. 소신, 충심을 다해 전하를 보필할 터이니, 노력을 게을리하지 않으신다면, 종국에는 성군이 될 수 있을 것이옵니다.

이소　(묘한 미소 지으며) 알겠습니다.

지성　그럼, 오늘까지만 쉬시고, 내일은 편전에 꼭 나오소서.

지성, 일어나 절하고 밖으로 나가고, 그런 지성을 바라보는 이소의 차가운 시선.

상선(OFF)	전하- 좌부승지영감 들었사옵니다.
이소	들라 하라.

들어오는 윤학, 이소에게 목례를 하고 자리에 앉는다.

윤학	전하의 용안이 많이 지쳐 보이십니다.
이소	(한숨 길게 쉬며) 좌상의 극진한 염려 덕분에, 오늘 쓸 기력은 모두 다 소진하였구나.
윤학	(놀리듯) 수십 년째 매일 감당하시는 일인데 어찌 새삼 곤해하십니까?
이소	매일 해도 늘 힘든 일이 있지 않느냐? (하다) 헌데 호판이 도둑맞은 그림 수사를 자네 아우가 맡았다며?
윤학	(놀란) 소신은 아직 듣지 못했사옵니다. 그걸 어찌 아십니까?
이소	그래도 명색이 왕인데, 자네밖에 귀가 없으려고.... (하다) 그림 찾는 데 성공하면, 금위영에서 아예 조정으로 들어오는 것 아니냐?
윤학	전하, 기어이 제가 말라 죽는 걸 보고 싶으신가 봅니다.
이소	(안쓰러운 듯) 자네가 아우를 염려하여 일부러 멀리한다 해도, 모든 걸 다 피할 순 없다.
윤학	전하!
이소(O.L)	그것이 운명이라면 어쩔 수 없는 것 아니겠느냐? (눈빛 깊어지며) 내가 아바마마의 아들이듯, 그 아이도...
윤학	제 아우에게 그때 일은 그저 지나간 꿈이었으면 좋겠습니다.
이소	꿈이라... 어쩌면 나도 꿈을 꾼 듯싶다. 15년을 찾았는데도 증좌 하나 찾지 못했으니... 어쩌면 처음부터 아바마마의 죽음을 잘못 알았던 게 아닌가.
윤학	(안타까운) 전하! 그날 사라진 자들의 행방을 아직 다 찾지 못했습니다. 곧 전갈이 있을 터이니 성심을 굳건히 하시고 기다리소서.

인적이 드문 골목.
여전히 장옷을 쓴 채 손수건에 주먹밥 두 덩이를 들고 골목을
두리번거리는 여화.
보면 멀리 허름한 집 앞에 손녀를 잃은 노파가 망연자실하게 앉
아 있다.

백씨(E)   여긴, 누가 죽어나가도 전혀 이상할 곳이 아닙니다. 아님, 살기
           힘들어 도망이라도 쳤던가요.

           여화, 노파에게 다가가는 순간!!! 기둥이 와그작! 부서지며 노파
           를 덮치는데 !!!
           여화, 순식간에 장옷을 벗고 뛰어가 노파를 감싸안고 눈을 질끈
           감는.
           쿵!! 부딪치는 소리! 자신의 품으로 노파를 감싸는 여화, 뭔가 이
           상해 뒤를 돌아보는데.
           기둥에 등을 맞고 버티고 있는 수호. !!!
           얼굴이 반쯤 가려진 여화, 복면처럼 눈만 보이는데 수호와 눈이
           마주치고 놀란[*]!!

수호   .... 위험하니 어서 나가십시오.

           여화, 노파와 함께 공간 벗어나면
           이어 여화 뒤로 우지끈 들리는 소리. !!! 이어 집이 무너지고.
           집이 무너지는 소리에 공간 안에 있던 사람들, 모여들기 시작한다.
           "무슨 일이래." "집이 무너져버렸네." 빈민들에 빙- 둘러싸인 여화.

[*]   이때 수호는 여화가 복면 여화임을 알아봅니다.

치달   (놀라 뛰어오며) 이게 무슨 일입니까!!

그 뒤로 금옥과 이판부인, 당상관부인들, 반대편에서 백씨가 여화 쪽으로 온다.

금옥   (화가 잔뜩 나 낮은 목소리로) 이게 무슨 짓이냐. 내 그렇게 몸가짐을 바르게 하라 누누이 일렀거늘-

난경(OFF)   괜찮으십니까?

금옥, 보면 난경이 여화에게 가 소매에서 자신의 손수건을 꺼내 치마를 털어준다.

여화   괜찮습니다. 갑자기 지붕이 무너지는 바람에-

여화, 자신 대신 무너져 내리는 지붕을 받아준 수호를 찾는 시선.
보면 저 멀리 수호가 걸어가는 뒷모습 보인다.
아픈지 어깨를 툭툭 치며 무심하게 걸어가는 수호.

난경   (금옥을 보고) 참으로 장한 며느님이십니다. 약한 노인을 위해 위험을 기꺼이 무릅쓰는 모습을 몸소 보여주셨으니 많은 규중 여인의 귀감이 될 만하지 않습니까? (하다) 대비마마께서 들으시면 크게 칭찬하실 겁니다.

금옥   (난경의 말에 표정 누그러지며) 괜찮은 게냐-

여화   예...

여화, 멀리서 고개 돌려 멀어지는 수호를 바라보는 데서.

S#35. 필여각, 전경 / N

S#36. 필여각, 중앙 다리 / N
다리 위에서 어둠을 응시하고 있는 필직, 만식 급하게 필직을
향해 뛰어온다.

필직   (보며) 무슨 일이냐.
만식   (고개 꾸벅 숙이며) 어르신, 머리 하나가 도망쳤습니다.
필직   (눈썹 치켜올리며) 뭐?
만식   (난처한) 수구문 근처에서 잡아온 앤데-
필직   (정강이를 걷어차는) 네 놈은 세끼 밥 처먹고 제대로 하는 게 뭐야?
만식   송구합니다.
필직   맨날 송구 송구! 뚫린 입이라고 잘도 지껄이는구나. 이번엔 차
       질 없이 보내야 한다, 몇 번을 말했느냐!!
만식   얼마 못 갔을 겁니다. (하다) 당장 가서 잡아오겠습니다. (필직에
       게 인사하고 뛰어가는)
필직   (못마땅한 표정으로 만식 바라보는)

S#37. 금위영, 숙직 행각 안 / N
수호, 서랍 안에서 약병을 꺼내 든다.
옷을 내려 상처를 확인하는데 등에 커다란 칼자국.
그 위로 등과 어깨에 시퍼렇게 멍이 들어 있는.
바르려고 팔을 드는데 끙- 통증이 있어 잘 되질 않고.
이때 덜컹! 문이 열리며 윤학 들어오다가 수호의 상처를 보고
놀란다.

수호	(윤학을 보고 놀라) 형님!
윤학	(화난 목소리로 수호 옆에 털썩 앉으며) 대체 뭘 하고 돌아다니길래 온몸이 멍투성이인 게냐.
수호	(옷을 서둘러 올리며) 아무것도 아닙니다.
윤학	이게 아무것도 아니라니.

〈시간 경과〉
윤학, 수호의 등에 난 커다란 상처를 바라보다 이내 성의 없이 약을 발라주는.
무심하게 흰 천을 집어 수호의 등 뒤에 감아준다. 수호, 돌아 윤학 보고 옷을 추스르면

윤학	(무심한 듯) 어찌 무관이라는 자가 지 한 몸도 제대로 간수를 못해.
수호	(말없이 고개 숙이면)
윤학	호판의 도둑맞은 그림을 찾고 있다며?
수호	형님도 아시는 걸 보니 그 그림이 귀하긴 한가 봅니다. 그림은 이미 찾았으니 내일 돌려드려야지요.
윤학	도둑을 잡은 것이냐? (하다) 호판대감댁 담장까지 넘은 그자의 얼굴을 나도 한번 보고 싶구나.
수호	저도 그자의 얼굴은 보지 못했습니다.
윤학	너도 잡지 못한 도둑이라니... (살짝 기대) 신출귀몰한 놈이구나. 다음엔 어느 담장을 넘으려나...
수호	(윤학 표정 보고 피식 웃는)
윤학	(수호 시선 눈치채고 심드렁하게) 너무 열심히 하지 말거라. 나서지도, 눈에 띄지도 말고. 자리만 지키며 잘 사는 신료들도 많다.
수호	형님...
윤학	그저 그렇게 살거라.

수호	그때 제가 형님댁에서 살아남아 박수호가 되지 않았다면.. 만약.. 제가 그날의 기억을 잃어버리지 않았다면 말입니다. 그럼 조금 더 열심히 살아도 됐을까요?
윤학	(수호를 물끄러미 바라보는) 그야 장담할 수 없지. 어쩌면 여인들과 염문이나 뿌리는 한량으로 살았을지도 모르고.
수호	(윤학의 말에 피식 웃는)
윤학	(일어나며) 그만 가야겠다. (하다, 무심히) 끼니는 잘 챙겨 먹고.
수호	(윤학의 뒷모습을 바라보는 수호의 시선에서)

S#38. 좌상댁, 사당 안 / N

여화, 정성스레 위패를 닦고 주변 정리를 하고 다소곳이 자리를 잡고 앉는다.

여화	(위패를 보며) 배 안 고프십니까?

카메라 틸업하면 구석에서 바느질하고 있는 연선 보이고

연선(O.L)	아씨, 시장하세요?
여화	나 말고. (위패 보며) 귀신도 배는 고픈가 해서.
연선	(놀라서) 귀신이라니요!! 마님 들으시면 경을 치십니다.
여화	(한숨 푹-) 매일 혼나는 게 일인데 새삼스럽긴.
연선	(얕은 한숨) 무슨 일이십니까? 또 뭔 일인데 이리 다 내려놓으신 것처럼 구십니까?
여화	연선아, 너는 세상에서 젤 중요한 일이 뭐라고 생각하느냐?
연선	(망설임 없이) 돈이요!
여화	(대답을 알고 있었다) 내가 괜한 걸 물었구나.

연선	그럼 아씨는요?
여화	(연선 보며) 12년을 옆에 있고도 아직도 그걸 몰라?
연선	열 길 물속은 알아도 한 길 사람 속은 모른다 했습니다. 매일 밥 세 끼 드시는 게 젤 중하다고 하시면서 동쪽으로 아픈 노인 약 챙기느라 서쪽으로 집 없는 아이 잘 곳 살피느라 남쪽으로 도망친 노비 피신시키느라 제 목숨을 밥값만큼도 생각 안 하시는 분을, 제가 어찌 이해하겠습니까.
여화	(감동 받았다, 으쓱하며) 북쪽은 왜 빼느냐?
연선	북쪽엔 여기 북촌에, 얼굴도 한 번 못 본 서방님, (작은 목소리로) 귀신까지 끼니 걱정하시는 열녀 조씨.
여화	오- 제법인데?
연선	그래서, 오늘은 누구를 걱정하시는 겁니까.
여화	곯은 배를 부여잡고 겨우 줄을 서 있는 사람들에게 고작 멀건 죽 한 그릇 건네면서 장옷을 꽁꽁 뒤집어쓰고 사뿐사뿐. 내 몰골이 얼마나 우스꽝스러웠는지 오늘은 한심한 나를 걱정하는 게다.
연선	... 아씨가 모든 사람을 다 도와주실 순 없어요. 그건 나랏님도 못 하시는 일이잖아요. 그리고 오래돼서 잊어버리신 거 같은데... 전 아씨 아녔음 이미 죽었을 거예요.
여화	(연선 보는)

플래시백

#38-1. 좌상댁, 사당 안 / D

위패 앞에 초점 없이 앉아 있는 스무 살의 여화.

소복을 입은 채 기계적으로 "아이고, 아이고, 아이고." 곡을 하고 있다.

이마에 땀이 송글송글하게 맺혀 있고.

연선(E) 그때 아씨께서 처음으로 집을 나간 날.

여화(E) 맞아. 그날 정말 힘든 날이었어. 슬프지도 않은데 종일 울어야 하는 내 인생이- 너무 슬프고 애달프더라. 고작 내 나이 스무 살 인데...

#38-2. 좌상댁, 담장 안 / N
두리번거리며 주변을 살피다 보따리 휘익- 담장 밖으로 던지고 이내 자신도 담을 훌쩍 넘는 여화.

여화(E) 그땐 딱 한 곳의 용기가 생기더라. 담장을 넘어 뒤도 안 돌아보고 도망칠 용기...

#38-3. 인적 드문 골목길 / N
정신없이 뛰어가는 하얀 당혜, 여화다.
작은 보따리 하나 들고 누가 따라올까, 뒤를 보며 달려가는.
골목길 끝에 정신줄을 놓기 직전인 **꼬마연선(10)**을 발견하는 여화. 그 위로-

연선(E) 그때 하필, 길에서 다 죽어가는 절 발견하셨죠.

차마 지나치지 못하고 연선에게 다가가

여화 얘, 정신 차려봐! 얘!

아무래도 안 되겠다, 보따리에서 주먹밥을 전부 꺼내 연선을 먹이는.
연선, 주먹밥을 보자마자 정신없이 먹어대고.

여화 그 모습 뒤로하고 일어나 가려는데 멈칫. 가만히 서 있다. 돌아서며

여화   너... 잘 곳은 있니?

#38-4. 별당 안채, 방 안 / N
여화의 서안 앞에 책 한 권이 놓여 있다. 그 앞에 앉아 있는 연선, 빤히 책을 바라보면

연선   제가 글을 배워 어디다 쓰게요.
여화   왜 쓸데가 없어. 글을 배워야 네가 볼 수 있는 세상이 넓어진단 다. cut.

장면 바뀌어 수를 앞에 앉아 있는 연선, 서툰 솜씨로 수를 놓고 있다.

여화   자수 한 폭에 한 냥을 주마.
연선   삼시 세끼 아씨가 먹여주는데 제가 돈이 있어 뭘 합니까?
여화   언젠가 내가 네 곁에 없어도 할 수 있는 것들이 많아질 거야. cut.

현재

연선   차마.. 절 길가에 버리고 갈 수도.. 그렇다고 데리고 도망칠 수도 없어 다시 이 집에 들어오셨잖아요. 아씬, 늘 아씨가 할 수 있는 일을 하고 계세요.. (말갛게 웃는)
여화   그래... (하다) 고맙다, 위로.
연선   (바느질거리 한쪽으로 치우며) 오늘 고단하셨을 텐데, 내려가서 쉬

세요. 지금 걱정해야 하는 건 아씨를 기다리고 있을 내일의 마
님이라구요.

여화   (섬뜩!!) 응?

연선(O.L) 내일은 내일의 시어머니가 있다구요!

여화   (또 한 번 섬뜩!!) 넌 왜 잘 나가다가-

연선(O.L) 그게 아씨의 현실이니까요.

여화   (눈 감으며) 연선아... 눈 감고 있으니까 꼭-

연선   (보면)

여화   내 앞날 같구나. 아무것도 안 보여.

         INSERT
         3부 S#32 노파의 모습.
         "우리 손녀 못 보셨소? 손녀가 없어졌는데.."

여화   (눈 번쩍 뜨고 일어나며) 아무래도 나가봐야겠다.

연선   어디 가시게요?

여화   빈민촌 할머니가 마음에 걸려서... 손녀도 없어졌다는데 집까
         지 무너져 잘 곳도 없을 것 아니냐.

         여화, 벽장문을 열고 무사복을 꺼내는데 연선, 그럴 줄 알았다
         는 듯 얕은 한숨 쉬는 데서.

S#39.   빈민촌 일각 / N
         낮과는 다른 빈민촌 일각, 고요하기만 한데- 어디선가 웅성대
         는 소리가 들리고.
         보면 화적떼들(2부 S#50), 한쪽 구석에 옹기종기 모여 있다.

화적떼, 구휼에 쓰였던 자루들을 하나씩 살펴보는데 아무것도 없는

화적1	(자루들 뒤적이며) 뭐여, 그 많던 쌀이 한 톨도 안 남았다고?
화적2	아까 줄 선 거 봤잖여. 진즉 먹고도 남았겠지.
화적3	(철푸덕, 절망하며) 우리 마누라, 만삭인데두 암것도 못 먹었는디. 다음 구휼 때까지 기다려야 하나?
화적1	제대로 된 쌀이나 내려오겄어? 지난번처럼 흙이랑 돌이 잔뜩이 겄지.
화적3	(!! 뭔가 발견) 저거... 쌀 아녀?

화적떼, 서둘러 화적3이 시선 둔 곳을 보면 하얀 쌀이 조로록 떨어져 있다.
!!! 급하게 남루한 보자기 펼쳐서 바닥에 떨어진 쌀을 줍는데- (마치 헨젤과 그레텔처럼)

S#40. **빈민촌, 다른 일각 / N**

복면을 쓴 채 쌀을 어깨에 지고 낑낑대며 걸어오는 여화.
포대가 터져 흐르는 줄도 모른 채 어깨를 바꿔가며 쌀을 이고 걸어가고 있다. !!!
그때 인기척이 느껴져 뒤를 돌아보면 자신을 따라오며 쌀을 줍는 화적떼를 보는 !!!
여화, 단번에 산길에서 만난 화적떼임을 알아보고
화적떼, 여화와 눈이 마주치자 당황하는 !!!

화적2	(속닥) 복면을 썼는디?

화적3	(속닥) 우리 디지는 거 아녀?
여화	무슨 일이오.
화적1	(급하게 넙죽) 미안혀요. 쌀에 그만 눈이 뒤집혀서-

여화, 보면 포대에서 줄줄 흐르는 쌀. 놀라 쌀포대 내려놓고 터
진 쪽을 막는데-
화적떼, 자신들이 주운 쌀들을 소중히 안고 슬금슬금 사라지려
고 한다.

여화	잠깐!
화적떼	(얼음!!)
여화	혹, 손녀를 잃어버렸다던 할머니 한 분이 계시지 않소?
화적1	할머니? (화적2, 3 보면)
화적2	아 그 왜- 손녀 없어졌다고 아까부터 돌아다니는 할매 있잖여.
여화	지금 어디 계시오?
화적2	집두 무너지고 정신도 온전치 못혀서 건넛집에 묵고 있습니다요.
여화	(걱정스러운 표정 스치고)
화적떼	(또 슬금슬금 도망가려는데)
여화	잠깐!
화적떼	(멈추고 돌아보면)
여화	할머니의 손녀는 언제쯤 없어졌는지 알고 있소?
화적3	언제쯤이더라? (하다) 여기선 심심치 않게 애들이 없어져서-
여화	(애들이 없어진다고?) 없어진 아이들이 또 있소?

S#41. 빈민촌, 다른 일각 / N

만식과 수하1, 2 두리번거리며 손녀를 찾고 있다.

만식	(수하1, 2에게) 분명, 여기로 다시 왔을 것이다. 찾아내라!
수하1, 2	예!

만식과 수하1, 2 빈민촌을 살펴보는데 한쪽 구석에 집에 가지도 못한 채
입을 틀어막고 있는 손녀가 숨어 있다.
손녀를 향해 다가오는 검은 그림자, 손녀- 눈을 질끈 감는데!

S#42. 빈민촌, 또 다른 일각 / N

여화, 쌀 포대를 지고 걸어오는데
저 멀리 반대편, 주변을 둘러보고 있는 만식과 수하1, 2를 발견한다. !!
만식도 여화를 발견하고 둘이 서로를 응시하는 !!

만식	설마 설마 했는데... (네 놈 잘 걸렸다) 역시 원수는 대나무 다리에서 만나는구나!
여화	(뭐래) 외나무다리겠지!
만식	(칼 스릉! 꺼내고) 오늘은 꼭 네 놈을 잡고 말겠다.
여화	내가 또 쉽게 잡힐 사람은 아닌데- (하다) 난 댁들한테 볼일도, 싸울 생각도 없으니 그만들 가시오.

이때! 골목에서 우직! 나무 밟는 소리가 들린다. !!!
만식, 수하1에게 재빨리 눈짓하고 수하1, 골목으로 들어가면-

손녀(OFF)	(울먹이는) 잘-잘못했어요!!

!! 여화, 여자아이 목소리에 놀라 보면 수하1, 손녀를 질질 끌고 만식 옆으로 간다.

여화, 만식과 손녀를 번갈아 바라보는 시선.

여화   아아- 니네, 쟤 잡으러 온 거였어? (하다) 그럼 얘기가 달라지지.

수하1   (손녀에게 칼을 들이대고)

만식과 수하2, 여화에게 달려드는데-

여화, 재빨리 바닥에서 흙 한 줌을 집어 만식과 수하2 얼굴에 뿌린다. !!

윽!! 만식과 수하2, 눈을 비비는 순간 수하2의 팔목을 발로 차 검을 빼앗는 !!

수하1, 당황해 손녀를 밀치고 여화에게 달려들면

여화, 가볍게 검 손잡이로 등을 치고 자신의 품으로 손녀를 받아 안는다. 이때-

노파(OFF)   아이고 숙아!!

골목에서 나오던 노파, 손녀를 발견하고 급하게 뛰어오는 !!

손녀, 노파를 발견하고 뛰어가려는데 만식, 달려오는 노파의 목에 칼을 겨눈다. !!

손녀, 여화   (다급히) 할머니이! / 뭐 하는 짓이냐!

만식   (노파에게 칼을 더 가까이 대며) 애를 내놔라.

손녀   (할머니에게 다가가려고 하면)

여화   (손녀를 꽉 잡고) 가만히 있거라. 내 어떻게든 해볼 테니- (얕은 한숨 쉬다) 좋다. 날 데려가거라.

만식, 수하2	(응? 당황해 서로 쳐다보고)
여화	(날카롭게) 너희의 목적은 처음부터 내가 아니더냐.
수하2	(만식에게) 저자를 잡으러 온 거였습니까?
만식	(똑똑히) 아이를 넘겨라.
여화	기꺼이 내 잡혀준다니까-

여화, 한 발짝 다가서면 만식, 이상하게 돌아가는 상황에 당황
스러운데
타악!!! 어디선가 날아온 돌멩이 하나가 만식의 이마를 강타한
다.!! 윽!!
여화, 돌아보면 자신을 향해 이상한 놈이 달려온다. ?!?!?!
팔목, 발목 옷이 걷어져 있고- 얼굴엔 복면도 아니고 넝마도 아
닌 것을 둘둘 만 채
여화와 만식에게 뛰어오는 한 남자. 수호다. 놀라는 여화의 얼
굴에서. 엔딩.

에필로그

S#43.　여화의 별채, 방 안 / N

여화, 한숨을 쉬며 한 손으로 턱을 괸 채 종이에 끄적인다.
서책 보면 한 바닥 가득 王... 王... 王...
그러다 번쩍! 자기도 놀라 종이를 구깃! 집어 던지면 이미 방바
닥에 굴러다니는 종이 뭉치.

여화	(자신의 뺨을 톡톡 때리며) 조여화! 정신 차려!

하는데 벽에 걸린 호랑이 그림에도 커다랗게 王

문을 바라보는데 문에도 커다랗게 王...

드르륵, 문이 열리며 연선이 들어오는데 연선의 이마에도 커다랗게 와앙!

INSERT

3부 S#20 속저고리에 드러나는 수호의 맨가슴. 王

여화   대체 내가 왜 이러는 것이냐. (빨갛게 익은 볼에 부채질하는)

S#44. 금위영, 숙직 행각 안 / N

수호, 속저고리를 입은 채 서책을 읽는데 갑자기 코가 간지럽다.

에에에 에취이! 쿵! 재채기하는 수호.

몸에 한기가 도는지 속저고리를 여미는 데서. 엔딩.

四편

누구에기나 비밀슨 싯다

S#1.　　빈민촌, 골목 / N

화면 밝아지면 한쪽에 갓과 겉옷을 벗어놓고
무너진 노파의 집을 정리하는 수호와 비찬.
수호, 다친 어깨가 아픈지 잔해들을 치우면서도 끙- 인상 찌푸
리는

비찬　　(잔해 나르며) 그러게- 몸도 아프신데 굳이 직접 하시겠다고. (끙!
　　　　힘든)

수호　　비 피할 곳 없어진, 노파를 걱정하는 이도 있을 것 같고.

비찬　　(투덜) 그러니까- 그 걱정하는 이가 직접 와서 하겠죠.

수호, 먼지 때문에 콜록! 기침하면
비찬, 이럴 줄 알았다. 갖고 온 자루에서 천을 꺼내 수호의 얼굴
에 둘둘 둘러준다.

비찬　　이거라도 두르세요. (하다, 수호 보며) 옷은 그게 뭡니까- (술띠로
　　　　수호 소매 두르며) 일하려면 (꽉- 묶는) 빡!

수호　　(자기 모습을 보고) 이게 뭐냐!

비찬　　보는 사람도 없는데 왜 그러십니까. 일할 때 편하셔야죠.

수호　　(큼) 여긴 내가 대충 정리할 테니 노파가 어디 묵고 있는지 알아
　　　　보거라.

비찬　　(잔해 내려놓으며) 예!

비찬, 골목 밖으로 사라지면 탁탁! 손을 터는 수호, 찡- 다시 어
깨 통증이 오는데

이때 골목으로 걸어오는 그림자들, 수호 보면
보자기를 짊어지고 들어오는 화적떼들, 수호와 눈이 딱!

수호	(화적떼를 단번에 알아보는) 너희는 그때!
화적1	이건 뭐여, 또 다른 복면인 겨?
화적2	뭔가 긴- 것이 어쩐지 낯이 익어-
수호	(화적떼들이 짊어지고 있는 보자기를 보고) 들고 있는 것은 무엇이냐.
화적3	(뒤로 감추며) 쌀인디요?
화적1, 2	(속닥) 미친 겨. / 그걸 말하면 우쪄.
수호	훔친 것이냐.
화적2	(당황해) 우...우리가 어딜 봐서 도둑질할 사람으로 보이남요?
수호	(두르고 있던 천을 살짝 내리면)
화적떼	(히익! 수호의 얼굴을 단번에 알아보는, 당황하고)
수호	바른 대로 말하거라. 그 쌀은 어디서 났느냐.
화적1	웬 복면 쓴 분이 저희 먹으라고 나눠주신 겁니다요.
수호	복면? (역시 왔구나) 그자는 지금 어딨느냐?
화적3	(지나온 자리 가리키며) 저짝-

수호, 화적떼가 가리킨 쪽으로 뛰어간다. !!

화적2	(수호 뒷모습 보며) 어쩐지 오늘이 낯이 많이 익지 않어?

S#2. 빈민촌, 또 다른 일각 / N
두리번거리며 여화를 찾는 수호. !!
수호의 시선에 저 멀리 만식과 수하들이 보이고, 그들과 대치
중인 여화!!

안 되겠다, 주변을 둘러보다 돌멩이 하나를 주워 냅다 만식을 향해 던지는 수호!!

슈우웅! 날아온 돌멩이가 만식의 이마를 정확히 강타! 윽!!

찌릿! 다시 통증이 올라오는 수호, 그럼에도 여화에게 달려가는데-

여화, 얼굴에 천을 두르고 달려오는 뭔가에 당황한. 저건 또 뭐지? 의아한 듯 바라본다.

수호, 자신에게 달려드는 수하1의 칼을 가볍게 피하는데 다시 어깨 통증!

어깨를 부여잡고 주저앉은 수호. 수하1, 재빨리 수호의 목에 칼을 들이댄다.

수호, 자신에게 칼을 들이댄 수하1을 여유롭게 한번 쓱- 바라보는.

여화, 갑자기 늘어난 인질(?)에 이러지도 저러지도 못하는 상황에 어쩔 줄 모르는데-

수호	(만식에게) 내가 잡혔으니, 노파는 풀어주시오.
여화	(그제야 수호를 알아보고) 여긴 또 왜 있는 거요? 그 꼴은 뭐고!
만식	둘이 한패냐?
여화, 수호	(동시에) 아니!!
여화	(수호에게) 걸리적거리지 말고 가던 길 가시오!
수호	도와주려는 거요.
수하1	(수호 협박하며) 시끄러! 지금 이 칼 안 보여?
여화	(무시하고 만식에게) 차라리 내가 잡힐 테니-
수호(O.L)	내가 가겠소.
만식	(짜증 나는) 둘 다 필요 없고! 아일 내놔라!
여화	(열 받아 수호 쪽으로 걸어가며) 뭔데 자꾸 간다는 거요?
수하1	(여화가 다가오자 수호의 목에 칼을 대며) 가까이 오면 이 자의 목숨은-
여화(O.L)	그건 내 알 바 아니고-

수호	(저 여자가?) 너무한 거 아니오?
만식, 수하들	???
여화	그쪽 아니었음 이런 일 없었겠지!
수호	아- 그래? 한번 겨뤄보자고? (자연스럽게 수하1의 검을 빼앗는)
만식	(수하1에게 소리) 칼을 뺏기면 어떡해!!
수하1	네? (하다, 보면 이미 자신의 손에 검이 없고) !!
수호	(수하1 보고) 걱정 마시오, 쓰고 돌려줄 테니.

수호, 여화에게 달려드는가 싶더니 팔꿈치로 수하1을 가격하고!
만식, 노파를 수하2에게 밀고 검을 휘두르며 수호에게 달려들
면, 수호, 검을 받아치는 !!

여화	(손녀에게 작게 속삭이는) 걱정 말고, 저들의 눈을 돌리면 할머니를 모시고 곧장 명도각으로 가 복면의 도움을 받았다 말하거라.

잔뜩 겁먹은 손녀가 고개를 끄덕이면 여화, 수하2에게 달려든다.
검 등으로 수하2의 어깨와 등을 내려치면 노파를 놓치고 고꾸
라진 수하2.
여화, 쓰러진 수하2의 목에 검을 갖다 대고 손녀에게 눈짓하면
손녀, 달려와 노파의 손을 잡고 뒤도 돌아보지 않고 뛰어간다.
그때 만식의 검을 받아치던 수호, 순간적인 힘에 밀려 수호의
검이 날아가는 순간!
타악! 여화가 검 등으로 만식의 배를 퍼억! 윽!! 배를 부여잡고 넘
어지는 만식!

여화	(만식의 눈앞에 검을 갖다 대며) 네 놈 상댄 나지.

비찬(OFF)   종사관 나리이-

때마침 들리는 비찬의 목소리에 동시 얼음!!

수하2   (다급하게) 금위영에서 왔나 봅니다!

수하2의 말에 만식의 표정이 구깃해지는
이내 수하들 향해 눈빛 주고. 동시에 여화의 검을 타악- 쳐내고
도망간다!
수하1, 2 떨어진 검을 주워 만식의 뒤를 따라 달리면.
몸을 툭툭 털어내는 수호, 돌아보는데 아무도 없다. ?!?!?
보면, 저 멀리 노파가 사라진 골목으로 뛰어가는 여화. 수호, 쫓
아가고.

S#3.   빈민촌, 골목 / N
여화, 골목 안으로 들어서는데 막다른 골목이다. !!

여화   (돌아서서 수호 보며) 잡아갈 사람들은 저들인데 날 왜 쫓는 거요?
수호   (두르고 있던 천을 내리며) 저들이 어디서 왔는진 알고- 그쪽이 왜
         이러는 건지는 몰라서.
여화   왜 이러긴! 여태 봤잖소!
수호   여태 봐서 하는 말인데-

여화, 수호 앞으로 지나가려고 하면 수호, 여화의 팔을 잡고 얼
굴을 확인한다. !!

여화	(뿌리치려고 하며) 지금 뭐 하는 짓이에요!
수호	(잡고 안 놔주며 여화의 얼굴을 빤히 바라보는)
여화	(안간힘 쓰며) 이거 놓으라니까!
수호	(피식 웃으며) 이제 됐소. (손을 풀어주면)
여화	(씩씩) 미친 거요?
수호	궁금했었소. (하다) 대체 누구길래, 감히 종사관 앞에서도 뻔뻔할 수 있는지- 혹, 든든한 뒷배가 있거나 아니면-
여화	(흔들리는 동공)
수호	종사관 따위는 무섭지 않은 지체 높은 반가의- (!!!)

여화, 그대로 수호의 이마에 박치기를 퍽! 그 위로-

4부
누구에게나 비밀은 있다

S#4. 빈민촌, 골목 / N

윽! 수호, 이마를 부여잡으면 여화, 그 사이를 틈타 그대로 줄행랑!!
그때, 수호를 찾던 비찬의 눈에 들어오는 '전설의 미담' 뒷모습!!

비찬	(휘둥글) 어...? (여화 뒷모습 한 번) 복면... (하늘 한 번) 달... (깨닫는) 미담님?? 나리이-! 미담님입니다! (여화 쫓아가려는데)
수호	(비찬을 턱! 잡은 채로) 비찬아.
비찬	(돌아보면)
수호	(아픈 척) 아무래도 어깨 상처가 심해진 듯하구나.

비찬	지금 어깨가 중요한 게 아니라- 저기요! 우리 미담님이잖아요!!
수호	(비찬의 시야를 막으며) 무슨 소리냐, 내 눈엔 아무것도 안 보이는데- (비찬에게 기대어) 몸이 좋지 않으니 이만 가자.

수호, 여화가 사라진 골목을 힐긋 바라보는 데서. F.O

S#5. 여 화 의 별 채 , 방 안 / D

화면 밝아지면 여화, 연선의 도움을 받으며 옷매무새를 곱게 다듬고 있다.

여화	(생각에 잠겨) 연선아-
연선	예?
여화	강필직 수하들이 왜 그 아일 잡아가려 했던 걸까...? 꽃님이같이 자식 팔아먹는 아비도 없는데...
연선	설마 아씨가 저한테 하신 것처럼 먹이고 재우고 보살피려고 했겠어요?
여화	그...럼?
연선	저도 아씨 아녔음 그런 놈들에게 잡혀 기루나 어느 집 첩실로 팔렸을 거예요. (하다) 아무도 몰랐을 테니까요.

INSERT

3부 S#32 백씨의 말.

"신경 쓰지 마세요. 여긴, 누가 죽어나가도 전혀 이상할 곳이 아닙니다."

여화	이런 쓰레기 같은 놈들!

연선	(걱정 어린) 누군가를 구하신 건 정말 잘 하신 건데요.
여화	(보면)
연선	강필직 수하들이었다면서요. 그자들이 대행수님을 죽이려고 했던 거 잊으셨어요?
여화	그걸 어찌 잊어. 여전히 활개 치고 다니니 열 받아서 그렇지.
연선	사람도 아무렇지 않게 죽이는 놈들이에요. 아씨가 엮여봤자 좋을 거 하나 없다구요.
여화	엮일 일 없게 그때 도성 밖으로 싹- 다 쫓아버렸어야 했는데!! (하다) 애를 상대로 칼까지 차고- (만식 흉내) 원수는 대나무 다리에서 만난다더니- 무식하게. (절레절레)
연선	(놀라) 그자가 아씨를 알아보던가요?

INSERT

4부 S#3 수호의 말.

"종사관 따위는 무섭지 않은 지체 높은 반가의-"

여화	(혼잣말) 설마... (하다, 절레절레) 내가 누군지 어떻게 알아.
연선	이제 복면 잡겠다고 도성 바닥을 들쑤시고 다닐 텐데- 진짜 조심하셔야 해요. 아셨죠?
여화	조심할게. (하다) 일단, 명도각에 연통을 넣어 할머니와 아이가 무사한지 확인해보거라.
연선	예!

봉말댁(OFF)	아씨 마님! 마님께서 안채로 당장 오시랍니다.

여화	(잔뜩 긴장해) 그분이 오셨다. 오늘의 시어머니.
연선	걱정 마세요. 마음만 상해요.

여화	(찡) 연선아...
연선	(덤덤히) 어차피 매일 혼나는 거, 그게 뭔지가 뭐가 중요해요.
여화	... 네가 제일 나빠.

S#6.   좌상댁, 마당 / D

마당에 서 있는 금옥의 뒷모습. 안채 마당으로 들어서는 여화.
심호흡에 마음 다잡고 최대한 조신하게 금옥 뒤로 서서

여화	(긴장해) 어머님, 부르셨습니까.
금옥	(돌아보며, 환한 미소로) 어서 오너라.
여화	(!! 금옥의 낯선 미소가 더 무서운) 어머님...?
금옥	방금 호판댁에서 네게 큰 선물을 보내셨다.
여화	... 제게요?
금옥	(감격에 차 두 손으로 서책 하나를 소중하게 받아 들며) 대비마마가 친히 필사하신 내훈 서책이다!
여화	(이걸 기뻐해야 하나, 애매한) 감..읍..할 일입니다.
금옥	감읍뿐이냐? 대대손손 내려갈 가보를 받는 것이니 우리 가문의 광영이요, 자랑거리임이 분명한 것을!
여화	(금옥의 미소에 기분 좋은) 어머님께서 좋아하시니 저도 기쁩니다.
금옥	어쩌면 열녀문까지도... 아니다, 이런 말을 미리 입 밖에 내면 부정 타지. (흐뭇하게 여화를 보고) 어제 내 딱! 하나 아쉬웠는데-

금옥의 시선 따라가보면 마당에 놓인 가마 한 채. 뭐지? 여화 금옥 보면

금옥	뭐 하고 서 있는 게냐?

여화	(당황하는 표정으로 금옥을 보며) 어딜 가나요...?
금옥	(고개 저으며) 일단 들어가거라.
여화	(????)

S#7. 필여각, 마당 일각 / D

필직, 손에 부채를 들고 이리저리 팔다리를 뻗어가며 몸을 풀고 있다.

쭈뼛거리며 다가온 만식, 어쩔 줄 몰라 하다가 안 되겠다, 급하게 무릎을 꿇는

필직	(눈썹 치켜올리며) 뭐? 복면이 나타나 애를 데려가?
만식	예, 일전에 여각에서 난동을 부린 그놈이었습니다. 헌데, 이번에 보니 그놈이 7년 전, 장소운 그년을 구해준 놈 같습니다.
필직	뭐어? 그놈이라고??
만식	예, 게다가 이상한 놈 하나가 더 있어 애를 잡아오지 못했습니다.
필직	애도 놓치고 복면도 못 잡아온 주제에 참으로 당당하구나.
만식	송구합니다.
필직	송구해? 그놈한테 이를 갈고 있는 걸 가장 잘 아는 놈이! 애새끼보다도 복면 놈을 잡아 죽였어야지!
만식	송구-
필직	(빠직) 한 번만 더 송구하단 소리가 네놈 입에서 나오면 이 부채를 네 목구멍에 쑤셔 박을 거다!
만식	(서둘러) 죽을죄를 지었습니다, 어르신.
필직	네놈이 실수를 하고 (부채로 만식 어깨 쿡- 찌르며) 또 하고- (쿡) 또 할 때마다- (쿡) 백정 시절, 배고픈 나에게 네놈이 나눠준 썩은 감자 반 알을 생각하고, (쿡) 생각하고, (쿡) 또 생각하며 (쿡) 참고

있다.

만식   형님!! (고개 들지 못하고 납작 엎드리며)

필직   (서늘하게) 당장 나가 복면놈을 찾아내라.

만식   예! (후다닥 일어나 나가고)

필직   (짜증스럽게 부채를 힘껏 내려치는 데서)

S#8.   **금위영, 집무실 안 / D**

수호, 집무실 안에 걸린 [산중고냥도] 그림을 바라보고 있다. 그 위로-

INSERT

3부 S#20 복면을 벗기려는데 당황하는 여화. cut.

4부 S#3 얼굴을 확인하려는 수호를 밀치는 여화. cut.

4부 S#3 이어 수호의 이마를 꽝! 박치기하는 여화. cut.

수호, 자신의 이마를 슥슥 만져보다 피식, 이내 [산중백호도]를 집어 드는데

뭔가 느낌이 이상해 족자를 보면 가름대에 금이 가 있다.

난감한 표정 스치고, 수호- 금이 간 곳을 만지다 이내 갖고 나가는 데서.

S#9.   **세책방, 안 / D**

책장 뒤 탁자에 앉아 책을 읽고 있는 윤학.

고개 들어 책장 보면, 책장 너머로 얇은 서책 한 권이 슬며시 놓인다.

세책방주인	(윤학에게 다가오며) 나으리, 새로운 패설이 방금 들어왔습니다.
윤학	(기대에 찬) 정말인가.

윤학, 기대에 찬 얼굴로 서책*을 들어 책 표지의 제목을 조심히 떼어내고,
그 안에 들어 있는 접힌 종이 한 장, 꺼내 펼쳐보면
[두 명의 사망은 경상도에서 확인되었습니다. 아직 행방을 알 수 없는 세 명입니다. 정해준(丁海俊). 표현웅(表現雄). 조성후(趙成厚).]**

윤학	(이름을 확인한 후, 일어나며) 다음 편을 속히 달라 전해주시게.
세책방주인	예, 나으리.

윤학, 소매 안으로 종이 접어 넣고. 세책방을 서둘러 나가는.

S#10. 세책방, 앞 / D

윤학, 세책방을 나오는데!! 저 멀리 연선이 갓을 파는 곳에 서 있는 게 보인다.
피식, 미소 짓고는 연선에게 다가가는 윤학.

S#11. 거리, 갓 파는 상점 앞 / D

연선, 진열해놓은 갓들을 쳐다보고 있다.

---

*   서책 제목 [낮에 피는 꽃].
**   한문으로 되어 있는 내용입니다.

연선 (혼잣말) 복면보단 차라리 남장이 더 안전하실 텐데... (비싸 보이는 갓 하나 가리키며) 이건 얼마예요?

상점주인 비싼 걸 골랐네. 그건 한 냥이다.

연선 (고민하다 돈을 꺼내려고 하면)

윤학(OFF) 정인에게 선물이라도 하려나 보지?

윤학의 목소리에 화들짝 놀라는 연선, 보면 윤학이 바로 옆에서 있다.

연선 (펄쩍 뛰며) 정인이라뇨! 전 그런 거 없습니다.

윤학 아니면 아니지, 뭐 그리 정색할 것까지야...

연선 생사람을 잡으시니 그렇지요.

윤학 (장난스레) 그럼, 그 갓은 누가 쓰려고 사는 건데-

연선 (당황해) 에? 그게... (하다) 제가요!! (말 돌리며) 그런데 나린 여긴 어쩐 일이십니까?

윤학 나도 마침 갓 하나를 살까 해서- (하다) 이리 자주 보는데 이참에 통성명이라도 하는 게 좋겠다. 나는 박윤학이라 한다.

연선 예, 알겠습니다. (꾸벅 절하고, 그냥 가려고 하는)

윤학 (당황하며) 잠깐! 왜 아무 말도 없이 가느냐?

연선 (의아한 듯) 지금 제 이름도 물어보신 겁니까?

윤학 그럼, 여기 너 말고 누가 있느냐?

연선 연선이라 합니다. 이.연.선.

윤학 (미소) 그래, (옆에 걸린 갓 하나를 골라주며) 너한텐 이게 잘 어울릴 것 같구나. (하다) 그럼 다음에 또 보자.

윤학, 저편으로 걸어가고 윤학이 골라준 갓을 든 채 뒷모습을 바라보는 연선의 시선에서 염흥집(E)   (껄껄대며) 내 자네가 반드시 찾아줄 걸 의심치 않았다니까!

S#12.   호판댁, 사랑채 방안 / D

염흥집 앞에 앉아 있는 수호, 그 옆에는 [산중백호도]가 둘둘 말려 놓여 있다.

염흥집   내 그림을 잃어버리고 어찌나 속이 상했던지 식음을 전폐했다네. (하다) 보이는가? 살 빠진 거?

수호   (그림을 건네주며) 그림을 찾긴 했으나-

염흥집(O.L)   그래, 그 씹어 먹어도 시원찮은 놈은 잡았는가? (그림을 받는)

수호   그것이... 범인은 잡지 못했습니다.

염흥집   못 잡았다니!!

수호   그리고.. (하다) 찾고 보니 가름대 한쪽에 금이 갔습니다.

염흥집   (당황한) 뭐? 어디! 어디! (서둘러 그림을 요리조리 보는데 금을 발견) 이게 얼마짜린데!! 이걸 깨먹어?!

수호   (피곤한 표정)

염흥집   흠집도! 티도 내선 안 되는 그림을!! 어?! (하다) 이 가름대가 자그마치 100년 묵은 오동나무로 만든 거라고!! 어쩔 건가아! 어쩔 건가아!!

수호   송구합니다.

염흥집   송구고 나발이고! 자네가 책임지게!

수호   (당황해서) 예?

염흥집   범인도 못 잡고 가름대도 깨졌으니! 자네가 책임지란 말일세!!

수호   허나-

염흥집(O.L)   당장! 똑같은 걸로 바꿔오지 않으면 내 가만있지 않을 걸세! 알겠나!!

수호   (어쩔 수 없다, 그림 돌돌 말아 넣으며) 알겠습니다.

               에잉! 염흥집, 기분 나빠 돌아앉고 염흥집에게 인사하고 나오는
               수호.

S#13.   좌상댁, 마당 / N
               여화, 누렇게 뜬 얼굴로 마당 한 편에 놓인 가마에서 내리고 있다.
               화면 빨리 돌리면 가마에서 내렸다, 다시 뒤로 들어갔다, 다시
               내렸다, 무한 반복 중.

금옥   아니, 아니! 그렇게 양손을 허우적대면 안 된다. 나비가 꽃에 내
               려앉듯, 첫눈이 나뭇가지에 쌓이듯, 그렇게 살포시-
여화   (헉헉- 허벅지와 다리가 터질 것 같고)
금옥   그럼 다시 한 번 더 해보자꾸나. 사아뿐- 사아뿐-
지성(OFF)   (다정한) 지금 뭐 하시는 겁니까, 부인?

               금옥, 돌아보면 지성이 마당으로 들어오고 있다.

금옥   이제 오십니까?
지성   이리 늦도록 밖에서 기다렸소? 들어가 계시지 않고요.
여화(OFF)   오셨습니까, 아버님.
지성   (돌아보며) 그래, 큰애 너도- (하다, 깜짝 놀라고)

               보면 가마에서 영화 [링]처럼 기어 나오는 여화의 모습을 보고
               놀라는 지성.!!

지성	거긴 왜 들어가 있느냐?
금옥	우리 큰애가 모든 여인의 모범이 되고 있지 않습니까. 곱게- 사뿐하게- 그림같이- 가마에서 내리는 자태를 익히고 있었습니다.
지성	(이해는 안 되지만) 허허, 그렇군요. (미소 짓는) 헌데, 이제 날이 저물지 않았습니까? 오늘은 이쯤 하고 내일을 기약하는 게 좋겠습니다.
금옥	예, 그러지요. (여화 보고) 그만 들어가 쉬거라.
여화	예. (고개 숙여 인사하면)

지성을 따라 사랑채로 올라가는 금옥.
여화, 후들후들, 다리를 떨며 별채 쪽으로 향하는.

S#14.　좌상댁, 사랑채 방안 / N

금옥, 지성의 관복을 횃대에 걸고 있다.
서안 위에 소중하게 놓여 있는 내훈 책, 그 옆에 지성의 책 보퉁이 놓여 있고.
지성 앉으면 기쁜 표정으로 금옥 따라 앉으며

금옥	대감! 대비마마께서 우리 큰애에게 내훈을 하사하셨습니다.
지성	그런 일이 있었습니까?
금옥	(서안 위에 올려놓았던 내훈 소중히 펼치며) 바로 이것입니다. (웃으며) 큰애 덕에 드디어 돌아가신 조상님께 드릴 말씀이 생겼습니다.
지성	참 잘되었습니다. (다정히) 헌데- 그게 어찌 큰애의 덕이겠습니까?
금옥	(보면)
지성	다 큰애를 잘 가르친 부인의 덕이지요. 빈한한 가문에 혈혈단신인 아이를 데려다, 처음부터 끝까지 가르친 사람이 바로 부

인 아닙니까. (미소 짓는)

금옥   (뭉클) 대감-

지성   (따뜻하게 금옥 손 잡아주며) 우리 정이를 그리 보내고도- 부인이 마음을 다잡고 이 큰 살림을 이끌어주지 않았다면 큰애도, 나도 지금 이 자리에 있진 못했을 겁니다.

!! 갑자기 생각난 듯 옆에 둔 책 보퉁이를 서안에 올리는 지성.
금옥, 이번엔 뭐가 나오려나 기대에 찬 시선인데, 보퉁이 열면 예쁜 사과 하나!

금옥   사과 아닙니까?

지성   청송에서 주상 전하께 진상한 겁니다. (미소 짓는) 사과를 좋아하는 부인이 생각나서, 몰-래 하나 가져왔습니다.

금옥, 설레는 얼굴로 사과 받아 들고 해사하게 웃는.

S#15.   좌상댁, 사당 안 / N

부들부들, 여화, 다리가 후들거려 향탁에 몸을 의지해 위패를 들어 닦는데.
위패 뒤집어 바닥을 보면 여화의 그림 솜씨로 작게 그려진 사내 얼굴.
그 밑에 조그맣게 '석정' 쓰여 있다.

여화   (위패 똑바로 바라보며) 이게 다 넛 때문이다! (미실 버전)

덜컹! 문이 열리고 사당 안으로 연선 들어오는

여화	오늘 내가 가마에서 몇 번을 오르락내리락했는 줄 알어? 제대로 서 있지도 못하겠다구. (철푸덕 앉아) 나중엔 하늘이 파란지-노란지- 속도 울렁거리고- (아직도 속이 좋지 않아 탕탕! 가슴을 치는) 명도각에선?
연선	할머니와 아인 안전한 곳으로 보냈는데- 떠나기 전, 아이에게 이상한 얘길 들었답니다.
여화	이상한 얘기?
연선	자세한 건 나중에 뵙고 말씀드리신대요.
여화	(꿍! 바로 일어나며) 잠시 다녀와야겠다.
연선	지금요?
여화	나중까지 언제 기다려.
연선	그러실 줄 알았어요. (하다) 그래서 탈것을 준비해두었습니다.
여화	(응?) 탈것이라니...?
연선	다리가 아파 뛰진 못하실 거구- (미소)
여화	(잔뜩 긴장한 얼굴에서)

S#16. 금위영, 집무실 안 / N

수호, 책상 위에 올려진 [산중백호도]를 뚫어져라 보는.
덜컹! 문이 열리고 비찬이 들어온다. 여전히 입이 삐죽 나온 상태.

수호	입이 도성 성곽까지 닿겠구나. (하다) 아직도 삐진 것이냐.
비찬	아무리 생각해도 이상합니다.
수호	뭐가 말이냐.
비찬	우리 미담님 말입니다. (하다, 혹!) 나리랑 아는 사이죠?
수호	(당황해 비찬 바라보는) 그게 무슨- (하다) 아니다.
비찬	미담님이 훔쳐간 그림을 나리가 손에 넣은 것도 그렇고- 어제

도 그렇고- (하다) 지금이라도 솔직히 말씀해주십시오.

수호   (진지하게) 비찬아.

비찬   (보면)

수호   100년 된 오동나무로 만들어진 가름대를 파는 곳을 아느냐?

비찬   말 돌리지 마십시오!

수호   호판대감의 그림 가름대를 너희 미담님이 깨먹은 거 같아서 말이지- 아까 보니 당장이라도 잡아 죽일 것-

비찬(O.L)   (다급히) 명도각이요!

수호   명도각?

S#17.   운 종 가 거 리 / N

편안하게 미소 짓고 있는 여화의 얼굴이 덜컹덜컹 흔들린다.

카메라 틸업하면 활유가 끄는 손수레 안에 거적을 덮고 누워 있는 무사복 여화.

활유, 혼잣말처럼 종알종알하는

활유   연선누이가- 아씨께서 거동이 불편하시다고 탈것을 갖고 오랬는데, 가마는 절대 안 된다고-

여화(O.L)   (휙- 거적 걷으며) 가마는 입에 올리지도 말거라.

활유   (왜 그러시지) 거의 다 왔습니다. 조금만 참으십시오.

여화   (편안한 표정) 아니야, 너무 편해 마치 구름 위에 누운 듯하구나. (스르르 눈을 감는)

S#18.   명 도 각, 앞 / N

서늘한 눈빛으로 명도각을 살펴보고 있는 그림자, 만식이다. !!

저 멀리 활유가 끄는 수레가 만식 쪽을 향해 다가온다.
만식, 활유를 보자마자 재빨리 몸을 숨기고,
만식 옆으로 수레 덜그덕거리며 지나가는데-
수레 안으로 시선 돌리는 만식, 찰나의 순간! 여화, 아슬아슬하게 거적을 머리 위로 덮고.
활유의 손수레 명도각 안으로 들어간다. 지켜보다 돌아서는데 !!
저 멀리, 수호가 명도각을 향해 걸어오는 모습이 보인다.
수호를 바라보는 만식의 시선에서.

S#19. 명도각, 장소운 집무실 안 / N

덜컹, 문이 열리고 소운의 부축을 받아 거의 질질 끌려오다시피 하는 여화.
소운, 여화를 의자에 앉히면 여화, 앞에 둔 찻잔에 물을 부어 벌컥벌컥 마신다.

여화   무슨 일입니까?

소운   아씨의 연통을 받고 아이에게 몇 가지 물어봤사온데- 잡혀갔을 때 다른 아이들의 목소리를 들었다 합니다.

여화   (놀라며) 다른 아이들이요? (하다, 번쩍!) 그럼 이번 일이 단순히 아이 하나를 잡아가려던 게 아닐 수도 있단 말입니까?

소운   저도 이상해서 정황을 살피는 중이온데- 지난 몇 년간 한양 도처에서 그 또래 아이들의 행방이 묘연한 일이 많아졌습니다.

여화   (부들부들) 강필직 그놈이 그런 일까지-

소운(O.L) (날이 선) 그러고도 남을 놈이지요. 돈 되는 일이라면 애들을 팔아 지 뱃속을 채운들 가책이나 느낄 놈입니까.

여화   (잠시 생각하다) 대행수는 강필직 상단 물품이 오가는 것을 살펴

주시고, 필 여각이나 근처에 애들을 잡아놓을 만한 곳이 있는지
도 알아봐주세요.

소운   ....

S#20.   창고 안 / N

허름한 창고 안. 아이들 서넛이 눈을 가리고 입에 재갈이 물린
채 힘없이 누워 있다.
문이 열리고 수하1, 창고 안으로 다른 아이를 더 밀어 넣는.

S#21.   명도각, 장소운 집무실 안 / N

소운   해서, 어찌시려는 겁니까?

여화   (보면)

소운   강필직 상단을 뒤져 진짜 인신매매의 증좌라도 찾아내면, 그땐
         무얼 하실 거냔 말입니다.

여화   (아무 말없이 빤히 소운을 바라보는)

소운   그간 아씨께서 해오던 일과는 다른 일입니다. 큰 화를 당하실
         수도, 강필직의 표적이 될 수도 있는 일입니다.

여화   대행수.

소운   (보면)

여화   대행수가 뭘 걱정하는지 모르지 않아요. (하다) 허나, 만약에 간
         절히 누군가가 도와주길 기다리는 아이들이 있다면... (미소 짓
         는) 일단 하는 데까진 해봐야 하지 않겠습니까.

소운   (말릴 수 없다는 걸 안다) 뒷일을 맡길 사람이 필요하겠군요.

여화   (보면)

소운   무엇보다 강필직을 상대할 수 있는 믿을 만한 사람 말입니다.

이때 밖에서 기척이 느껴지고 이어 활유의 목소리가 들린다.

활유(OFF)   (난처한) 대행수님!

소운   무슨 일이냐!

활유(OFF)   금위영 종사관께서 오셨습니다.

여화, 소운   !!!

여화   (목소리 낮춰) 그자가 여긴 또 왜 왔답니까!

소운   (낮은 목소리) 일단 여기에 숨으십시오!

옆에 있던 옷장을 벌컥 열어 여화를 구겨 넣고 문을 닫는다.
소운, 매무새를 다듬고 아무렇지 않게 문을 열면 밖에 수호가
서 있다.

소운   (아무렇지 않게) 무슨 일로 오셨습니까.

수호   늦은 시간 미안합니다. (하다) 호판대감의 그림에-

수호의 시선으로 끼이익- 스스로 열리는 옷장.
옷장 틈으로 보이는 검은 옷자락. 수호, 여화가 와 있구나, 눈치챈

수호   (가름대 보여주며) 호판대감의 그림에 가름대가 깨져서 혹, 이것
           과 같은 것이 있는지 물어보러 왔습니다.

소운   (나무를 한번 보더니) 오동나무로군요.

수호   원상태로 돌려놓지 않으면 끝까지 쫓아가 잡을 기세니-

소운   (여화 들으라는 듯) 그림을 훔쳐갔던 분을 도우시려는 겁니까?

수호   (큼큼, 정색하며) 무슨 소리요! 그저 일이 번거로워질까 그러는 겁
           니다. (말 돌리며) 듣자 하니 명도각엔 없는 게 없다면서요.

소운   잘 찾아오셨습니다. 물건이 있는지 확인해볼 테니 잠시만 기다

	려주시겠습니까?
수호	그러지요.

소운, 밖으로 나간다. 수호, 일어나 방 안을 한번 휘- 둘러보다가-

수호	(피식) 엿듣고 있는 거 다 알고 있으니 그만 나오시지요.
여화	...
수호	(옷장 앞으로 걸어가) 그쪽이 안 나오면 내가 들어가는 수가 있소.
여화	(속닥) 혼자도 좁소.

수호, 옷장 문을 잡아 열려고 하는데 !! 덜컥! 안에서 잡는 문.
질 수 없다! 수호, 옷장 문을 힘껏 당기는데 안 열리는.
문을 잡고 서로 실랑이를 끙끙하다 수호, 한 번 더 휘익! 잡아당기면 !!!!
옷장 문과 함께 부웅! 앞으로 튀어나오는 여화, 바닥에 철푸덕! 쓰러지고

수호	(여화를 잡아주려다 이내, 손 거두며) 매번 이리 요란해서야-
여화	(자신의 얼굴 가리며) 여긴 왜 또 온 거요!
수호	(그림 가름대 가리키며) 그림 가름대가 깨져서 말입니다.
여화	(일어나 서둘러) 허면, 일 보고 가시오. (나가려고 하면)
수호	(여화를 턱! 잡는) 이런 식으로 가버리면 곤란하지요. 누구 덕분에 호판대감에게도 깨지고, 내 머리도 깨질 뻔했는데...

INSERT
4부 S#3 수호의 이마를 꽝! 박아버리는 여화.

여화	(큼, 할 말 없는)
수호	그렇잖아도 그쪽이 사는 델 찾아가려 했소. 가름대를 깨트린 건 그쪽인데 내가 혼나니 억울해서 말이지.
여화	(소스라치게 놀라며) 내가 사는 델 어찌 알고!
수호(O.L)	그걸 몰라, 여기 온 거 아니겠습니까. (피식)
여화	(놀리는구나, 괜히 씩씩, 탁자 위에 산중백호도 집으며) 호판대감한테 혼나는 게 무서운 거라면 내가 갖다주겠소!
수호	(존심 팍) 거기 딱 두시오.
여화	(피식) 내 그 집 담을 한 번 더 넘어보지요.
수호	이리 내놓으시오. (그림 가름대 잡고)
여화	싫소!
수호	내놓으라니까!

여화와 수호, 바짝 붙어서 가름대를 서로 잡고 실랑이!!
수호 휙! 가름대 잡아당기면 여화의 부들거리는 다리, 힘이 풀려 엄마야!
수호 품으로 몸이 끌려가고 반사적으로 수호의 어깨를 따악! 잡는 여화!
윽! 어깨의 통증을 느끼는 수호! 이때 빠직- 수호와 여화의 손에 못 이긴 가름대,
박살이 나면서 그 안에 들어 있던 꽃잎들이 여화와 수호 주변에 흩뿌려지는-
별빛이 내린다, 샤랄라라라라- 슬로 걸리며 여화와 수호의 눈에 꽃잎들이 후두둑!

수호	그쪽이 넣어둔 거요?
여화	그쪽이 넣어놨소?

소운(OFF) 이게 다 뭡니까?!

여화와 수호, 동시에 바라보면 소운, 당황한 눈으로 두 사람을
번갈아 바라본다.

S#22. 필여각, 강필직 사무실 안 / N

필직, 항상 차고 있던 칼[*]을 수건으로 닦고 있다.
문이 열리고 만식이 들어와 꾸벅 인사하는. 필직, 힐긋 보고는

필직 복면은 (하다) 아직이냐.
만식 명도각을 온종일 지켜보았사온데 복면의 흔적은 없었습니다.
      헌데-
필직 (보면)
만식 종사관이 명도각으로 들어가는 걸 확인했습니다.
필직 (눈썹 치켜올리며) 종사관이 명도각에? (하다) 정인에게 줄 가락지
      를 사러 간 건 아닐 테고- 복면과 박수호, 명도각이라- (하다) 물
      건은.
만식 머리 하나 채워 넣었으니 바로 보내겠습니다.
필직 어차피 죽어도 아무도 모를 것들, 이번 배 나갈 때 같이 보내면
      호판의 입에 처넣은 돈값은 벌어다 줄 테지. (서늘한 웃음)

S#23. 명도각, 장소운 집무실 안 / N

머쓱하게 앉아 있는 여화와 수호. 탁자 위엔 꽃잎^{**}을 모아둔

---

[*]   백정 때 쓰던 고기 자르는 칼.
^{**}   염흥집의 가름대에서 나온 꽃잎이니 수호가 의심 없이 염흥집에게 가져다줍니다.

손수건 올려져 있고

수호	어제 그 사람들은 어찌 되었습니까.
여화	(고개 저으며) 노파와 아이는 안전한 곳으로 보냈소.
수호	(여화를 보다가) 매번 이렇게까지 합니까?
여화	무엇을 말이오?
수호	어제 그 아이나, 꽃님이 같은...
여화	(으쓱) 뭐-
소윤(E)	뒷일을 맡길 만한 사람이 필요하겠군요.
여화	(수호를 빤히 바라보는)
소윤(E)	무엇보다 강필직을 상대할 수 있는 믿을 만한 사람 말입니다.
수호	(따라 보면)
여화	만약, 누군가 나쁜 짓을 하면... 그게 누구든 잡을 수 있소?
수호	그게 내 일이오.
여화	(수호를 바라보다 입을 떼는) 강필직이 아이들을 납치하고 있는 것 같소.
수호	(놀란 얼굴로 보면)
여화	어제 구한 아이가 다른 아이들의 소리를 들었소. 일단, 명도각에서 사람들을 풀어 좀 더 알아볼 테니-
수호(O.L)	(단호하게) 불가합니다.
여화	(보면)
수호	엄연히 나라에 국법이 존재하니 이 일을 해결해야 하는 건 명도각이 아니라 금위영이오. 만약 그 일이 사실이면 절차대로, 국법대로 진행될 거고.
여화	국법...대로...
수호	이 말은 일개 복면 따위가 이 일로 인해 도성 안을 어지럽혀선 안 된다, 그 말입니다.

여화, 수호 보면 수호, 단단하게 여화를 바라보는 데서.

S#24.   궐, 이소의 방안 / N
이소, 떨리는 손으로 종이* 펼치고, 그 모습을 보고 있는 윤학.

윤학   찾고 있던 두 명의 사망은 경상도에서 확인되었고, 행방이 묘연한 세 명이 남아 있다고 합니다.

이소   (종이에 쓰인 이름 천천히 읽어 내려가는) 정해준, 표현웅, 조성후- (고개 들어 윤학 보는) 모두 내금위장 임강의 수하더냐.

윤학   예, 선왕 전하가 승하하신 날 이후, 궐에서 사라진 금군들이라 합니다.

이소   그날 밤, 아바마마의 옥패를 지니고 나간 자가 있었다. (눈빛 흔들리며) 그자를 찾는다면, 어쩌면 그날의 진실을 알 수 있을지 모른다.

윤학   남아 있는 흔적들을 샅샅이 찾아보고 있으니, 조금만 더 기다리시옵소서. (단단하게) 이번에는 분명, 찾아낼 수 있을 것입니다, 전하.

이소, 들고 있는 종이를 들어 촛불에 사른다.
불꽃 안으로 사그라드는 종이, 그 끝에 쓰인 趙成厚(조성후) 이름이 줌인되며.

S#25.   금위영, 마당 / D
화면 밝아지면 마당에서 치달이 수호를 못마땅하게 보고 있다.

*   S#9 윤학이 보고 있던 종이.

치달	그래서, 뭘 하자고?
수호	강필직 상단을 조사해야 할 것 같습니다.
치달	아서라- 내가 거긴 건드리면 안 된다고 몇 번을 말했냐. 벌집 잘못 건드렸다 무슨 꼴을 당하려고-
수호	지난번, 필 여각에서 불법 투전판이 열린 것도 그렇고, 어제 빈민촌에서 그쪽 수하 하나가 웬 아이를 납치한 정황을 봤습니다.
치달	아이를 납치해? (하다) 그 밑에 수하가 개인적으로 벌인 일이겠지. 운종가 상권을 먹은 놈이 뭐가 아쉬워서 아일 납치하겠나?
수호	그렇게 봐주시니까 강필직이 금위영을 물로 보는 겁니다.
치달	뭐어? 물로 봐?
수호	생각해보십시오. 금위대장님은 곧 금위영의 얼굴!
치달	(큼, 수호 보면)
수호	금위대장님을 어떻게 봤길래 투전판 청구서를 보낼 수 있겠습니까!
치달	(그러고 보니 맞네?)
수호	제 녹봉이 까인 것에 대한 불만은 없습니다. 다만! 이렇게 설렁설렁 넘어가면 강필직이 어찌 보겠습니까!
치달	(버럭!) 뭐? 설렁설렁?! 감히 우리 금위영을 설렁탕으로 봐?!
수호	정황이 있습니다. 허락해주시면 반드시 꼬리를 잡아 금위영의 이름과 명예를 드높이겠습니다! 그리고-
치달	(보면)
수호	(낮은 목소리) 금위대장님께서도 이런 일을 하셔야 더 높이 훨훨-
치달(O.L)	자네 말이 맞아! 내 여기서 썩고 있을 사람이 아니지! (수호 어깨 탁 잡고) 금위영의 명예와 내 날개가 자네 손에! 아니지- 바로 가세! 내가 앞장서겠네에!!
수호	(너무 부추겼나... 치달 보고)

S#26.　　좌상댁, 사당 안 / D

여화, 사당 안에서 연선과 이야기하고 있다.

여화　　　(기막혀) 하! 일.개.복.면..? (어이없는) 어련하시겠어. 당연히 금위
　　　　　영에서 해야겠지.

연선　　　(여화 얼굴 살피며) 우리 아씨, 맘 많이 상하셨네요.

여화　　　상하긴, 틀린 말 하나 없이 구구절절 옳은 말인데. 내가 강필직
　　　　　을 잡아다 옥에 가두기를 할 거야- 귀양을 보낼 거야-

연선(O.L)　(우쭈쭈) 법이 다 해결해주면 억울한 사람은 왜 있고, 아씨가 담
　　　　　은 왜 넘겠어요?

여화　　　담을 넘어 뭐 해. 일.개.복.면.따.위.가!

연선　　　그래도 강필직을 금위영에서 수사해준다잖아요. 맘 푸세요.

여화　　　(강조하며) 국법대로 잘 해결만 된다면야- 내가 무슨 취급을 받
　　　　　든 뭐가 그리 중요하겠어. 일개 복면이. (꽁하고)

연선　　　(피식) 종사관 나리도 눈으로 직접 본 게 있으니 서두르시겠죠.

여화　　　절차대로 애들부터 잘 찾아보려나...

봉말댁(OFF)　아씨 마님!!

여화　　　무슨 일이냐.

봉말댁(OFF)　모란회에서 오셨다고 내려오시랍니다.

여화　　　알겠네. (연선에게) 갔다 오마! (서둘러 일어나 나가는 데서)

S#27.　　좌상댁, 안채 방 안 / D

다과상이 예쁘게 차려져 있고 당상관부인들이 모여 앉아 있다.
병판부인, 이판부인, 부인1, 2에 난경까지 화기애애한 분위기.
금옥의 서안 앞에 대비마마의 내훈이 올려져 있고, 그 위에 예
쁜 사과까지!

사람들, 이것이 대비마마께서 쓰신 내훈? 감탄하는

금옥	부족한 우리 아이에게 이런 귀한 내훈 책을 선물로 주시다니-
난경	(웃으며) 아닙니다. 구휼에서 있었던 일을 대비마마께 아뢰었더니 자기 몸을 아끼지 않고 남을 도왔냐며 깊이 탄복하셨습니다.
금옥	(뿌듯한) 그래요?
이판부인	(큼, 헛기침하고)
난경	이 내훈을 주시며 모든 여인의 본이 되길 바란다, 그리 말씀하셨지요.
금옥	(감격에 겨워) 세상에나-
부인1	얼마나 기쁘십니까! (하다) 헌데, 저 사과는 무엇입니까?
금옥	(발갛게 웃으며, 큼큼) 저희 대감께서 제게 주신 사과입니다.
모두	(??? 사과 바라보며)
병판부인	좌상대감께서 부인께 사과를요? 어머나- 살뜰도 하셔라-
금옥	꽃이며, 사과며 하루가 멀다 하고 갖다주시니 몸 둘 바를 모르겠습니다.
부인2	참으로 부러운 일 아닙니까. (하다, 난경 보며) 안 그렇습니까?
난경	(큼, 언짢지만 내색하지 않고) 기특한 며느님과 다정하기 이를 데 없는 좌상대감까지! 참으로 부럽습니다.
부인2	(이판부인 슬쩍 보다 금옥 보며) 이제, 열녀문도 받으셔야지요.
이판부인	(날카롭게 금옥 보고) 여묘살이를 보내시기로 하셨습니까?
금옥	(당황하며) 그것이-
이판부인(O.L)	설마 대비마마의 내훈을 하사 받았다 해서 열녀문을 입에 담으신 건 아니실 테고... (챙)
금옥	여묘살이로만 정해질 열녀문 또한 아니지요. (챙)

S#28.   필 여각, 앞 / D
두둥! 필 여각 앞에 선 치달! 옆으로 수호가 서 있다.

치달   (여기까지 왔지만 괜히 떨리는, 침을 꿀꺽! 수호에게) 먼저 들어갈 건가?
수호   들어가시지요.
치달   (다시 한 번 커험! 헛기침!) 내 오늘 금위영의 위상을 보여주도록 하지!

치달, 위엄 있게 필 여각 문을 화알짝! 여는.

S#29.   좌상댁, 안채 방안 / D
문이 열리고 여화, 들어오면 시어머니 같은 분들이 쫘악- 앉아
있다.
여화, 당황하다 이내 예를 갖춰 인사하며

여화   오셨습니까.
난경   (반갑게) 며느님께서도 잘 지내셨는지요.
여화   덕분에 잘 지내고 있습니다.
금옥   (다정하게) 앉거라.
여화   (자리에 앉고)
난경   지난 구휼에 힘써주신 여러분께 인사라도 드리고 싶은데- 내일
       꽃구경이라도 나가시는 게 어떠실는지요. (미소 짓고)
부인들   (꽃구경이라는 말에 웅성웅성, 좋아 좋아)
난경   (금옥에게) 며느님께서도 함께 가시는 건 어떠실까요?
금옥   (당황, 어떻게 말을 해야 할지 몰라 여화에게) 네 생각은 어떠하냐.
여화(E) 어머님의 마음을 읽자... 어머님의 마음을... (금옥 보면)
금옥   (눈을 부릅)

여화	말씀은 감사하지만 혹, 아름다운 것에 취해 마음이 흐트러질까 염려되오니 저는 마음만 받겠습니다.
난영	(웃으며) 아쉽네요.
금옥	(뿌듯하게 바라보는)
여화	(살았다, 표정에서)

S#30. 필 여각, 강필직 사무실 안 / D

쪼르르르- 여유롭게 찻잔에 차를 따르는 필직, 그 옆에 깨갱한
치달, 앉아 있다.
그 옆에 수호 서 있다.

필직	(미소 지으며) 금위대장님께서 어쩐 일이십니까.
치달	그게- (하다, 다시 한 번 헛기침) 지난번, 투전판 말이오.
필직(O.L)	이런, 그때 금위영에 청구서를 보낸 것 때문에 마음이 상하셨습니까.
치달	그게 아니고- (하다) 그거... (조심히) 불법이지 않나?
필직	높은 어르신들이 모인 친목 모임이었지요.
치달	(수호 보면)
수호	(눈짓으로 더 하라는 표정)
치달	큼. (조심스럽게) 불법 고리채로 아이들을 사고판 정황이 있다던데...
필직(O.L)	(이것 봐라?) 제 피 같은 돈을 떼일 순 없으니까요.
치달	그리고 에- (수호 또 한 번 바라보고)
필직	(어디 계속해봐, 느긋하게 상체 젖히면)
치달	며칠 전, 아이를 납치한 걸 목격한 자가 있네.
필직	(미세하게 흔들리며) 그 일이야말로 저희랑 상관없는 일 아닙니까.
치달	(보면)

필직	(이제 생각났다는 듯) 아아- 얼마 전, 웬 복면 쓴 놈이 아이 하나를 데려가는 걸 저희 수하들이 구해준 적은 있습니다만, 그게 문제 됩니까.
치달	신고가 들어왔으니 우리는 (강조하며) 절차대로! (체포 문서 내밀며) 금위영에 가 차나 한잔하며 자세한 얘기를 들어볼까 하는데 어떤가?
필직	(치달 노려보며) 섭섭하게 왜 이러십니까- 금위대장님.
치달	(에잇 모르겠다) 여봐라-

문이 열리고 금위영 수하들 셋 들어온다. 필직, 분노로 일그러지는 표정.

S#31.   필 여각, 안 / D

금위영 수하들로 인해 분주한 필 여각 안.
여러 서책이며 자료들을 들고 강필직 집무실에서 나오는 수하들.
필직, 기분 나쁜 표정으로 치달을 따라 계단을 내려가고 그 뒤를 쫓는 수호와 비찬.

S#32.   필 여각, 앞 / D

치달과 금위영 수하들에 끌려 여각을 나오는 필직. 수호, 비찬 뒤따라 나오는

수호	(다 들으라는 듯 큰 소리로) 여각 내에 투전판이나 불법적인 일이 있는지 잘 살펴보거라!
비찬	(휘휘- 둘러보고 혼자 남은 자길 가리키며) 저요...?

수호	(비찬에게 작게) 아이들이 갇혀 있을 만한 곳이 있는지도.
비찬	(무슨 말인지 알아들었다, 조용히) 예!
수호	(고개 끄덕이며) 난 2층을 볼 테니, 넌 1층과 주변을 맡거라.
비찬	예! (꾸벅 인사하고)

수호와 비찬, 각자 찢어져 걸어가는 데서.

S#33. 운종가 거리 / D

술렁이는 운종가 거리. 상인들 삼삼오오 모여 있다.
"강필직 그놈이 금위영으로 끌려갔대!" "천하의 강필직을 잡았
다고?"
사람들, 웅성대는데 활유, 대나무통을 들고 정신없이 뛰어간다.

S#34. 몽타주

#34-1.   필 여각, 일각

수호, 천천히 건물 주변을 둘러본다. cut.
비찬, 손님들을 살피는 듯 보이지만 수상한 공간이 있는지 찾
는. cut.

#34-2.   필 여각, 1층 안 + 2층 복도

1층 주변을 보는 비찬. cut.
2층 복도를 천천히 걸어가며 동태를 살피는 수호. cut.

#34-3.   필 여각, 앞

필 여각 앞에서 만나는 수호와 비찬.

비찬	(고개 저으며) 안엔 없는 것 같습니다.
수호	… 내부가 아닐 수도 있으니 비찬이 넌, 남아서 좀 더 살펴보거라.
비찬	금위영으로 들어가시게요?
수호	강필직과 얘길 나눠봐야겠다.
비찬	알겠습니다. (꾸벅 인사하고)

수호, 비찬의 어깨 툭, 치고는 걸어가는 데서.

S#35.   좌상댁, 전경 / N

S#36.   좌상댁, 사당 안 / N

여화, 이미 복면 차림이다.

연선	지금 그 차림으로 어딜 가시게요?
여화	절차대로 딱! 강필직부터 잡아갔다니, 아이들은 못 찾았다는 거 아니냐.
연선	다른 데도 아니고 필 여각이에요.
여화	(불쌍하게) 아이들이 정말 잡혀 있는지만 보고 올게. 진짜 애들이 잡혀 있을 수도 있잖아.
연선	그래도 복면 차림으론 위험해요.
여화	그럼… 소복 입고 가?
연선	(얇은 한숨) 진짜 이건, 만일을 위해 준비해둔 건데요. 진짜, 진짜 급한 상황이니까-
여화	(보면)

S#37.   필 여각, 1층 안 / N

문이 열리면 사내 복장을 한 여화, 필 여각 안으로 들어온다.

여화   (떡하니 자리를 잡고 앉아, 호탕하게) 여기! 술 좀 주시오!!
점원(OFF)   예에- 곧 나갑니다아-

여화, 사내처럼 행동하며 이리저리 주욱- 살펴보는데
탁자 위에 술과 김치가 놓인다. 여화, 김치 한 점을 집어 아삭아
삭 씹다가
술을 손에 슬쩍 붓고는 하하하하하- 웃으며 향수 바르듯 온몸
에 바르고
자기 몸에서 술 냄새가 나는지 킁킁대는데.
여화의 시선으로 보이는 필 여각 상황들. 음식 나르는 사람들,
수하들 곳곳을 눈에 담고.

S#38.   금위영, 집무실 안 / N

필직, 심기가 불편한 표정으로 앉아 있다. 그 앞에 앉아 있는 수호.

필직   금위영 의자 자랑이나 하려고 부른 건 아닐 테고- 바쁜 사람 앉
혀두고 대체 뭐 하자는 겁니까.
수호   며칠 전, 아이를 납치한 걸 목격한 자가 있습니다.
필직   (여유롭게) 요즘, 도성 안에 복면 쓴 놈 하나가 여기저기 들쑤신
다던데- 저를 잡으실 게 아니라 그놈을 잡으셔야 하는 거 아닙
니까.
수호   그날, 정황을 본 자의 증언으론 복면이 아니라 (강조하며) 강단주
의 수하들이 칼로 아이를 위협했다 했습니다.

필직	저런- 누군진 몰라도 저에게 원한이 있어 모함을 한 모양인데-
수호	(보면)
필직	장사치들끼리 워낙에 있는 일 아니겠습니까. (하다) 종사관께서 하찮은 일 하나로 괜한 수고를 하신 것 같습니다.
수호	괜한 일인지, 아닌지는 좀 더 조사해봐야 알겠지요. (필직을 빤히 바라보며) 목격한 그자가 두 눈으로 본 게 맞는지.
필직	(비릿한 웃음) 뭐든 단순한 호기심이 화를 부르기도 합니다.
수호	(필직의 웃음에 기시감 드는 데서)

S#39. 필여각, 2층 복도 + 1층 안 / N

자박자박- 이곳저곳을 살펴보는 여화.
천천히 걸음을 옮기는데 만식, 2층 방에서 수하와 걸어 나온다.!!!
!!! 여화, 급하게 벽에 몸을 기댄 채 서서 그 상황을 바라보는

만식	금위영 놈들은 어찌 됐느냐.
수하1	별다른 점은 확인하지 못했는지 돌아갔습니다.
만식	미리 빼놓길 잘했지. (하다) 다시 원래대로 넣어두고- 내일 밤 제물포로 보낼 때까지 쥐새끼 한 마리도 얼씬거리지 못하게 지키고 있거라.
수하1	알겠습니다.

!!! 만식 보면 술에 취한(?) 여화, 벽 잡고 힘겹게 서 있다. 토하기 일보 직전인 표정.
만식, 남장한 여화를 알아보지 못하고 1층으로 내려가면 여화, 천천히 내려가는.

S#40.   필 여각, 앞 / N
여화, 여각에서 나와 수하1을 몰래 따라간다. !!!
여화의 시선이 닿는 곳에 하얀 포대에 쌓여 있는 짐들이 수레에 실려
저 멀리 보이는 허름한 창고 쪽으로 다가간다.
창고를 지키고 있던 수하 둘, 급히 창고 문을 열면, 창고 안으로 짐을 넣는.
그 모습을 의미심장하게 지켜보는 여화. 그 위로-

만식(E)   미리 빼놓길 잘 했지. 다시 원래대로 넣어두고- 내일 제물포로 보낼 때까지 쥐새끼 한 마리도 얼씬거리지 못하게 지키고 있거라.

번쩍! 여화, 날카로운 시선 스치고. 천천히 창고 쪽으로 걸어가는.

S#41.   필 여각, 창고 앞 / N
여화, 창고 앞을 천천히 돌아 벽에 기대 살펴보면 수하 둘이 지키고 서 있다.
여화, 그들에게 천천히 다가가려는데-

수하2(OFF)   누구냐!

여화, 급하게 돌아보면 수하2가 여화에게 걸어온다.

여화   (취한 척하며) 여기- 뒷간이 어디오?
수하2   (진상 고객이군) 저쪽! 저쪽으로 돌아가시오!
여화   고맙소오-

S#42.   필여각, 창고 앞 일각 / N

여각 쪽으로 돌아서서 걸어오던 여화. !!

허름한 댕기 하나가 바닥에 떨어져 있는 걸 발견하고 주워 든다.

여화   (휙- 뒤돌아 수하2를 향해) 이보시오!!
수하2   (짜증, 칼을 휙 빼들어 가리키며) 뒷간은 저쪽이라니까!

수하2의 외침에 양쪽에서 수하들이 튀어나와 여화를 매섭게
바라보면

여화   (당황) 매우- 고맙소!!

여화, 분하지만 일단 돌아서서 걸어가는 데서. F.O

S#43.   궐, 일각 / D

화면 밝아지면 단단히 삐진 형조판서(50대)에게 염흥집, 고래
고래 소리를 지르고 있다.

궐 정자로 향하던 윤학, 멈춰 서서 흥미로운 표정으로 이 모습
을 바라보는

형조판서   형조가 그리 만만히 보이시오? 어딜 호판이 나서서 죄인을 풀
            어주라 마라-
염흥집   죄인이라니이! 이 나라 조선 최고의 상단 단주인 강필직이 어?!
            금위영에 조사차 간 거지, 누가 죄인이라는 거야! 어?
형조판서   (새침하고 꽁하게) 그딴 식으로 나서지 마시오! (강조) 없어 보이오!
염흥집   내가 뭐어! 내가 뭐어!!

형조판서, 다시 꽁하니 돌아서서 외면하면 팔딱대는 염홍집, 달려드는데-
윤학, 슬쩍 중간에 끼어들어 이들을 말리는 척한다.

윤학   (짐짓 달래듯) 왜들 이러십니까. 그만하시지요.
형조판서   (윤학에게 꼬장꼬장하게) 좌부승지, 명확히 호판의 월권 행위요!
윤학   (말리는 척 싸움 슬쩍 붙이며) 호판대감께서 강필직 단주랑 아무리
         친해도, 설-마 개인적인 이득 때문에 그러시겠습니까.
형조판서   (화르륵) 호판이 강필직 그놈한테 따박따박 상납을 받는다면서
         요? 내 소문 들어 다 알고 있소!!
염홍집   지금 누굴 모함하는 거야!!
윤학   (말리는 척 이번엔 염홍집에게) 아닐 겁니다. 설마 전하께 올라가는
         진상품까지 받아 챙기셨다는 소문을 믿으시겠습니까.
형조판서   (다시 화르륵) 하다 하다, 진상품까지 처드셨소?
염홍집   지금 뭐라고 했어? 다시 한 번 말해봐!!

"이눔이!" 흥분한 염홍집, 윤학을 밀면 윤학, 순간 힘 풀려 휘청
하다 간신히 균형 잡는

형조판서   그리 받아 처먹었으니 강필직을 풀어주라고 그 난리를 치는 거
         로구만!
염홍집   (다시 윤학 밀어내며) 아니! 이놈이 미쳤나!!
형조판서   고래고래 소리만 지르지 마시오. 없어 보이오. (꽁해서-)
윤학   (점잖게 싸움 말리는 듯) 두 분 다 그만하세요. 궐 안입니다. 이러다
         전하까지 아시게 되면-

염홍집과 형조판서 싸움에 윤학, 가운데에서 이리저리 끌려다

니는 형국이다.

윤학, 싸움을 말리다 의미 있는 시선으로 한쪽을 쳐다보면

저편에 서서 구경하고 있는 이소와 상선 일행.

이소, 싸움 구경에 흥미진진한 시선이고

윤학, 이소 눈빛 서로 주고받으며 장난스레 슬쩍 미소 짓는.

S#44. **길, 정자** / D

이소, 앉아 있고 지성, 윤학, 병조판서 앉아 각자 다과상을 받고 담소를 나누고 있다.

이소   호판과 형판은 안 왔습니까?

지성   (심기 불편한, 병판을 보며) 어찌 말도 없이 오지 않은 겐가.

윤학   (짐짓 걱정스러운 듯) 잠시 전 형판대감과 호판대감 사이에 사소한 말다툼이 있었습니다. 아마도 그래서-

병조판서   (지성 눈치 보다) 형판과 호판이 싸우기라도 했단 건가?

지성   (인상 구깃) 그게 무슨 말인지 자세히 말해보시게.

윤학   (지성을 보다, 이소를 향해) 소신도 정확히는 모르겠사오나, 얼핏 들기론 금위영에서 잡아들인 사람 하나를 호판대감께서 풀어주라 한 모양입니다.

이소   (윤학과 눈빛 교환하는, 영문 모르겠다는 듯) 형조의 일을 왜 호판이...

윤학   예, 전하. 그래서 크게 화를 내신 듯했습니다.

병조판서   (윤학 보며) 대체 어떤 자를 풀어주라 했길래.

윤학   호판대감과 교분이 두터운 이 나라 최대 상단의 단주라 했습니다.

지성   (순간, 흔들리는 눈동자)

이소   (짐짓 모르는 척) 조선 최대 상단이라면, 화연 상단 말입니까?

윤학   (미소) 전하, 강필직 상단으로 바뀐 지 꽤 오래되었습니다.

지성	(표정 차가워지며) 좌부승지 말이 맞다면, 조정의 기강이 무너진 일입니다. (이소 보며) 전하! 소신이 소란을 피운 형판과 호판을 불러 엄히 문책하겠습니다.
이소	(짐짓 너그럽게) 너무 야단치지는 마시고 큰 문제가 아니라면 이 쯤에서 마무리 짓도록 하세요.
지성	(표정 굳어지는) 예, 전하! 이 일의 경위를 자세히 알아보고, 바르게 처결하도록 하겠습니다.

지성, 심기가 불편한 얼굴이고, 그런 지성을 보는 이소와 윤학의 미소 어린 얼굴에서

치달(E)	박수호 종사과아아아안!!!!

S#45. 금위영, 집무실 안 / D

콰앙! 문이 열리고 치달, 씩씩대며 들어온다.

수호	(의아해) 무슨 일이십니까?
치달	(팔딱대며) 내가 벌집 통이라 했지이!!! 잔말 말고 강필직 당장 풀어주게!!
수호	아직 조사가 끝나지도 않았는데 풀어주라니요?
치달(O.L)	지금 조사가 문젠가?! 내 목이 날아갈 판인데!!
수호	(보면)
치달	너어- (부들부들) 날 맥이려고 작정했냐! 어?! (하다, 급 액셀) 너 호판의 비싼 가름대까지 깨먹었다며어어어-!!!

금위영, 앞 / D

필직, 여유롭게 뒷짐 지고 금위영을 나서고 있다.
그 모습을 차갑게 바라보는 수호. 필직과 눈이 마주치는데-
필직, 수호에게 다가가서 어깨를 툭툭- 털어주며 나지막하게
이야기한다.

필직 형님이 좌부승지 되시니 아주 거칠 것이 없으신가 봅니다.
수호 (건조하게) 내 형님이 누구인들, 강단주 뒷배에 비길라구요.
필직 제 뒷배가 그리 든든한 줄 아셨으면 일을 크게 만들질 마셔야
    지- 내 보기보다 뒤끝이 길어 나리의 명줄이 위험해질 텐데 말
    이죠.
수호 제 명줄까지 걱정해주시는 겁니까.
필직 (야비하게 웃으며) 다음엔 그냥 넘어가지 않겠습니다.

필직, 수호의 어깨를 꽉! 한 번 잡고 금위영 밖을 나가고.
그 모습을 바라보는 수호의 차가운 시선에서.

S#47. 좌상댁, 사당 안 / D

사당 안에서 열 받아 부들부들 떨고 있는 여화, 안절부절못하고.
그 모습을 바라보는 연선.

여화 강필직이 풀려나??
연선 나오자마자 도성에 소문이 좌악- 퍼졌대요.
여화 애들은? 분명, 필 여각 창고에 애들이 있는 것 같단 말이야.
연선 강필직이 풀려났으니.. 금위영에서 당장은 움직이지 못할 거 같
    은데...

여화　　(가슴 탕탕!) 내 이놈의 종사관이 공권력을 사사로이 쓸 때부터 알아봤어야 했는데!!

이를 앙 문 여화의 표정에서.

S#48.　운종가 거리 / D

소운, 운종가 거리를 걸으며 상가들을 살펴보고 있는데-

필직(OFF)　(너털웃음) 아이고오- 이게 누구신가!

소운, 돌아보면 필직, 만식과 함께 비릿하게 웃으며 소운에게 걸어온다.
소운의 표정, 급히 서늘해지고

필직　　이런 이런, 내가 꽤 반갑지 않은 얼굴입니다.
소운　　하루 만에 풀려났단 얘긴 들었습니다. 강단주의 위세가 참으로 대단하신가 봅니다.
필직　　허허, 위세라니요. 그저 죄가 없어서 나온 게지요.
소운　　손바닥으로 하늘을 가려도 유분수지. 언젠가 값을 치를 겁니다.
필직　　(소운에게 가까이 가서, 나직이) 그걸 네년이 죽기 전에 꼭 봐야 할 텐데 말이다. (소운 어깨 툭툭) 그럼, 할 일이 밀려서 이만. (만식에게) 가자.
소운　　(부들부들, 필직을 노려보는)

S#49.　금위영, 집무실 안 / D

수호, 돌돌 말린 그림을 촤락- 펼쳐본다. 보면 [산중백호도]
그 앞에 활유가 못마땅한 표정으로 수호를 빤히 바라보는

수호   (가름대확인하며) 정말 감쪽같구나. (하다) 수고했다. 그만 가보거라.

활유   (못마땅한 목소리로) 예에.

활유, 꾸벅 인사하고 나가면 이어 윤학이 급히 들어온다.

수호   (놀라) 형님!

윤학   (걱정스러운) 금위영에서 강필직을 잡아왔었다며?

수호   (허탈한) 조사를 시작하기도 전에 벌써 풀려났습니다.

윤학   네가 나서서 잡아온 것이냐. (답답한) 그자는 그저 그런 장사치
가 아니라고, 내 너에게 이미 말하지 않았더냐.

수호   제 눈으로 직접 목격한 일이 벌써 여러 개입니다. (단단하게) 필
여각에서 벌어진 불법 투전판에, 빈민촌 아이를 납치한 일까
지- 더 이상 묵과할 수 없었습니다.

윤학   그 일이 그리 간단히 해결될 것 같으냐? 그자와 연줄이 있는 자
가 조정에 한가득이다.

수호   나라의 녹을 먹는 무관이, 불법을 보고도 어찌 모르는 척할 수
있단 말입니까.

윤학   (보면)

수호   형님이라면 그러실 수 있습니까?

윤학   (수호 잠시 바라보다 툭- 봉투 하나, 수호 앞에 무심하게 던지는)

수호   이게 뭡니까?

윤학   강필직 상단이 그간 조정의 진상품을 착복한 정황이 들어 있는
문서다.

수호   (윤학 보면)

윤학	그자를 잡으려면 한두 개의 어설픈 정황 정도론 불가능해. 차곡차곡 증좌를 모아, 한 방에 쳐야 한다.
수호	형님...
윤학	(단단하게) 조심하거라. 알겠느냐.

윤학, 돌아서서 나가면 수호, 책상 보면 눈앞에 놓인 [산중백호도] 얕은 한숨 쉬다 그림을 들고 일어나 나가는 데서.

S#50.　필여각, 앞 / D

여각 문이 열리면 들어오는 필직, 허리를 굽혀 절하는 만식과 수하 넷 흘깃 보는

필직	여각엔 별일 없었고?
만식	예! 별일 없었습니다.
필직	금위영 놈들은.
만식	근처에 얼씬도 하지 않았습니다. (하다) 내 그놈들을 잡아 족쳤어야 하는데 말입니다.
필직	(피곤한 듯) 모기 새끼 한 마리 때문에 잠을 설쳤더니 피곤하구나. (하다) 올라가서 좀 쉬어야겠다.

필직, 2층 자신의 방으로 올라가고 이를 따르는 만식의 모습에서.

S#51.　호판댁, 사랑채 방안 / D

수호, 표정 굳어 있고 염흥집, 이미 열 받아 술에 거하게 취해 있는 상태다.

염흥집 옆에 반듯하게 놓인 [산중백호도]

크흠, 염흥집 못마땅한 듯 그림을 펼쳐서 가름대 이리저리 확인하는

수호	(건조하게) 똑같은 가름대로 바꿨습니다.
염흥집	(슬쩍 살펴보더니) 100년 된 오동나무?
수호	예, (하다) 같은 게 맞는지 살펴보십시오.
염흥집	(가름대 이리저리 살펴보며) 맞는 것 같네.
수호	그리고- (소매에서 작은 주머니를 꺼내 서안 앞에 내려놓는다)
염흥집	이게 뭔가? (주머니를 열어보면 꽃잎이 들어 있다)
수호	깨진 가름대 안에서 나온 것이온데-
염흥집(O.L)	(찡그리는) 갖다 버리지, 이 허접한 쓰레기는 뭐 하러 챙겨왔는가! (꽃잎을 손으로 휘익- 쓸어버리는)
수호	(꽃잎을 보는 시선, 이내 꽃잎 집으며)* 그럼, 이만- (일어나려는데)
염흥집	자네가 강단주를 금위영으로 소환했다지?
수호	(멈칫하며)
염흥집	(열 받아) 그 때문에 내가 얼마나 귀찮았는 줄 아는가? 사람이 너무 올곧아도 문제야! 때로는 유들유들 넘어갈 줄도 알아야지! (하다) 가보게!
수호	(일어나며, 서늘한 표정으로 나가는 데서)

S#52.   이 판 댁, 백씨의 방 안 / N

백씨, 허망하게 앉아 있다. 백씨 앞에 사각 나무 모반(쟁반) 놓여 있고.

나무 모반 위에 놓인 긴 명주천과 은장도.

---

*   그림에서 나온 꽃잎을 염흥집이 모르고 있다는 사실이 이상한 수호, 꽃잎을 챙겨옵니다.

드르륵, 문이 열리고 하녀(40대)가 들어온다.

백씨	(체념한) 벌써... 며칠째던가...
하녀	... 마님께서 어서 마음을 먹으시랍니다.
백씨	알겠네... (하다) 나가보시게.

떨리는 손으로 백씨, 명주천을 잡는 데서.

S#53. 호판댁, 사랑채 방안 / N

난장판인 염흥집 사랑채, 꽃잎이 이리저리 흩어져 있고
벽에 걸려 있는 [산중백호도] 흡족하게 바라보며 술을 마시고
있는 염흥집.
염흥집의 잠자리를 봐주려고 들어온 난경, 난장판인 사랑채 안
을 보며 기함한다. !!

난경	(서둘러 꽃잎을 치우며) 많이 드셨습니다. (상을 치우려고 하면)
염흥집	그냥 둬! (술잔 비우고)
난경	(상에 있는 술 내려놓으며) 이만 상을 물리시고 주무시지요.
염흥집	(난경의 뺨을 철썩! 때린다) 어딜, 감히! 손을 대!!
난경	(맞은 뺨에 손 올리며) 대감!
염흥집	(이죽이며) 살아 있는 내훈? 사람들이 치켜세워주니까 건방이 하늘을 찌르는구나.
난경	(이내 평정심 유지하며) 취하셨습니다.
염흥집	널 내훈이라 떠받드는 것들이 네년 애미가 어떤 년인지 알면 어떤 표정을 지을지 내 궁금해서 말이지. (이죽거리면)
난경	(분노로 파래진 입술을 부르르 떠는) 그만하시지요.

염홍집	과부 된 지 고작 3년 만에 종놈이랑 붙어먹은 천박한 년이 바로 네 애미가 아니냐! (퍼억! 치며) 근데 감히! 날 무시하려 들어?!

염홍집, 술김에 못 이겨 난경을 밀치고 때리는데
난경, 한 치의 표정도 흔들리지 않고 혹시라도 새어나갈까 봐
손으로 입을 틀어막는다.
제풀에 지쳤는지 씩씩대는 염홍집. 난경을 조롱하듯 바라보면
난경, 정리를 마무리하려는 듯 꽃잎을 손으로 쓸어 담아 손에
쥐고

난경	(술상을 정리하며) 시간이 늦었습니다. 자리끼를 준비해오겠습니다.

난경, 아무 일 없었다는 듯 술상을 들고 밖으로 나간다.

S#54.   한양 일각, 정자 앞 / N
필직, 정자 앞에 서 있다, 저편 어둠에서 걸어오는 누군가를 보고는
급히 무릎을 굽히고 엎드려, 이마가 땅바닥에 닿도록 절을 한다.
어둠에서 천천히 드러나는 얼굴, 지성이다.
지성, 엎드려 고개를 조아린 필직을 보고는 지나쳐 정자 위로
천천히 오르는.

S#55.   한양 일각, 정자 안 / N
지성 앉아 있고, 그 앞에 필직, 공손히 무릎을 꿇고 고개를 조아
린 채 앉아 있다.

필직	(잔뜩 긴장한) 부족한 소인 때문에 심기를 어지럽게 해드려 송구합니다. 장사를 하다 보니, 사소한 일로 주목을 끌었습니다.
지성	사.소.한. 일이라... 네놈의 이름이 궐 안까지 들려왔다. 헌데 지금 사소한 일이라 했느냐.
필직	(겁에 질려) 대감 마님, 다시는 경솔하게 행동하지 않겠습니다.
지성	(서늘하게) 잊어버린 게냐. 짐승같이 살던 널, 어엿한 상단의 단주로 만들어준 것을... 그걸로도 부족하더냐?
필직	당치 않습니다. 베풀어주신 은혜를 늘 뼛속 깊이-
지성(O.L)	설마 15년 전 네가 한 작은 일을 큰 공이라도 세운 걸로 착각하고 있는 건 아니겠지.
필직	맹세코 그런 생각은 꿈에라도 해본 적이 없습니다.
지성	(필직 보며 나직이) 필직아-
필직	(고개 들어 보면)
지성	말을 달리게 하려면, 여물이 필요하다는 걸 내 모르지 않는다. 허나... 여물을 먹자고 주인을 흔들면, 말의 목이 무사하겠느냐.
필직	(두려움에 질려 시선 떨구는)
지성	(자리에서 일어나 필직 내려다보며) 나는 번거로운 것을 아주 싫어한다. 잊지 말거라.

필직, 정자 바닥에 얼굴이 닿도록 절하면,
지성 천천히 정자를 내려가 어둠 속으로 사라진다.
필직, 끝까지 조아린 채 고개를 들지 않는.

S#56. 몽타주

#56-1. 필 여각, 중앙 다리 / N

검은 그림자, 소리 없이 빠르게 지나가고. 마당을 걷는 사내, 돌아보면 아무도 없다.

#56-2. **필 여각, 일각 / N**
수하 하나가 지나가면 기둥 뒤에서 모습을 드러내는 검은 그림
자. 복면 여화다.

#56-3. **필 여각, 또 다른 일각 / N**
평범해 보이는 풍경인데. 발소리도 들리지 않고 건물 뒤로 숨는
여화.
건물 뒤에 숨어서 보면 저 멀리 아까 보았던 허름한 창고가 보
인다.

S#57. **필 여각, 창고 앞 / N**
창고 앞을 지키던 수하 둘, 뒤에서 급소를 내려치는 복면 여화.
순식간에 "윽-" 짧은 신음 들리고 쓰러지는.
여화, 급하게 창고로 들어가려는 순간!
검은 그림자 하나가 여화를 창고로 화악! 밀어 넣는다. !!!!

S#58. **필 여각, 창고 안 / N**
창고 문이 닫히고- 여화, 놀라 돌아보는데
창고 문 사이로 들어오는 빛, 그 빛으로 보이는 실루엣. 검은 그
림자, 수호다. !!!

수호   본디 금위영에서 할 일이라 말했을 텐데-

여화와 수호, 마주 보는 데서. 엔딩.

S#59. *좌상댁, 사당 안 / N*

S#36에 이어-

화면 밝아지면 연선, 일어나 벽장을 활짝 연다. 여화, 벽장 안을 보고 놀라는 !!

보면, 사내 옷부터 쓰개치마에, 이번에 사온 갓까지 착착- 걸려 있다.

뿌듯한 표정으로 여화를 바라보는 연선. !!

연선   혹시, 복면으로 못 나가실 때를 대비해서 준비해뒀어요.

여화   (감동 어린) 너... 한 푼 두 푼 모아서 다 이런 데 쓴 거야?

연선   (응? 무슨 말? 어리둥절)

여화   (찡!) 그것도 모르고 그간 뜯어간 돈이 얼만데 아직도 집을 못 샀나- 걱정했지 뭐냐.

연선   무슨 말씀이세요?

여화   응?

연선   한 번 입으실 때마다 한 냥이요. 갓과 노리개는 별도고. (하다) 통?

여화   (혀를 내두르며) 역시 때를 놓치지 않아. (하다) 통!

S#60. *필 여각, 앞 / N*

필 여각 앞. 좌락- 도포 자락을 휘날리며 느긋하게 걸어오는 사내, 여화다.

천천히 뒷짐을 지고 걸어가면 여각에서 나온 사람들, 힐끔힐끔 여화를 바라보고.

여화, 호기롭게 필 여각의 문을 열고 들어가는 데서.

S#61.   필여각, 1층 안 / D

여화 앞에 안주와 술이 놓여 있다.
잔에 술을 조금 채워 조심스럽게 마셔보고. 생각보다 맛있다는
표정.
다시 잔에 가득 술을 채우고 원샷!
안 되겠다. 병째로 꿀꺽꿀꺽 원샷! 책상 위에 병을 탁! 올려놓고.
카메라 보고 씨익- 웃는 데서. 엔딩.

五
편

죠션남녀샹녈지사

S#1.　명도각. 점포 안 / N

화면 밝아지면 이미 매대들이 정리되어 아무도 없는 점포 안.
소운, 뒷마무리가 잘되었는지 확인하고 있는데 사복 차림의 수
호가 들어온다.

소운	(급히 예를 갖춰 인사하며) 종사관 나리 아니십니까?
수호	(인사하며) 늦은 시간에 찾아와 미안합니다. (두리번거리면)
소운	장사가 이미 끝났사온데 찾으시는 게 있다면-
수호(O.L)	그게- (난감한)
소운	(보면)
수호	그- (하다) 그자 (고개 저으며) 아니, 그분이 여기에 왔습니까?
소운	(누굴 말하는지 알겠다) 꽃님이를 맡기셨던 분 말씀이십니까?
수호	(머쓱하게) 내 전할 말이 있어 왔는데...
소운	(미소 지으며) 지금 안 계십니다.
수호	그럼, 대행수가 대신 전해주십시오.
소운	(보면)
수호	반드시 금위영에서 해결할 것이니, 설불리 움직이지 말라고. 강필직에 관해서는 더더욱-
소운(O.L)	(난처한) 종사관 나리.
수호	(보면)
소운	이미 가셨습니다.
수호	(벌써??? 당황한 표정에서)

S#2.　필여각. 일각 + 창고 앞 / N

수호, 빠른 걸음으로 필 여각 마당으로 들어온다.

강필직 수하들이 지나갈 때마다 갓으로 얼굴을 가리며 주변을 살피는데-

저 멀리, 많이 본 뒷모습이 수호의 시선에 걸리는. 검은 복면 차림의 여화다. !!

여화, 벽에 붙어 숨죽인 채 창고를 지키고 있는 수하1, 2를 응시하는.

그 모습을 본 수호, 여화에게 다가가려는데 !!

눈 깜짝할 사이에 수하1, 2를 한방에 때려눕히는 여화. ?!?!?!

갑작스러운 상황에 당황하는 수호. !!

엎친 데 덮친 격으로 저 멀리 걸어오는 또 다른 수하들을 발견!

급하게 여화에게 뛰어가는 수호,

창고 문을 여는 여화를 안으로 밀어 넣고 조심스럽게 문을 닫는.

S#3.   필 여각, 창고 안 / N

창고 문이 닫히자 당황한 여화. 뒤돌아 반격하려 하지만 터억! 손을 잡히고 마는.

창고 문 사이로 들어오는 빛, 그 빛으로 보이는 실루엣, 수호다.

수호	본디 금위영에서 할 일이라 말했을 텐데-
여화	(놀라, 속닥) 이번엔 또 어찌 알고 왔소!
수호	지금 그게 문제요? 대체 여기가 어디라고 혼자- !!

이때 들리는 신음 소리에 여화와 수호, 옆을 보면

어둠 속에 아이들이 밧줄과 재갈이 물린 채 신음하고 있다. 놀라고 !!

여화, 다급하게 아이들의 밧줄과 재갈을 풀어주는데

여화에 의해 쓰러졌던 수하1, 2의 신음 소리와 함께 기척이 들리고.

덜컹! 서서히 창고 문이 열린다. 당황한 표정으로 서로를 보는 여화와 수호의 모습에서.

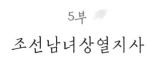

5부

조선남녀상열지사

S#4.　　필여각, 창고 안 / N

창고 안으로 수하1, 2 들어와 보면, 아이들의 밧줄과 재갈이 풀려 있다.!!

수하들 뒤로 천천히 닫히는 문.

긴장된 표정으로 서로를 바라보다 뒤를 돌아보는 수하들.

뒤에 몸을 감추고 있던 여화와 수호가 수하들에게 달려들고.!!!

S#5.　　창고 앞 / N

으아악!!! 창고가 진동하고 이어 고요해진.

때맞춰 창고 앞으로 다가오는 마차, 보면 변장을 한 활유다.

끼이익, 창고 문이 열리고 아이들을 부축해서 나오는 여화와 수호.

한 명씩 조심스럽게 마차에 올려주는.

여화, 마차에 올라탄 활유에게 눈빛을 주면.

활유, 알았다는 듯 마차를 출발시킨다.

여화, 서둘러 수호를 붙잡아 건물 뒤쪽으로 끌고 가는.

S#6.　　필 여각, 일각 / N

창고가 보이는 필 여각 일각.

만식, 창고 쪽으로 걸어오는데, 보면 창고 앞을 지키는 수하들이 없다.

멈칫, 창고 반대 방향에서 오던 수하들에게 손짓하자 빠르게 달려오는 수하 둘.

만식　　(창고 쪽 턱짓하며) 확인해봐라.

급하게 창고로 뛰어가는 수하들과 의심스러운 눈빛으로 뒤를 따르는 만식.

S#7.　　창고 안 / N

콰앙! 수하3, 4가 창고 문을 열면. 만식이 들어오고.

아이들 대신 수하1, 2가 밧줄에 돌돌 묶인 채 입에 재갈을 물고 쓰러져 있다.!!

만식　　물건이든 쥐새끼든 당장 찾아내!

만식의 말에 흩어지는 수하들. 이내 만식도 뛰어나가고.

S#8.　　인적 드문 골목길 / N

여화, 수호를 끌고 온다.

수호   (여화가 잡은 팔을 뿌리치며) 아이들을 지금 어디로 데려가려는 겁니까!

여화   안전한 곳으로 보낼 생각이요.

수호   (기막힌) 사건에 증인이 될 아이들을 그냥 보내면 어쩌자는 거요! 금위영으로 데려가서-

여화(O.L)   (단호하게) 그럴 수 없습니다. (하다) 내가 찾은 아이들이니 내가 데려갑니다.

수호   (날이 서 여화에게 바짝 다가가) 어찌 이리도 무모할 수가 있습니까. 내가 당장이라도 그쪽을 잡아갈 수 있단 생각은 안 하는 거요?

여화   (지지 않고 빤히 보며) 오늘을 넘겼으면 저 아이들은 어디론가 팔려가 영영 찾지 못했을 겁니다.

수호   그러니 더더욱 수사를 해서 사건을 해결했어야 했소.

여화   저에게 해결은 아이들의 안전입니다.

수호   (단단하게) 국법으로 강필직을 처벌하는 것이 이 일의 해결이오!!

여화   (흔들리지 않고 보는)

수호   (보면)

여화   아이들을 증인으로 세우면 강필직을 벌할 수 있다 확신합니까?

수호   !!

여화   다신 이런 짓거리를 못하게 만들 수 있습니까?

수호   ...

여화   이 이후에도 저 아이들이 평상시로 돌아가 안전하게 살 수 있다, 장담하냔 말입니다.

수호   ...

여화   나라에 국법이 있고, 금위영이 있고, 포청이 있는데 그것들이 진정 내가 밤에 보아온 힘없는 백성들을 모두 보살피고 있다,

말할 수 있습니까?

수호   그것은-

여화(O.L) 종사관 나리는 계속 수사를 하세요. 난 내가 할 수 있는 일을 할 테니. (돌아서려는데)

수호   (여화를 탁 잡고) 그쪽이 누군지, 정체가 밝혀진다 해도, 두렵지 않은 겁니까?

여화   (질 줄 알고?) 지금 잡아가실 거면 잡아가시든가요!

서로를 응시하는 팽팽한 시선 가운데-
수호, 여화의 시선을 이기지 못하고, 잡았던 여화의 팔을 스르륵, 놓아준다.
여화, 돌아서서 걸어가는.

S#9.   골목길, 일각 / N
코너를 돌아 멈춰 서 벽에 기대는 여화.
수호에게 잡혔던 손목을 바라보다, 이내 떨리는 가슴을 진정시키며
슬쩍 수호가 있던 쪽을 바라보면 멀리, 그 자리에 가만히 서 있는 수호가 보인다.
그런 수호를 잠시 보다가 뛰어가는.

S#10.   필여각, 강필직 사무실 안 / N
일그러진 필직, 옆에 있던 찻잔을 벽에 던진다. 쨍그랑!!
카메라 틸업하면 서둘러 만식, 무릎을 착! 꿇고
옆에 줄줄이 서 있던 수하1, 2, 3, 4 따라서 무릎을 꿇는다.

| 필직 | (분노로 일그러지며) 다시 한 번 말해보거라. |
| 만식, 수하들 | (조폭 구호처럼) 죽을죄를 지었습니다! |

필직, 자신의 책상 위에 올려두었던 칼*을 들어
만식을 비롯한 수하들의 앞을 천천히 지나간다.
공간 안에 필직의 엽전 문지르는 소리만 들리는

필직	잡아놓은 아이들을 놓친 것도 모자라, 복면? 게다가 박수호? (수하1의 목에 칼을 더 깊이 들이대며) 계속 지껄여봐라!
수하1	(겁에 질려) 사...살려주십시오!
필직	(수하1을 밀치고 심호흡을 크게 하며) 나는 참 관대하다. 너희 같은 모지리들을 거둬, 내 수족으로 쓰고 있으니- (만식에게 다가가, 뿌득 이를 갈며) 잘라버릴 수도 없고 말이야.
만식	송구-
필직(O.L)	(고함) 내 자리를 비운 사이 대체 일을 어떻게 한 게야!!!!
만식	(두려운 눈으로 필직 바라보면)
필직	당장 관련된 것들을 하나도 남김 없이 없애거라.
만식	예!
필직	(만식 놔주며) 그리고-
만식	(보면)
필직	(서늘하게) 당분간 빌미 잡힐 일은 아무것도 하지 말고, 은밀히 복면 그놈부터 찾아내거라.

S#11.   금위영, 숙직 행각 안 / N

덜컹! 수호, 힘없이 숙직 행각 안으로 들어오는데 윤학이 방 안

---

*   필직이 백정 때 썼던 고기 칼.

에 앉아 있다.!!

수호	형님!!
윤학	다 늦은 시간에 어딜 다녀오는 게야.
수호	제가... 걱정되십니까?
윤학	걱정은 무슨.
수호	(피식) 반나절 만에 형님을 다시 보니 반가워서요.
윤학	(수호 표정 살펴보다) 보아하니 아주 혼이 난 표정이구나.
수호	(피식, 미소 지으며) 그걸 알아차리신 겁니까?
윤학	(놀라) 진짜 누가 너를 혼냈단 말이냐?
수호	... 술 한잔하시겠습니까?
윤학	...?

S#12. 북촌 입구, 물레방앗간 일각 / N
인적이 드문 북촌 입구 물레방앗간 일각.
여화, 힘없이 터덜터덜 걸어오는데 저 멀리 물레방앗간 안쪽에
하얀 물체가 보인다.!!

여화	(깜짝 놀라 발길을 멈추며) 뭐야.. 사람이야? 귀신이야?

여화, 하얀 물체를 자세히 보면 소복 입은 여자가 누군가를 기
다리고 있는. 잠깐.!!!

INSERT
3부 #32 한 치의 흐트러짐도 없는 백씨의 모습.

여화	(소스라치게 놀라며) 이판댁 며느리?

여화, 무슨 일인가 싶어 백씨를 보는데
백씨 쪽으로 웬 건장한 **남자(용덕/20대 후반)**가 주변을 살피며 빠르게 걸어오고 있다. !!
여화, 혹시라도 백씨가 위험할까 봐 백씨 쪽으로 가는데
용덕이 안으로 들어가자마자 와락 품에 안기는 백씨. !!
화들짝 놀란 여화! 서둘러 고갤 돌리며 급히 몸을 숨기는데-

용덕	(백씨 이리저리 살펴보며) 아씨, 괜찮은 거죠?
백씨	(애써 눈물 흘리며 고개 끄덕이는) 괜찮다. 내 걱정은 말거라.

용덕, 감정을 주체하지 못하고 와락! 다시 백씨를 끌어안는

여화	....!!!! (눈을 비비고 다시 봐도 휘둥글)

여화, 물레방앗간 안에서 그림처럼 안고 있는 두 사람을 바라보는 데서.

S#13.   금위영, 숙직 행각 안 / N
조촐한 상을 앞에 두고 윤학과 수호가 술을 마시고 있다.

윤학	그래서, 강필직을 잡지 못해 속이 상한 것이냐.
수호	아닙니다.
윤학	(쓸쓸한 표정) 그 뒷배가 어디까지 뻗어 있던지, 조정에서까지 분란이 있었다. (하다) 네가 잡지 못한 건 당연한 일이었다.

수호	...
윤학	네가 위험해질 수도 있으니 너무 깊게 개입하진 마라.
수호	(술 한 잔 마시고) 형님, (빈 술잔 내려다보며) 어린 제게 무슨 일이 있었는지, 어떤 위험이 따를지 알면서-
윤학	(무슨 소리인가 싶어 보는)
수호	(윤학 빤히 보며) 아버님과 형님은, 무슨 이유로 저를 거두셨습니까.
윤학	!!
수호	그때 일을 전부 기억하진 못하나, 그날 형님은 제게 무슨 사연이 있건, 어떤 위험이 있건 상관없이 제 손을 잡아주셨습니다.
윤학	(괜히 말 돌리며) 무슨 소리를 하는 것이냐. 기억이 잘 나지 않는구나. (술 한 잔 들이켜고)
수호	(미소) 그래서 형님이 매정하게 저를 대하셨어도- 그때 잡아주신 손 때문에 하나도 서운하지 않았습니다.
윤학	수호야, 나는 네가-
수호(O.L)	압니다. (하다) 어느 누구도 제가 살아 있다는 걸... 제가 누구의 아들인지, 알면 안 되기 때문에 그러신다는 걸요.
윤학	지금껏 내 바람대로 얌전히 살더니, 이제 와 무엇이 변한 것이냐.
수호	(술 한 잔 홀짝) 우연히 누군가를 알게 되었사온데-
윤학	그게 누군데?

수호, 윤학에게 술을 한 잔 따라주고 자신의 잔도 채운다.
애써 담담한 표정으로 윤학을 바라보는 데서.

S#14.   여화의 별채, 방 안 / N
불 꺼진 여화의 방. 이불을 코 밑까지 덮고 멀뚱멀뚱 눈을 뜨고 있다. 그 위로-

수호(E)   그쪽이 누군지, 정체가 밝혀진다 해도, 두렵지 않은 겁니까?

여화, 이불을 걷어내고 일어나 손부채질한다.
그러다 다시 푹, 이불을 뒤집어쓰고 누웠다가 다시 벌떡 일어나는

여화   두렵지. 떨리지. 왜 안 무서웠겠어!
여화(E) 다신 이런 짓거리를 못하게 만들 수 있습니까?
여화   ... 내가 너무했나...

다시 푹, 이불을 뒤집어쓰고 눕는

INSERT
5부 S#8 자신을 빤히 바라보는 수호의 시선.

여화   (다시 이불 걷어젖히며 손부채질) 왜 사람을 그렇게 쳐다봐?

INSERT
5부 S#12 서로를 애틋하게 끌어안는 백씨와 용덕.

여화   (털썩 누우며) 나는 아무것도 보지 못했다, 나는 아무것도- (질끈
        눈 감으며) 내훈에 말하길, 남의 비밀을 엿보려 하지 말고 남의 잘
        못을 말하지 말며-

하다, 이불을 획- 뒤집어쓰는 데서.

금위영, 숙직 행각 안 / N

발갛게 수호의 볼에 취기가 올라와 있다. 그에 비해 아무렇지 않은 윤학.

수호 (미소 짓는) 누군진... 저도 잘 모릅니다.

윤학 (낮게 웃으며) 이런 싱거운 놈을 봤나.

수호 여튼 그 사람이 하는 일이, 형님이 그날 제 손을 잡아준 온기 같은 것이 아닐까 해서-

윤학 (뭔 소리야?) 당최 무슨 소리를 하는 건지...

수호 감히 어떻게 그럴 수가 있나 싶고, 또 어떻게 그런 일까지 하나 놀랍고, 도무지 그 머릿속에 뭐가 들었는지 알 수가 없는데- 머리보다 몸이 빠르니 생각은 있나 싶다가도 하는 말마다 구구절절 옳아 화가 납니다. (술잔 들면)

윤학 (술잔 빼앗으며) 그러니까 누가.

수호 (가슴 탕탕) 제가 명색이 금위영 종사관입니다. 근데, 제가 아무 대꾸도 못했습니다.

윤학 그러니까 누구한테.

수호 (버럭) 그래서 저는! 꼭 강필직을 잡을 겁니다! (하다, 푸우- 꼬꾸라지고)

윤학 (술 한 잔 마시고, 쓸쓸하게 미소 지으며) 네가 술에 이리 약한 걸, 오늘 처음 알았구나.

수호 (고개 들고 헤-) 형님께서 술이 쎄시단 걸- 저도 오늘 처음 알았습니다. (푸욱, 꼬꾸라지는)

CUT TO

만취 상태인 수호와 멀쩡한 윤학.

윤학	그래서 그 사람이 누구냐니까.
수호	형님께 안 알려주지요! (하다, 고개 번쩍 들고) 궁금해 죽겠습니다!
윤학	(슬슬 열 받는) 뭐가 말이냐.
수호	도대체 어떤 사람인지-
윤학	(한계에 봉착) 그게 누구냐니까!!!
수호	(배시시 웃으며) 누구울까요?

S#16. 금위영, 집무실 안 / D

윤학(OFF)	박수호!!!

책상에 엎드려 있다가 고개를 드는 수호. 숙취에 찌든 얼굴이다.

수호	(수치스럽다) 내가 도대체 무슨 짓을...

카메라 돌리면 옆에 앉아 있던 비찬.

비찬	그러니까요. (삐진 목소리) 술은 좀 깨셨습니까?
수호	(비찬 보며) 언제 왔느냐?
비찬	(기분 나쁜) 어젯밤요. (하다, 툴툴) 정말 너무하신 거 아닙니까? 이틀 내내 밖에서 증좌 찾으라고 시켜놓고- 나리는 좌부승지 나리랑 술이나 드시고! (하다) 강필직이 풀려난 건 제게 왜 안 알려주셨습니까?
수호	그래서, 뭔가 알아냈느냐.
비찬	어제 나리가 술에 떡이 돼서 금위대장님께 보고하러 갔더니 강필직 근처엔 얼씬도 하지 말라고, 한 번만 더 허튼짓하면-

수호	(보면)
비찬	스윽- (손으로 목을 긋는) 칵!
수호	(피곤한 표정)
비찬	나리, 진짜 요즘 이상한 거 아십니까?
수호	뭘 말이냐.
비찬	(수호 흉내) 궁금해 죽겠습니다!! 도대체 어떤 사람인지!
수호	(동공 흔들리며) ... 네게도 그랬느냐...?
비찬	이상하게 한양에 온 이후로 나리도 그렇고 계속 여기저기 일이 빵빵!
치달(OFF)	큰일 났네에!!!
수호, 비찬	???

벌컥 문이 열리며 치달이 얼굴을 쑥 내민다.

| 치달 | 호판대감께서 돌아가셨네!!! |

S#17. 호판댁, 사랑채 방 안 / D
카메라 천천히 발끝부터 올라온다. 널브러져 있는 염흥집의 시신.
문 앞에 허망하게 서 있는 난경 보이고.

S#18. 금위영, 집무실 안 / D
치달, 정신없이 서성대며 얘기 중이다.

| 치달 | 밤새 경천동지할 일이 일어났네! 어어찌이! 도성 한복판에서 이런 숭한- 일이 일어날 수 있단 말인가!! 것도! 하필이면 내가! |

내가아! 금위대장으로 있을 때!!

수호   어제까지만 해도 멀쩡하셨는데...

치달   멀쩡했지이! 멀쩡했고말고! 그 멀쩡했던 양반을 그냥! 죽여버리다니!!

비찬   (놀라) 죽이다니요?

수호   (놀라) 살해를 당하셨단 말입니까?

치달   그럼 그 피둥피둥한 양반이 하룻밤 사이에 병이라도 앓아 죽었을까?

수호   도대체 누가...

치달   (버럭) 그걸 알면 내가 지금! (하다, 번쩍) 아니지- 자네가 호판대감과 보통 각별한 사이 아닌가?

수호   (기분 나쁜)

치달   여기 있지 말고 사건 현장에 가서 범인을 잡게! 포청보다 더 기민하게!!

수호   저희도 수사합니까?

치달   당연하지! (하다, 수호 흉내) 궁금해 죽겠습니다아!

치달, 비찬   (동시에) 도대체 어떤 사람인지이!

수호   (당황해) 제가, 금위대장님께도 그랬습니까?

치달   이해하니 걱정 말게. 도대체 어떤 놈이 죽였는지 나도 궁금하니어서 가세! (하다) 앞장서게!

비찬   예! (따라 나서려는데)

치달   (획- 비찬 보고) 쯧, 자넨 밀린 문서 정리나 끝내놓게! (나가면)

수호, 오늘 하루가 벌써부터 피곤한 표정으로.
어정쩡하게 서 있는 비찬의 어깨를 툭툭 치고 나가는 데서.

여화의 별채, 방 안 / D

서안 앞에 삼강행실도를 펼치고 필사하다가 한숨을 푸욱.
옆에서 같이 필사하던 연선, 여화의 표정을 살펴보다

연선 지금쯤이면 아이들이 곧 함경도 화연 상단으로 출발하겠네요.

여화 그래, 다행이구나. (한숨 푸욱)

연선 무슨 걱정이라도 있으십니까?

여화 (연선의 눈치를 살짝 보다가) 별일은 아니고-

연선 (여화의 말을 따라 하며) 별일은 아니었구요.

여화 그... 종사관이 나타나서..

연선 (놀라) 또요?

여화 그러게 말이다. 어떻게 알고 거기에 딱! 나타났지 뭐냐.

연선 그분도 아이들을 구하려고 가신 거 아닐까요?

여화 그런 거 같은데... (하다) 아니, 애들을 증인으로 데려가겠다잖어.

연선 (뭔가 불안하다) 그래서요..?

여화 안 된다! 넌 니 일이나 잘해라! 내 일을 방해하지 말아라!

연선 지금, 종사관 나리한테 그렇게 말씀하셨다고요?? 그러다 종사
관 나리가 아씰 잡아가면 어쩌려구 그러셨어요!

여화 그래서 내가 잡아갈 테면 잡아가라!! 큰 소리를 탕! 쳤지!

연선 (망했다, 붓을 스르륵 내려놓고 눈이 풀린) 맙소사..

여화 (눈치 보다) 진짜 잡아갈 것 같진 않고, 생각이 아주 없어 보이지
도 않아서.

연선 (버럭) 그러다 그냥 확! 잡아갔으면요! 아씨가 누군지 알게 되면요!!

여화 (쭈글) 그게, 아주 쬐에끔, 걱정이긴 하구나.

연선 쬐에끔이요? (하다) 쬐에끔이요?? 전 아주 오금이 저려 죽겠는
데요??

여화 (민망한 표정으로 연선 보면)

연선	진짜 아씬! (필사 탁- 접고) 왜 본인 걱정은 그렇게 대충하십니까!

연선, 울컥한 얼굴로 나가면 여화, 한숨 포옥 쉬는데

봉말댁(OFF)	아씨 마님!!
여화	무슨 일이냐.

드르륵, 문이 열리면 봉말댁 들어와

봉말댁	마님께서 문상 가신다고 얼른 채비하고 나오시랍니다.
여화	(의아한) 문상?
봉말댁	호판대감께서 어제 돌아가셨답니다.
여화	!!!

S#20. 호판댁, 마당 / D

마당엔 포도청에서 나온 포졸, 포교 그리고 포도청 종사관이 분주하게 움직이고 있고.
주변 하인들, 웅성거림 속에 대청마루에 애써 슬픔을 누른 채 멍하니 앉아 있는 난경.
끼이익, 문이 열리고 치달과 수호, 마당으로 들어온다.

치달	(호들갑 떨며) 이게 무슨 일입니까아!
난경	(일어나 슬픔 억누르며) 오셨습니까. (수호 보면)
수호	(인사하며) 갑자기 이런 변을 당해 얼마나 황망하십니까.
난경	황망할 뿐입니까. (하다) 비통함을 금할 수 없습니다.
치달	(분노에 부들부들) 저희 금위영에서 범인을 꼭! 잡겠습니다!

난경	(고개 젓는) 포청에서 조사 중입니다. (하다, 치달에게) 갑자기 돌아가신 것도 억울한데 꼭 검험까지 해야 합니까...
치달	(화들짝) 포청에서 검험까지 한답니까?! (하다, 수호 보며) 뭐 하고 있나! 당-장 들어가 포청에서 조금이라도 실수하는 게 없는지 매의 눈으로 지켜보게!
수호	예! (수호, 사랑채 안으로 들어가는)

S#21.　호판댁, 사랑채 방안 / D

수호, 사랑채 안으로 들어온다. 보면 [산중백호도] 벽에 걸려 있는.
그림을 잠시 쳐다보다가 주변을 살펴보는 수호.
카메라, 수호의 시선을 따라가보면 넘어져 있는 사방탁자.
깨진 화병과 어지럽게 펼쳐진 책.
그 사이로 포졸들과 오작인들이 분주하게 움직이고
수호, 굳은 표정으로 염홍집의 시신을 날카롭게 보는.
사방탁자에 머리를 박고 쓰러진 염홍집의 시신.
이미 사후 경직이 일어난 듯 몸은 뻣뻣하고, 머리 쪽 보면 출혈
흔적이 있다.
수호, 무릎을 꿇고 조심스레 시신의 입을 벌리면
잇몸과 입안 점막에 보이는 자줏빛 반점. cut, cut!
수호, 자줏빛 반점을 자세히 살펴보기 위해 가까이 가면
죽은 염홍집 입안에서 풍기는 달큰한 향!
수호, 손으로 손부채를 하며 다시 향을 맡는. 갸웃, 시신을 바라
보는 데서.

S#22.　호판댁, 앞 / D

금옥과 여화, 걸어오면 반대편에서 걸어오는 이판부인. 챙!

이판부인	걸음 한번 빠르십니다. (챙!)
금옥	제가 하고 싶은 말입니다. (챙!)
여화	(장옷을 쓴 채 다소곳하게 인사하면)
이판부인	(새초롬하게 금옥에게) 이런 자리까지 며느님을 데리고 오십니까.
금옥	(훗) 옛말에 술 마시고 밥 먹을 땐 주위에 형, 아우가 천 명이지만 위급하고 어려울 땐 곁에 아무도 없다[*] 했습니다.
이판부인	(보면)
금옥	호판부인께서 그간 며느님을 어여쁘게 여기셨는데- 수절한단 이유로 이런 참담한 일에 얼굴조차 안 비치게 하다니요.
이판부인	!!!
금옥	(여화에게) 들어가자.
여화	예, 어머님. (다소곳하게 따라 들어가는)

S#23.　호판댁, 마당 / D

난경 앞에 서 있던 치달, 휘이잉- 어디선가 바람이 불어오면
솟을대문 안으로 걸어 들어오는 두 사람, 금옥과 이판부인이다.
마치 황야의 무법자처럼 바람이 부는데 치달, 눈을 뜰 수 없는

치달	(혼자 중얼) 다시 휘몰아친다! 칼날 없는 북풍한설!!
난경	(눈물 훔치며) 오셨습니까. (예를 표해 금옥과 이판부인에게 인사하는)

금옥과 이판부인, 누가 먼저라 할 것 없이 난경에게 달려와 난
경의 손을 양쪽으로 잡고

*　　　酒食兄弟千個有 急難之朋一個無(주식형제천개유 급란지붕일개무) -명심보감

금옥	이 얼마나 황망하십니까.
이판부인	갑작스럽게 이런 변고를 당하시다니... 어찌 위로를 해드려야 할지요.
난경	(두 사람에게 손을 잡힌 상태로 여화 보는) 며느님도 오셨습니까.
여화	(고개 숙여 예를 표하며) 갑작스러운 소식에 너무 놀- !!!

보면, 사랑채 안에서 나오는 수호와 눈이 딱! 마주치는데!!

여화	(장옷에 얼굴을 묻고 목소리 작아지며) 랐습니다.

수호, 사랑채 마당에서 내려와 무심히 고개 돌리고 모르는 척, 여화를 스쳐 지나간다.

난경	(여화가 낯선 사람들 앞에 서 있는 걸 염려하며) 수사를 한다고 금위영이며, 포청에서 나와 소란스럽습니다.
금옥	(조심스럽게) 감히 누가 호판대감을-

용덕(OFF)	나리!! 소인이 아닙니다!!!

!!! 여화와 수호, 난경, 금옥, 이판부인에 치달까지 한곳으로 시선이 쑤욱-
보면, 행랑채 쪽에서 포졸들 손에 끌려 발버둥치는 용덕이 보인다.
여화, 용덕의 얼굴을 보고 !!!

INSERT
5부 S#12 백씨를 끌어안는 용덕의 모습.

여화	!!!

포청 종사관, 포졸들 손에 끌려 나온 용덕을 난경 앞에 무릎 꿇리는

포청종사관	이자가 범인입니다.
여화, 수호	!!!
모두들	!!!
용덕	(다급하게) 믿어주십시오! 쇤네 대감님을 죽이지 않았습니다!
난경	이자는 우리 집 식솔입니다. 무슨 연유로 범인이라 하시는 겝니까.
포청종사관	정황상 내부인의 소행이 의심되어 행랑채를 수색하였는데- (가락지 난경에게 보여주며) 이것이 이자의 몸에서 나왔습니다.
난경	(가락지 보고) 저희 대감의 가락지가 맞습니다.
용덕	(울먹이며) 그 가락지는 제 겁니다. 마님! 잘 살펴봐주십시오. 그건 정말로, 제 것이 맞습니다아.
수호	(용덕에게) 허면, 그 가락진 어디서 났느냐.
용덕	그것이... (얼버무리며) 그..것이..
포청종사관	(수호에게) 다른 하인의 말에 의하면 어젯밤 방을 나가 새벽까지 돌아오지 않았다고 하네.
여화	(!!! 그 말에 놀라 이판부인을 바라보면)
이판부인	(난경이 들고 있는 가락지를 보다 표정 없이 용덕을 바라보고 있는)
수호	어젯밤 무엇을 했느냐.
용덕	쇤네, 어젯밤에 사랑채 근처엔 얼씬도 안 했습니다.
수호	그것을 증언해줄 자가 있어야 할 것이다. (하다) 있느냐.
여화	(자기도 모르게) 그것이-

수호뿐 아니라 모두의 시선이 여화에게 쏠리고 !!! 금옥 또한 날

카롭게 여화를 바라본다.

여화 (갑자기 콜록콜록 기침하며 금옥에게) 송구합니다. 그것이 너무 오래 찬바람을 쐬었더니 그만- 기침이- 콜록콜록.

그때 난경, 천천히 용덕에게 가더니 뺨을 철썩! 때린다. !!
쫘악- 모두의 시선이 다시 난경에게로 !!

용덕 (뺨을 움켜쥐며) 마님!
난경 (이를 악물며) 네놈이! 어찌 네놈이!! (부들부들 떠는)
금옥 (난경을 잡으며) 정부인!
난경 대감이 네놈을 어찌 거뒀는데- 이리 참혹한 짓을 저질렀단 말이냐!
용덕 믿어주십시오! 쉰네, 마님께 한 치의 거짓도 없습니다!

여화, 용덕을 바라보는데 자기가 나설 수 없어 난감하고
그런 여화의 표정을 유심히 바라보는 수호.
이때! 난경이 용덕을 향해 달려들다가 풀썩 쓰러지면

금옥 (난경을 부축하며) 어서 안으로!!
치달 (이때!! 단호하게) 뭣들 하느냐!! 어서 죄인을 포박하라아아아!!!
용덕 (울부짖는) 믿어주십시오오- 마님!! 마니임!!!

포청 종사관 및 포졸들에게 끌려 나가는 용덕.
여화를 비롯한 금옥, 이판부인이 쓰러진 난경을 부축하고 안채로 걸음을 옮기는데
여화, 뒤돌아 어쩔 줄 몰라 하는 표정으로 용덕을 바라보다 수

호와 시선 마주친다.!!

황급히 고개 돌려 안채로 들어가는 여화, 뭐지? 수호 의아한 시선으로 바라보는데.

S#24. *궐, 복도 / D*

심각한 표정의 지성, 편전으로 걸어가고 있고 영의정과 병조판서가 그 뒤를 따르고 있다.

영의정   대명천지에 이런 참담한 일이 어디 있습니까? 호조판서가 살해를 당하다니요.

병조판서 그러게 말입니다. 게다가 망신스럽게 자기가 부리던 노비 손에 죽다니... (쯧쯧) 정신 못 차리고 그리 날뛰더니 언젠가 이 꼴 날 줄 알았습니다.

지성   (걸음 멈추고, 나무라듯) 병판은 무슨 말을 그리하십니까? 문제 있는 사람이면 자신이 부리던 노비의 손에 죽을 수도 있단 말입니까?

병조판서 (깨갱하며) 제 말은 그런 뜻이 아니라...

지성   범인은요?

영의정   방금, 집 안에서 바로 잡혀 포청에 넘어갔답니다.

지성   (걱정스런) 도성이 요즘 들어 하루가 다르게 어수선합니다. 조정의 판서를 살해한 극악한 범죄이니, 혹 범인에게 다른 배후가 있진 않은지 자세히 살펴보라 하시고...

병조판서 예, 좌상대감.

지성   ... 이 일에 관한 모든 진척 사항을 내게 직접 고하라 하세요.

병조판서 손수 살피시겠단 말씀이십니까?

지성   (비장한) 조속히 사태를 수습하여 나라의 기강을 바로잡아야 할 것 아닙니까?

지성, 복도 저편으로 위엄 있게 걸어가고, 이를 따르는 영의정과 병조판서의 걸음에서.

S#25. 북촌 근처, 주막 / D

북촌 쪽으로 가던 윤학, 주막을 지나치다 주막 평상에 앉아 있는 연선을 본다.
윤학, 반가운 마음에 다가가는데 연선 앞에 국밥 하나와 술병 하나 놓여 있는

윤학   대낮부터 예서 뭐 하고 있는 것이냐.

연선   (뺨이 붉어진 채) 아! 좌부승지 나리시군요. (반쯤 일어나 꾸벅 절하는) 잘됐습니다. 나리도 앉으세요. 제가 국밥 한 그릇 사드리겠습니다.

윤학   (낮은 한숨) 요즘 들어 다들 이기지도 못할 술을 마시는지... (맞은편에 걸터앉아) 취한 것이냐?

연선   (알딸딸) 글쎄.. 이게 취한 걸까요? (하다) 오늘 처음 마셨는데 맛도 좋고.. 기분도 좋은 게 사람들이 왜 술을 먹는지 알겠습니다.

윤학   큰일 날 아이로구나.

연선   더 이상 무슨 큰일이 나겠습니까. (시무룩) 하긴, 어차피 암!만! 걱정해도 아무 소용도 없는 거!!

윤학   (보면)

연선   (자포자기하듯) 저도 이젠 모르겠습니다. 그분 좋을 대로 하시겠죠.

윤학   대체 누굴 그리도 걱정하는 것이냐.

연선   그런 사람 있습니다.

윤학   (어제 수호가 떠오른) 너도 안 알려줄 것이냐?

연선   (고개 저으며 씨익) 나리한텐 알려드려야지요.

윤학	(미소 짓는)
연선	굶어 죽을 뻔한 어린 절, 구해주신- 하늘에서 뚝! 떨어진 선녀 같은 분이! (푸우우, 한숨) 천 냥 모으면 집 사서 떠나기루 했는데... 그래서 천 냥까진 안 모으려고 계속계속 노력했는데에-
윤학	(애틋한) 그 사람 곁을 떠나기 싫은 것이로구나.
연선	꼭 그런 건 아니고, 그분이 행복해져야 저도 떠날 수 있거든요.
윤학	(이소, 수호 생각난) 나도 그런 사람이 있다. 그 사람이 행복해져야 나도 평안해질 수 있는.. (낮은 한숨 쉬며) 것도 둘씩이나!!
연선	(놀라) 둘이나요?? 하나도 힘든데 둘이라니... (한숨 쉬며) 어쩌다, 그런 사람을 둘이나 만드셨어요.
윤학	그러게 말이다. (술병 들어 한 잔 따라 마시며) 한 명은 나 말곤 아무도 없는, 외롭기 그지없는 분이고. 또 하나는 나 아니면 지켜줄 사람 하나 없는 애처로운 아우니-
연선	(안쓰럽게 윤학 보며) 나리도 참 안됐습니다.

연선, 한숨 쉬다 술잔을 향해 손을 뻗는데
살짝 취한 탓에 순간 몸의 균형을 잃고 휘청하는.
윤학, 놀라 손을 뻗어 맞은편에 앉은 연선의 팔을 한 손으로 잡아주는 순간.
서로의 눈이 마주친 !!

윤학	(살짝 당황해) 그만 마시고 이만 들어가거라.
연선	예?
윤학	(따뜻하게) 어차피 집으로 돌아갈 것 아니냐?
연선	(입이 삐쭉, 눈물 머금은 눈으로 윤학 보며) 어찌 아셨어요?
윤학	(미소 짓는) 그야, 나도 어쩔 수 없이 늘 돌아가거든...

S#26.   금위영 마당 + 앞 / D

비찬, 다른 무관들과 대화하며 마당으로 나오고 있는데.
입구 쪽 소란에 보면, 이경이 문지기 무관들에게 붙잡힌 채
금위영 안으로 들어오려 안간힘을 쓰고 있다.

이경   (낑낑대며) 이것 좀 놓아라- 아 쪼옴-! (하다, 정색하고) 어허! 무엄
         하다!! 어디 아녀자의 몸에 함부로 손을-!

이경의 말에 무관들 놀라 손을 떼면, 순식간에 마당을 향해 돌
진하는데.
턱- 무관들, 창으로 입구를 막아버리고. 그런 이경을 앞에서 구
경하고 있는 비찬.

이경   아버지만 보고 가겠다니까아- 도련님을 못 뵌 지 스무 날은 지
         난 것 같단 말이다아-!
비찬   (무관 향해) 무슨 일이냐.
이경   (비찬에게) 어서 이들 좀 치워주게!
무관1   (눈치 보며) 그게- 금위대장님 따님이십니다.
비찬   (!) 아- 필히 금위영 출입을 제한하라던 그분! (꾸벅 인사하고) 저
         는 (가슴 탕탕) 무관 비.찬.이라 합니다-
이경   그래 무관 비찬아- 어서 날 들여보내주시게.
비찬   그건 좀 힘들지 싶습니다. 금위대장님께서 직!접! 내리신 명이라-
이경   (손 번쩍 들면 도시락 보자기) 오늘은 아버지께서 야참을
이경, 비찬 (동시에) 싸오라 했다아-!
비찬   (왠지 뿌듯) 그 말에도 속지 말라 하셨습니다. 곧 해가 질 테니 얼
         른 댁으로 돌아가십시오-

비찬, 이경에게 인사하고 돌아서는데. 이경, 어쩐지 약이 오르고. 들고 있던 도시락을 집어 던지면, 그대로 비찬의 뒤통수를 명중!

비찬 (부들부들, 천천히 뒤돌며) 이게 뭡니까아-!
이경 뭐가아-!!!

여전히 무관이 창으로 입구를 막고 있고, 문 하나를 사이에 두고 옥신각신하는 두 사람.

S#27. 금위영 앞 일각 / D
저편에서 걸어오는 수호와 치달.
수호, 금위영 입구에서 소란을 떨고 있는 이경의 모습을 봤다.
멈칫하며 얼른 팔로 치달의 앞을 막으면 치달, 걸음을 멈추고 의아하게 수호를 보는

수호 아무래도 한성부 낭관을 한 번 더 만나봐야겠습니다.
치달 (응?) 갑자기 왜 또- (수호 시선 따라가면, 이경을 봤고) 그래! 어서 가게! 바람처럼 달려가 자네의 일을 하게!

치달이 말하는 사이, 이미 수호는 사라지고 없고.
이경을 향해 걸어가는 치달의 힘없는 발걸음에서.

S#28. 좌상댁. 전경 / N

S#29.　　좌상댁, 사당 안 / N

석정의 위패가 놓여 있다. 그 앞을 서성이는 여화.

여화　(중얼중얼) 꼼짝없이 누명 쓰게 생겼으면서도 사실대로 말하질 않네... (한숨) 내가 뭘 봤다 할 수도 없고... 그렇다고 모른 척할 수도 없고...

덜컹, 문이 열리고 연선이 들어온다.

연선　(아무렇지 않게) 뭘 또 모른 척을 못하시겠습니까.
여화　(연선을 보자 활짝 웃으며) 연선아- 어디 갔다 이제 와. 내가 얼마나 널 기다렸는데에-
연선　(뚱하게) 낮술 한잔했어요.
여화　술? 수-울?
연선　술김에 제가 아씨도 못 알아보고 (강조하며) 막! 말! 할까- 술 깨고 들어온 거예요.
여화　(달래듯) 내 앞으로 진짜 조심할게.
연선　(누그러진) 말해보십시오. 뭘 또 모른 척 못하시겠습니까?
여화　(후다닥) 나보다 더 큰일 난 과부가 있다.
연선　...?

여화, 연선에게 뭔가 말하려다가 석정 위패 한 번 보고

여화　그- (망설이다가 얼른 위패를 뒤로 돌리며) 서방님께선 못 들으신 겁니다.

뒤돌아 갑자기 눈물짓는 과한 표정. 흑흑!!!

연선, 저게 뭐지? 하는 표정인데- (테이프 빠르게 돌아가는 느낌 3배속)
여화, 과장되게 마임하듯. 백씨를 흉내 내며 흑흑 눈물 찍어내고.
백씨가 용덕을 끌어안듯 연선을 왈칵- 끌어안았다가,
떨어져서 아련한 눈빛을 보내곤, 연선의 양손을 깍지를 끼며 잡았다가
다시 한 번 찐하게 껴안고, 연선의 가슴팍을 가련하게 콩콩콩 찍는 여화.
마지막으로 그 모습을 보고 놀란 자신이 총총총 뒷걸음질 친 장면을 순차대로 보여준다.

연선	(놀라) 네에에에? 그게 무슨-
여화	나도 놀랐다. 내 눈으로 보고도 믿을 수가 있어야지. (하다) 아니, 내가 저 때문에 가마를 몇 번 오르락내리락했는데.. 사-뿐. 사-뿐.
연선	(고개 절레절레) 와- 진짜 아씬 여러모로 그분 상대가 아니었네요.
여화	그나저나 일이 이렇게 됐는데, 이판댁 며느님은 괜찮은지 걱정이라...
연선	(질렸다) 와- 이 와중에도 우리 아씬, 또 다른 이를 걱정하는구나.

S#30.   이판댁, 광 안 / N

초췌해진 백씨, 모든 걸 체념한 표정으로 앉아 있다.
덜컹! 문소리에 보면 이판부인, 광 안으로 들어와 서늘한 표정으로 백씨를 바라보는.
백씨, 이판부인을 보자마자 급하게 무릎을 꿇는 순간. 철썩!!
백씨의 뺨을 세게 한 대 치는 이판부인!! 자신의 뺨을 부여잡는 백씨,
그때 이판부인 백씨의 손을 들어 손가락에 낀 가락지 하나를 본다.

이판부인	(서늘하게) 다른 하나를 잃어버렸다고 했을 때 뭔가 심상치 않더니. 감히 이런 발칙한 생각을 할 줄은 꿈에도 몰랐구나.
백씨	(싹싹 빌며) 아닙니다, 어머님! 오해세요! 정말로 잃어버린 겁니다!
이판부인	(다시 뺨을 철썩! 때리며 서늘하게) 네년이 밤이슬 맞고 다니는 것을 내가 몰랐을 것 같으냐.
백씨	(벌벌 떠는)
이판부인	(꼿꼿이 서며 갑자기 태도를 바꿔) 지아비를 따르겠다고 곡기를 끊고 이리 버티니- 네 갸륵한 마음을 어찌 모른 체하겠느냐.
백씨	어머님!!
이판부인	(은장도를 던지며) 더 이상 가문을 욕되게 하지 말고 마지막까지. 모두가 칭송하는 열녀로 남거라. 다시 문을 열었을 때도 살아 있다면 그땐 온전히 죽지는 못할 것이다.

이판부인, 나가면 하인, 쾅! 광 문을 닫는다.

| 백씨 | (울먹이며) 어머님.... |

백씨, 참담한 표정에서. F.O

S#31. 궐, 후원 / D

화면 밝아지면 이소, 궐 후원을 거닐고 있고 윤학, 이소를 따르고 있다.
뒤쪽으론 상선과 궁녀 서넛만 따르는 단촐한 일행.

| 이소 | 호판이 갑자기 죽었다니, 참으로 놀라운 일이구나. |
| 윤학 | 호판부인을 아끼시던 대비전의 상심도 크시다 들었습니다. |

이소	이를 말이냐. 속히 범인을 잡아 나라의 기강을 바로잡아야 한다는 말을, 좌상에게서 며칠이나 들어야 할지 생각만 해도 머리가 지끈하구나.
윤학	예, 전하. 각오를 단단히 하셔야 할 듯합니다.
이소	(피식 웃는) 그 정도냐.
윤학	사건 조사의 모든 진척 사항을 직접 고하라 그리 말씀하셨답니다.
이소	좌상의 반응이 다소 과한 듯한데, 혹 다른 이유가 있으려나.
윤학	일단은 조정의 판서가 갑자기 죽은 일이니, 저희도 연유를 소상히 살펴보긴 해야 할 것 같습니다.
이소	그래, 알았다. (하다) 그 세 명에 대해 더 알아낸 것은 없느냐.
윤학	그날 밤의 행적을 알아보았사온데, 그중 한 명이 번이 아닌데도 궐에 들어왔다 나간 흔적이 있었습니다.
이소	(기대에 찬) 그게 누구냐.
윤학	조성후라는 자입니다.
이소	(의미 있는 표정으로) 조성후라... 그럼 그자부터 알아봐야겠구나.
윤학	네, 전하.

S#32. 금위영, 집무실 안 / D

책상을 톡톡, 손가락으로 두드리며 생각에 잠겨 있는 수호.

INSERT

5부 S#21 염홍집의 시신. cut, cut.

손부채로 향을 맡는 수호.

비찬(OFF)	아까부터 무슨 생각을 골똘히 하십니까?
수호	(혼잣말) 분명... 달큰한 향이었는데...

비찬	달큰한 향이요? (자기 냄새 큼큼, 우웩, 수호에게 코를 킁킁)
수호	죽은 호판대감의 입안에서 향기가 났다.
비찬	우웩! 죽은 사람 입에서 향기라니요. (속 불편해 욱!) 게다가 호판대감-
수호(O.L)	검험서는 가져왔느냐?
비찬	(복검안 내밀며) 낭관한테 직접 확인도 하셨으면서 다시 보시게요?
수호	(검험서 받아 읽으며) 술시에 사망... 원인은 두부 타격이라...

INSERT
5부 S#23 자신의 질문에 답을 하려고 멈칫했던 여화.
"그것이-"

수호	대체 뭘 말하려고 했던 걸까...

톡톡, 다시 책상을 두드리다가 아무래도 안 되겠다, 급히 일어나 나가는 데서.

S#33. 좌상댁, 안채 대청마루 / D
여화, 멍하니 딴생각하고 있다.

여화(E)	이판댁 며느님은 괜찮을까?

카메라 틸업하면 여화 앞에 금옥이 앉아 조심스럽게 대비마마의 내훈을 보고 있다.
천천히, 조심스럽게 내훈을 넘기며 감탄에 감탄을 금치 못하는데 여화는 딴생각 중이고

금옥	(뿌듯하게 내훈 책장 넘기며) 이 곧고 힘찬 필체를 보거라. 대비마마께서 한 자 한 자 남기셨을 때, 이 종이에만 남기셨겠느냐.
여화(E)	이 상황을 알기는 하나?
금옥	마음에, 깊이 깊이 새기고 또 되새기셨을 게다. (여화 보면)
여화(E)	(저도 모르게 금옥 보며, 얕은 한숨) 내가 지금 누굴 걱정해...
금옥	(?? 책상 탕! 치면)
여화	(깜짝 놀라 시선 내리깔고)
금옥	어디서 감히! 시어미가 말하는데 딴생각을 하는 것이야!
여화	(!!) 송구합니다.
금옥	대비마마의 내훈을 하사 받긴 했으나 이판댁 며느리에 비해 한참을 노력해도 모자라거늘! 대체 정신을 어디에 두고 있어!!
여화	어머님 말씀이 맞습니다. 여러모로 철두철미한 사람이라 책잡힐 짓을 하진 않을 겁니다.
금옥	지금 내가 책잡는다 얘길 하는 게냐?
여화	(황급히) 절대 아닙니다, 어머님.
금옥	(큼) 네 어떤 것도 이판댁 며느리에게 뒤처지지 않도록 모든 것을 앞서 해야 한다. (하다) 그럼 이제 어찌해야겠느냐.
여화	(비장하게) 이판댁 며느님이 어찌 지내는지 직접 보면 어떨까 싶은데.. 어머님 생각은 어떠신지요.
금옥	그게 무슨 소리냐?
여화	공자님이 말씀하시길 세 명이 길을 가도 반드시 나의 스승이 있다, 했습니다.
금옥	이제 하다 하다 이판댁 며느리를 스승으로 삼겠다는 것이냐.
여화	이판댁 며느님을 직접 만나 좋은 점은 따르고 (힘을 주어) 좋지 않은 점은 저의 허물을 바로잡는 거울로 삼고자 함이니 허락해 주십시오.
금옥	음... 괜찮은 생각이구나. (하다) 내 봉말댁에게 이것저것 챙겨 갈

이 보낼 테니 걸음이 헛되지 않도록 하거라.

여화   (됐다! 미소 짓는) 예, 어머님.

S#34.   호판댁, 마당 / D

주저하며 마당에 서 있는 하인들. 그 앞에 수호와 비찬이 서 있다.
"대체 뭔 일이래." "몰러." 웅성대는. 행랑아범, 수호 앞에 나서고

행랑아범   (쭈뼛대며) 무슨 일이십니까, 나리?

수호   어제 잡혀간 범인에 대해 몇 가지 물어볼 것이 있어서 왔네.

행랑아범   용덕이 말입니까?

수호   요즘 그자에게 수상한 점은 없었느냐?

하인1   수상하기보단 요즘, 정분이 났는지 밤마실을 그렇게 다녔어라.

수호   정분? (하다) 혹, 누구인지 아느냐.

하인1   (헷갈리는) 구월이던가, 언년이던가아. (하다) 아! 소복 입은 여자
         랑 성황당 앞에서 만나는 걸 누가 봤다 하지 않았어?

수호   !!!

하인2   뒤집 과부랑 눈이 맞았다던데...

수호   ... 과부?!

하인1   맞어. 곱상허니 태-도 조신한 것이 여염집 과부는 아닌 듯했어라.

수호   !!! (설마)

비찬   (수호에게 속닥) 이것이- 말로만 듣던 연모....?

수호   (쓰읍! 비찬 째려보다가) 옥사로 가봐야겠다. (밖으로 나가는)

S#35.   이판댁, 마당 / D

여화와 봉말댁, 연선이 마당에 서 있다.

연선의 손에 보자기 들려 있고. 여화, 주변을 살펴보는데 아무 일도 없어 보이는

이판부인(OFF)　좌상댁 며느님께서 예까지 어쩐 일이십니까.

여화, 보면 이판부인 온화한 미소를 지으며 마당으로 나온다.
여화, 봉말댁, 연선 예를 갖춰 이판부인에게 인사를 하고

여화　　　(미소) 갑작스레 찾아와 실례가 되진 않았는지요.
이판부인　아닙니다. (하다) 어서 안으로 드시지요.
여화　　　(두리번거리며) 며느님께 가르침을 청하러 왔는데 어디 계십니까.
이판부인　저희 둘째를 보러 오신 거라면 지금은 좀 곤란할 듯싶은데...
여화　　　어디 편찮으신 겁니까.
이판부인　(걱정스러운) 지아비를 따라가겠다고 곡기를 끊어 여간 사람 애
　　　　　를 태우질 뭡니까.
여화　　　(곡기를 끊었다고...? 의아한 표정)
이판부인　일단 안으로 드시지요.
여화　　　예-

여화, 연선에게 눈짓을 주면 연선, 알아들었다는 눈빛 보내고.
보자기를 받아 이판부인을 따라 들어가는 여화.

연선　　　(봉말댁에게) 시간이 좀 걸릴 거 같은데... 아주머닌 부엌채에 가
　　　　　셔서 순금댁이랑 쉬고 계세요.. 제가 여기 있을게요.
봉말댁　　(흠) 그럴까?

봉말댁, 부엌채로 얼른 들어가고 연선, 봉말댁이 사라지자 마당

을 휘- 한번 둘러보는데.

S#36. 이판댁, 안채 방안 / D

정갈하게 담은 매작과, 이판부인 앞에 펼쳐져 있다.
여화, 조신하게 앉아 이판부인을 바라보는데-

여화   며느님께선 수절하는 모든 여인의 귀감이 되실 만한 분 아닙니
         까. 이야기를 나누고 가르침을 받고 싶습니다.
이판부인   헛걸음을 하셨습니다. 저희 며느리를 만나지는 못하실 듯합니다.
여화   (안 된다) 며느님을 뵐 수 있을 때를 알려주시면 그때 다시 찾아
         뵈어도 되겠습니까?
이판부인   (서늘하게) 듣기로, 수절한 지가 15년이나 되었다는데 아직도 열
         녀가 무엇인지 모르시나 봅니다.
여화   (!!)
이판부인   곡기를 끊었다는 것이, 어떤 뜻인지 정녕 모르십니까. 우리 아
         인, 이제 곧 수절하는 모든 여인의 귀감이 될 것입니다.

         서늘한 이판부인을 바라보는 여화의 표정에서.

S#37. 이판댁, 광 앞 / D

연선, 숨어서 어딘가를 몰래 보고 있다.
카메라 틸업하면 멀리 보이는 광 앞에 건장한 하인 둘이 앞을
지키고 있고.
자세히 보면 걸쇠로 문이 잠겨 있는.

S#38.   포청, 옥사 앞 / D

모든 걸 체념한 듯한 용덕, 고신을 당한 듯 상처 가득한 몰골로
옥사에 널브러져 있다.
입구 쪽엔 비찬이 서 있고. 수호, 옥사 앞에 서자 용덕 몸을 추스
르며 일어난다.
수호, 그런 용덕을 표정 없이 바라보는

용덕   (억울한) 나리, 억울합니다. 가락지도 제 것이고 쇤네는 대감님
        몸에 손끝 하나 댄 적이 없습니다.

수호   네 얘길 증명해줄 사람이 있느냐.

용덕   (머뭇머뭇, 말 못하는)

수호   옥가락지를 네가 샀을 리 없고, 준 사람이 있을 것 아니냐.

용덕   (단호하게) 그건 절대 말씀드릴 수 없습니다.

수호   강상죄다.

용덕   (보면)

수호   끝내 네 놈의 결백을 증명하지 못하면 넌 참형을 당하게 될 것
        이다.

용덕   (입 꾹 닫는데)

수호   내 알아보니 네게 정인이 있다 들었는데... 혹, 그날 밤 그 정인을
        만난 것이냐?

용덕   (몸 부들부들 떨지만) 절대 말 못합니다!

수호   네 목숨을 잃어도 말이냐.

용덕   그냥, 제가 죽겠습니다. (하다) 허나, 나리.. 전 맹세코 대감님을
        죽이지 않았습니다.

입을 꾹 닫은 용덕, 돌아앉는데 그 모습을 보는 수호의 모습에서.

S#39. 포청 앞 / D

포청에서 나오는 수호와 비찬, 수호 착잡한 표정인데

비찬   (감동한 듯) 와- 보셨습니까?
수호   뭘 말이냐.
비찬   만약, 저자가 진범이 아니라면요. 숨겨둔 정인을 위해 한목숨
       바치는 거 아닙니까!
수호   (짜증 나는) 쓸데없는 소리!

수호, 걸어가면 비찬, 쫄래쫄래 따라가는.

S#40. 궐 안, 빈청 / D

지성 앉아 있고 병조판서 마주 앉아 있다.

지성   사건은 종결이 된 것인가.
병조판서 그런 셈입니다. 아직 그 노비놈이 자복을 하지 않고 버티고 있
        다지만, 어차피 문제가 될 건 아니라서요.
지성   현장에서 잡히고도 아직 자복을 안 했다니... 무슨 다른 연유가
        있는 겐가.
병조판서 강상죄 아닙니까. 능지처참을 받을 테니 끝까지 버텨보는 거겠
        지요.
지성   (석연치 않은) 포청에서 호판 관련 수사 문서들은 챙겨오셨는가.
병조판서 (가지고 온 보자기 탁자에 내려놓는) 예, 좌상대감. 보시면 알겠지만
        특별한 건 아무것도 없습니다.
지성   (보자기 펼치며) 검험에도 특별한 소견은 없었고?
병조판서 예, (피식 웃는) 헌데 금위대장이 공을 세우려고 안달이 난 모양

입니다.

지성   (보면)

병조판서   한성부 낭관 말이, 포청도 아닌 금위영 종사관이 와서 검험서를
           꼼꼼히 훑어보고는 시신의 입안에 생긴 자줏빛 반점이 뭐냐고
           꼬치꼬치 캐묻더랍니다.

지성   !!!

           지성, 순간의 눈빛 달라지며 문서들 중 검험서(복검안)를 찾는.
           복검안을 읽어 내려가다 점점 서늘하게 굳어지는 지성의 얼굴
           에서.

S#41.   호판댁, 사랑채 방 안 / D
           사랑채 문이 열리며 삼베옷 차림의 난경이 안으로 들어오는데
           이미 깨끗하게 정돈된 방. 난경, 천천히 주위를 둘러보는

난경   (서늘한) 대감께서 안 계시니 참으로 서운합니다. (미소 짓는)

           난경, 천천히 방 안을 둘러보다 벽에 걸린 [산중백호도]에서 시
           선이 멈추고.
           그림을 바라보다 다가가는.

난경   (그림을 한 번 쓱 만지며) 긴 세월. 이리 다시 쓰이는구나. 대감께서
           참으로 아끼셨는데... 굳이 왜 밖으로 나와서...

           난경, 그림을 한 번 쓰다듬는 데서.

S#42. 거리 일각 / D

여화와 연선, 봉말댁이 집으로 돌아오는 길이다.

연선   (봉말댁 힐긋 보다 속닥) 광에 장정들이 지키고 서 있는 걸 보니 아
         무래도 거기 계신 듯합니다.

여화   (복화술로 속닥속닥) 지금 명도각으로 가서 활유를 보내달라 하거라.

연선   (속닥) 어쩌시려구요?

여화   (속닥) 일단 구하고 봐야 하지 않겠느냐.

봉말댁   (에헴!) 다아- 들립니다아!

여화, 연선 !!

봉말댁   남은 약식 챙겨달라 그러시는 거- 제가 모를 줄 아십니까?

여화   (봉말댁에 속닥) 내 수절하는 몸으로 대낮에 길거리에서 목소리
         를 높여서야 되겠는가. 연선이에게 심부름을 시킬 일이 있어 그
         러네. 후-

봉말댁   (귀에 바람 훅! 짜증 확) 악! 바람!!

봉말댁, 순간 여화를 살짝 밀면 어머엇! 맥없이 풀썩 쓰러지며
장옷이 벗겨진다.

봉말댁   (당황해 일으키며) 이렇게 약해서야- 이건 제가 밀어서가 아니라
         아씨가 약해서 그런 겁니다아.

여화   (연약한) 사당에만 앉아 있다 보니.. 조금만 걸어도 이리 힘이 풀
         려서야.. (힘겹게 일어나 장옷을 뒤집어쓰는) 연선아, 무릎에 힘이 없
         어 그러니 김의원댁에 어서 다녀오거라.

연선   (또 저런다, 이미 여러 번 봤다는 듯이) 그럼 전 심부름 다녀오겠습니다.

연선, 급하게 뛰어가고 여화를 따라 걸어가는 봉말댁,

카메라 틸업하면 멀리 수호가 이 광경을 보고 있고 비찬이 수호를 따르고 있다.

수호 (여화를 보는 눈빛, 찌릿 째려보는)

비찬 (여화의 뒷모습을 보며) 방금 저분, 좌상댁 며느님 맞죠? 뵐 때마다 참! 어찌나 기암절벽에 곱게 핀 한 떨기 꽃 같으신지- (여화 흉내 내며) 하아아- (바람 불 듯 손을 휘저으며) 애처로워라-

수호 한 떨기 꽃... (하다, 비찬을 찌릿 째려보면)

비찬 근데 아까부터 왜 이렇게 심기가 불편하십니까?

수호 (시침 뚝) 내가?

비찬 아까부터 눈빛을 (수호 표정 따라 하며) 질투에 눈먼 사내마냥- 부들부들!

수호 (정색) 그럴 리 없다! (성큼성큼 가버리는)

S#43. 호판댁, 마당 / D

지성, 병판을 비롯한 중신 세 명과 함께 사랑채에서 내려오면.
문중어른 1, 2가 공손히 따라 내려와 배웅을 하고 있다.
삼베 소복을 입고 마당에 선 채 이를 지켜보던 난경의 눈동자가 불안하게 흔들리는

문중어른1 이렇게 따로 찾아주시니 어찌 감사의 말씀을 드려야 할지...

지성 호판과 조정에서 같이한 세월이 10년이 넘었습니다. 바로 찾지 못한 것이 오히려 송구스럽지요.

문중어른2 늘 보살펴주신 은혜를 염씨 문중이 결코 잊지 않고 있습니다.

지성 (난경 쪽 보며) 상심이 크시겠으나, 마음을 추스르시고 집안을 잘 돌보셔야지요. 대비마마께서도 심려를 많이 하셨습니다.

난경	(고개 숙여) 고맙습니다.
지성	(난경에게 시선 거둔 채 집 안 둘러보며) 집 안을 참으로 단아하게 가꾸셨습니다. (활짝 핀 꽃나무를 응시하며) 정부인의 손길이 닿지 않은 곳이 없겠지요.
난경	(지성 보면)
지성	(고개를 돌려 난경에게 시선 고정한 채) 꽃나무 하나도... 꽃.잎. 하나도 허투루 관리하지 않으셨을 거라 믿습니다.
난경	(지성을 두려운 눈빛으로 보는)
지성	(공손히 예를 표하며) 허면, 이만 돌아가보겠습니다.

지성, 병판을 비롯한 일행들과 대문 밖으로 나가고
이를 쳐다보는 난경의 불안한 시선에서.

S#44. 이판댁, 광 안 / N

백씨, 허망한 표정으로 앉아 있다. 모든 걸 체념한 공허한 눈빛.
보면 같은 사각 나무 모반에 올려진 은장도 보인다.
떨리는 손으로 은장도를 잡는 백씨의 손. 결심이 선 듯 은장도
의 칼집을 빼보는데-
칼날이 번쩍하고. 백씨, 천천히 자신의 목을 향해 겨누려는 순간.!!
"누구냐!!" 광 문을 지키고 있던 하인의 목소리 들리고. 윽! 이내
잠잠해진다.
이어 곧 덜컹! 덜컹, 덜컹! 광 문을 흔드는 소리가 들리는

활유(OFF)	이거 잠겼는데 어떻게 열어요?
여화(OFF)	어떻게 좀 해보거라.
백씨	(???)

활유(OFF)	부셔도 돼요?
여화(OFF)	일단 부셔. 부시고- (하다) 는 안 되지. (부스럭부스럭) 찾았다!

문이 열리고 복면을 쓴 덩치와 작은 복면, 활유와 여화다.
은장도를 들고 있던 백씨, 놀란 표정으로 이 둘을 바라보는

백씨	(올 게 왔구나, 은장도 목에 대며) 누구냐.
여화	(당황해) 일단 그것부터 내려놓으시지요. (다가가려 하면)
백씨	어머님께서 보낸 자객이냐.
활유	저희가요?
여화	차림새는 이러하나 자객은 아니니 염려 마십시오. (다가가려 하면)
백씨	(손 부들부들 떨면서) 가까이 오지 마! (하다) 그렇게 원하시는 목숨, 스스로 끊어내어드리지요.
여화	(다급하게) 안 됩니다. (후다닥 다가가 백씨 손잡는데)
백씨	(목소리 커지며) 이거 놔라!
활유	(급하게 백씨 입을 막고)
백씨	(입이 막혀) 읍!읍!읍!
여화	(활유에게) 그렇다고 입을 막음 어떡해-
활유	아! (손을 떼는데)
백씨	(소리 지르는) 살렴!
여화	(백씨 입을 다급하게) 어떻게 좀 해봐-
활유	(당황해, 성큼 백씨의 얼굴에 제 얼굴 갖다대며) 진정하시고-

무섭게 다가온 활유의 얼굴에 백씨 읍, 으으으읍 꼬르륵, 넘어
가 기절한

여화	(활유 얼굴 보고) 많이 놀랐나 보구나. (하다) 가자.

S#45. 명도각, 안채 방안 / N

활유, 보료에 백씨를 눕히고 나가면 여화와 소운, 걱정 어린 시
선으로 백씨를 본다.

소운   (여화 보며) 다친 덴 없으십니까.

여화   (으쓱하며) 괜찮습니다.

소운   이판댁 며느님 말입니다.

여화   (머쓱) 때리진 않았습니다.

소운   (피식) 이제 어쩌실 셈입니까.

여화   (백씨 보며 애잔하게) 스스로 죽으려고 한 건 아니었습니다.

소운   이판댁 며느님이 그리 걱정되십니까?

여화   수절하는 모든 여인의 귀감이 되기 위해, 그 가문을 위해, 죽어
         야만 하는 삶이 어떤 건지 모르지는 않으니까요.

소운   (보면) 이판댁에선 백씨가 보쌈당했다, 소문내지 못할 겁니다.
         조용히 보낼 곳을 알아보겠습니다.

여화   번번이 고맙습니다.

소운   비용이 꽤 들지 싶습니다. (방긋)

여화   (웃으며) 점점 연선이랑 한패 같으십니다. (일어나며) 이만 돌아가
         봐야겠습니다.

S#46. 좌상댁, 사당 앞 / N

불이 켜진 사당 앞, 앉아 있는 여인의 그림자.

S#47. 좌상댁, 사당 안 / N

하얀 소복을 입은 채 쪽을 진 머리로 위패 앞에 앉아 있는 연선

의 모습.
다리 저린 듯, 코에 침 바르며 이리저리 발 바꿔 앉는 연선.

S#48.   명도각, 안채 방 안 / N
여긴 어디지? 백씨, 눈을 떠보면 아늑한 방 천장이 보이고.
옆을 돌아보는데 누군가 자신을 바라보고 있다. 흐릿하다가 점
점 또렷해지는 시야.

소운   괜찮으십니까.
백씨   누구... (하다, 소운을 알아보는) 대행수가 아닙니까. (두리번거리며)
        제가 여긴 왜...
소운   목숨이 위험한 듯하여, 결례를 무릅쓰고 모시고 왔습니다.
백씨   (보면)
소운   아씨 처지를 걱정하는 어떤 분의 부탁을 받았습니다. 진심으로
        지아비 따라 자결하는 것이 뜻이라면 말릴 수는 없으나 살고자
        한다면, 멀리 아무도 모르는 곳에서 평범한 삶을 사실 수 있게
        제가 도와드리지요.
백씨   (눈물 꾹 참고) 아니요, 그럴 수는 없습니다. 혼자서는.. 살아도 사
        는 것이 아닙니다. (갑자기 울음이 터지고) 이제 어쩌란 말이냐.. 어
        찌해야 하느냐...

소운, 우는 백씨를 안쓰럽게 바라보는.

S#49.   금위영, 집무실 안 / N
수호, 복잡한 얼굴로 생각에 잠겨 복검안을 다시 읽어보고 있다.

옆엔 비찬이 걸레로 책상을 닦고 있다.

수호   (혼잣말) 분명 시신의 입안서 달큰한 향이 났는데... 마치 꽃향이
       었다.

       INSERT
       4부 S#51 손으로 꽃잎을 쓸어버리는 염홍집.
       "갖다 버리지, 이 쓰레기는 뭐 하러 챙겨왔는가!

       수호, 뭔가 생각난 듯 서랍을 열어보면 서랍 안에 들어 있는 꽃잎.

비찬   (걸레질하며) 다 마른 꽃잎인데 뭔 향이 난다고 자꾸 맡으십니
       까? (옆에 와서 같이 킁킁) 아무 냄새도 안 나는구만.
수호   (고개 갸우뚱하는)
비찬   꽃신이며, 꽃잎이며- 정말 좋아하는 여인이라도 생기셨습니
       까? (걸레질 벅벅)
수호   정신 사나우니 그만하고 나가거라.

       치이- 비찬, 마지막으로 탁자 걸레질을 쓰윽, 하는데
       꽃잎 한 장이 물걸레에 닿는 !!!
       물걸레에 닿은 꽃잎 반쪽이 사르르 녹아버린다. !!!

비찬   (당황해) 어? 방금 녹은 거 맞죠? (수호 보며) 근데 꽃잎이 녹나요?
수호   (??? 녹은 꽃잎 보는데)

       갑자기 수호와 비찬에게 달큰한 꽃향이 느껴진다.
       비찬, 코를 킁킁 꽃잎이 녹은 자리에 코를 박고 냄새를 맡는다.

비찬	어? 꽃향이 납니다! (탁자에 코를 더 들이밀며) 맡아보십시오!
수호	(!!) 이 향이었다! 호판대감의 시신에서 바로 이 향이 났다!

수호와 비찬, 반쯤 녹아 남아 있는 꽃잎을 놀라 바라보는 데서.

S#50. 좌상댁, 마당 / N

지성, 마당에 나와 꽃을 활짝 피운 꽃나무를 바라보고 있다.
꽃잎이 하나씩 흩날리는.

플래시백
#50-1. 궐, 강녕전 앞 / D (15년 전)
백관복을 입고 선 지성 앞에 고개 숙여 예를 표하며 다가오는
어의.

지성	너무 상심 마시게. 어의 자네에겐 아무 허물이 없음을 내 잘 알고 있네.
어의	고맙습니다, 좌상대감.
지성	(걱정 가득한) 주상 전하를 잃은 세자 저하의 상심이 크시니 걱정일세. 이제 보위를 이으셔야 하는데 저하의 예체(睿體)[*]는 괜찮으신가.
어의	(할 말이 있는 듯 머뭇대다) 별일은 아닙니다만... 이미 함(唅)^{**}까지 마쳤는데, 세자 저하께서 전하의 구중(口中)^{***}에서 자줏빛 반점을 보았고 달큰한 향이 났다시며... 다시 한 번 살펴달라 그리

말씀하셨습니다.

지성   (얼굴빛 변하는) 그게 무슨 황당한 말씀인가.

어의   소신이 다시 살펴보았으나, 특별한 소견 같아 보이지는 않아,
시신에서 흔히 보이는 출혈반 같다고 말씀 올렸사온데..

지성   그랬더니...

어의   중전마마도 그 이야기를 듣고 세자 저하를 크게 나무라시어, 그
이후론 별말씀이 없었습니다.

지성   알았네.

현재
지성, 땅에 떨어지는 꽃잎 하나 손으로 잡아 손바닥에 펴서 보는.

S#51.   좌상댁, 마당 / N
지성, 마당에서 돌아서는데 저 멀리 사당 쪽 불빛을 본다.
천천히, 사당으로 걸어가는 지성.

S#52.   좌상댁, 담장 안 / N
여화, 무사히 들어와 주변을 살펴보는데 !! 저, 멀리 사당으로 올
라가는 지성이 보인다. !!
놀라 급하게 뛰어가는.

S#53.   좌상댁, 동선 / N
여화, 급하게 다른 길로 올라간다. 화면 분할되면-
지성, 천천히 사당으로 걸어가는 걸음.

여화, 숨을 헐떡이며 급하게 달려가는*!!!
지성, 사당 앞이다.

S#54. 좌상댁, 사당 앞 / N
불이 켜진 사당 앞. 지성, 여화(연선)의 그림자를 한참 바라보는데

지성   (다정하게) 큰애야, 예서 밤을 샐 것이냐.

불빛에 놀란 그림자.

S#55. 좌상댁, 사당 안 / N
놀라 아무 말 못하는 연선. 어버버- 이를 어찌해야 할까 당황하는데
병풍 뒤 한 편에서 정신없이 옷 갈아입는 여화.

S#56. 좌상댁, 사당 앞 + 안 / N
지성, 사당 문으로 다가가

지성   잠시 들어가도 되겠느냐.

지성, 문고리로 손이 가려는. cut.
여화와 연선, 놀라는 표정에서. 엔딩.

*   지성이 사당 앞에 도착하기 전에 여화는 이미 사당 안으로 들어간 설정입니다.

エピローグ

에필로그

S#57. 좌상댁, 안채 대청마루 / D
화면 밝아지면 금옥 앞에 앉아 있는 여화. 금옥, 내훈을 보고 있다.

금옥   무릇 남편은 다시 장가간다는 법이 있지만 부인은 두 번 시집간
      다는 조문이 없다.

      여화, 멍하니 금옥 앞에서 딴생각하고 있다.

여화(E) (멍하니-) 자기 집 하인도 아니고... 남의 집 하인이랑... 대체 언제
      부터?

S#58. 호판댁, 마당 / D
염흥집 대감댁에서 마당을 열심히 쓸고 있는 용덕의 뒷모습.
땀방울이 햇살에 빛을 받아 또록, 팔에 힘줄이 불끈! 장작을 탕
탕! 패는 용덕의 뒷모습을
바라보는 백씨의 야릇한 표정.

여화(E) 호판부인에게 내훈 배우러 간 게 아니라... 용덕일 보러 간 거야?

S#59. 좌상댁, 안채 대청마루 / D
금옥, 내훈을 한 자 한 자 정성 들여 읽는

금옥   그래서 남편은 하늘이라고 하는 것이니 하늘을 진실로 버리고

도망갈 수도 진실로 떠날 수도 없다 했다.

INSERT

5부 S#44 광에 갇혀 은장도를 목에 대고 있는 백씨.

여화(E)   도대체 왜, 뭣 때문에, 다 포기할 만큼 그자를 연모했던 걸까?

금옥, 내훈 책에서 눈을 뗴 고개 들어보면 여화, 여전히 멍하니-
이것이!! 서안을 탕탕! 내려친다.

금옥   정신을 얻다 두는 게야!
여화   (번쩍!) 송구합니다, 어머님-
금옥   이판댁 며느리는 지아비 생각에 곡기를 끊었다던데!! 넌 가서
          대체 뭘 보고 온 게냐!!
여화   (찔끔)
금옥   이판댁 며느리를 본받아 너도 똑같이, 아니 그 이상으로 행동하
          거라! 몸가짐도, 생각도, 행동도 모두!!
여화   (놀라며) 예? 똑같이요?
금옥   (서늘하게) 왜, 싫은 것이냐?

금옥을 바라보는 여화의 난감한 표정에서. 엔딩.

六편

당신이 잠든 사이에

S#1.   좌상댁, 담장 안 / N

화면 밝아지면 여화, 집 안으로 무사히 들어와 주변을 살펴보는데
저 멀리 사당으로 올라가는 지성이 보인다. !!
소스라치게 놀라 서둘러 달려가는.

S#2.   좌상댁, 동선 + 사당 앞 / N

여화, 다른 길로 돌아간다. 숨을 헐떡이며 급히 달려와 사당 문
을 벌컥! 열고.

S#3.   좌상댁, 사당 안 / N

여화, 사당으로 정신없이 들어오면
소복 입고 위패 앞에 앉아 있던 연선, 여화가 급히 병풍 뒤로 들
어가는 순간 직감하는 !!

지성(OFF)	(다정하게) 큰애야.
연선	(!!!)
지성(OFF)	예서 밤을 새는 것이냐.
연선	(너무 놀라 말 못하고 어버버-)
지성(OFF)	잠시 들어가도 되겠느냐.
여화	(병풍 뒤에서 소복 정신없이 입으며) 잠시만요, 아버님!

S#4.   좌상댁, 사당 앞 / N

지성, 사당 문을 열려는 순간, 우당탕! 소리와 함께
끼야악! 여화의 비명이 들리며 불이 확! 꺼진다.
지성, 놀라 문을 열면 안에서 소복 입은 여화가 급히 나오는 !!

지성   (놀라) 무슨 일이냐!

여화   (고개 푹 숙이며) 송구합니다, 아버님. 사당 안에 쥐가 들어 그만- 다시 초를 켜겠습니다.

지성   많이 놀랐겠구나. (하다) 어디 다친 덴 없는 것이냐?

여화   괜찮습니다. 헌데, 이 시간엔 어쩐 일이십니까?

지성   여태 사당에 불이 켜져 있길래 잠깐 올라와봤다. (하고 들어가려 하면)

여화   어머! 아버니임- (다리에 힘이 풀린 듯 풀썩 주저앉으면)

지성   (놀라며) 큰애야!

여화   괜찮습니다. (하다) 좀 어지러워서-

지성   사당에만 앉아 있어 그런 것 같구나. (하다) 좀 걸으며 바깥바람 이라도 쐬는 게 어떻겠느냐.

여화   예, 아버님.

일어나 지성을 따라가며 사당 문을 바라보면.

S#5.   좌상댁, 사당 안 / N

불 꺼진 사당 안. 연선, 소복 차림으로 쭈그리고 앉아 입을 막고 있다.

밖이 조용해지자 안도의 한숨을 내쉬는 그 위로-

6부
당신이 잠든 사이에

S#6.   좌상댁, 뒤뜰 / N
여화, 지성보다 반걸음 떨어져 걷고 있다. 바람이 살랑살랑 불고

지성   (다정하게) 힘들진 않느냐.

여화   아닙니다. 감히 제가 어찌 힘들다 할 수 있겠습니까. 아버님, 어머님께서 살펴주시니 늘 감사한 마음뿐입니다.

지성   (살며시 미소 지으며) 그리 생각해주니 고맙구나. (하다) 날이 따뜻해졌다만, 밤엔 아직 바닥에 냉 기운이 올라오니 잠은 내려가 편히 자거라.

여화   ... (지성을 물끄러미 바라보다) 아버님껜 늘 송구한 마음뿐입니다.

지성   (보면)

여화   혈혈단신인 저를 거두어주시고, 때마다 제 오라비를 위해 사찰에도 보내주시고...

지성   (미소 짓는)

여화   언젠가 오라비가 돌아오면 이 모든 것이 아버님께서 베풀어주신 은혜 덕분입니다.

지성   ... 아직도 오라비를 기다리는 것이냐.

여화   (보면)

지성   네게 상처가 될까 조심스럽지만 이제 마음을 내려놓는 것이 어떠하냐. 15년이나 지났지 않느냐.

여화   분명 살아 있을 겁니다.

지성	(멈칫, 순간 표정이 경직되고)

플래시백

S#6-1. 낮은 언덕 / D (14년 전*)

꽃잎이 흩날리는 나무 아래, 도포 차림의 지성, 화가 난 표정으로 서 있다.
무인 복장의 필직, 그 앞에 고개를 조아리고 서 있는

지성	(서늘하게) 반드시 조성후란 자를 찾아내어 흔적이 남지 않도록 처리해라.

현재

여화	만약, 제 오라비에게 무슨 일이 생긴 거라면 그게 어떤 일이든 제가 반드시 알아야겠지요.
지성	(서늘한 시선 스치고)
여화	(!!! 지성 표정 보고 급히) 송구합니다. 괜히 제 이야길 꺼내 아버님의 심기를 불편하게 해드렸습니다.
지성	아니다. 나도 잊지 않고 생사를 알아봐주마.

지성, 돌아서는데 알 수 없는 차가운 표정 위로 꽃잎이 흩날리고. F.O

S#7.   금위영, 집무실 안 / D

화면 밝아지면 수호, 꽃잎을 유심히 바라보고 있다.

$*$ 선왕의 죽음 1년 후쯤, 여화가 시집온 지 6개월 후의 일입니다.

비찬(OFF)   나리! 나리이!!

문을 열고 비찬이 들어오는

수호   알아보았느냐?
비찬   (고개 절레, 꽃잎 내밀며) 운종가에 있는 약방이며, 화훼 상인들이
         갖고 있는 꽃들을 둘러봤는데 같은 꽃은 없었습니다.
수호   (그럴 줄 알았다) 그래...
비찬   (꽃잎 쿵쿵 냄새 맡으며) 정말, 시신의 입에서 꽃잎에 났던 향이 났
         습니까?
수호   (진지하게) 분명, 같은 향이었다. 마치 등나무 꽃에서 나는 것과
         같은-
수호, 비찬   (동시에 번쩍!!)

발딱, 뒤집혀 죽어 있는 장수풍뎅이.
그 옆에 꽃잎을 녹인 물이 담긴 종지가 놓여 있고

비찬   (깜짝 놀라 소름 끼쳐 하며) 나리!! 죽었습니다!!
수호   (죽어 있는 풍뎅이 보며) 독이다!!
비찬   (갑자기 꽃잎을 만진 손 보며, 탁탁 손을 터는) 어우. (의아한) 허나, 호
         판대감의 사인은 두부 타격이라 하시지 않았습니까?!
수호   이게 독이라는 걸 안 이상 독살을 배제할 수 없지 않겠느냐. 이
         위험한 독.... 왜 가름대 안에 있었을까..
비찬   그럼, 용덕이란 자는 진짜 범인이 아니었나 보네요.
수호   (보면)
비찬   그자가 무슨 수로 호판대감에게 이걸 먹이겠습니까? 제가 말했
         잖아요! 연모를 위해 목숨을 바치는! 눈물 없인 듣지 못할 구구

절절한 사연이 있을 거라고-

수호   ...

INSERT
5부 S#34 하인들 말.
"소복 입은 여자랑 성황당 앞에서 만나는 걸 누가 봤다 하지 않
았어?"
5부 S#23 여화가 용덕이를 보는 시선. cut, cut!!

수호   (기분 나쁜) 아닐 거다!
비찬   나리도 그렇게 생각하시죠? (눈을 지그시 감고) 이것은 연모-
수호   (찌릿! 비찬 째려보며) 비찬이 넌! 호판의 그림이 언제부터, 어떤 경
           로로 그 집에 있었는지 알아봐야겠다.
비찬   (쭈굴) 예.
수호   그자가 범인이 아니라면... 대체 누가.. (의미 있는 표정에서)

S#8.   여화의 별채, 방 안 / D
          여화, 피곤한 듯 서안에 엎드려 자고 있다.
          덜컹! 문이 열리는 소리에 깜짝 놀라 일어나는데 연선인 걸 알
          고는 안도하는

여화   백씨는 잘 보냈다더냐.
연선   (고개 저으며) 안 가겠다고 했답니다.
여화   (당황해) 왜에!!
연선   용덕이라는 하인 때문에요.
여화   (기막혀) 어머님한테 혼나, 잠도 못 자- 아버님한테 걸릴 뻔해-

내가 자기 때문에 온밤을 새웠는데 무슨!!

연선   (간단명료하게) 선녀에게 날개옷을 줬더니 나무꾼도 데려가겠다
        는 거죠.

여화   (짜증) 그 나무꾼이 포청에 잡혀 있는데 어찌해야 하냐고오! (푸
        욱, 한숨 쉬며 서안 앞에 엎드리는) 피곤하다, 연선아.

연선   (짠한) 일단, 마님께서 부르시기 전까지 좀 주무세-

봉말댁(OFF) 아씨 마님!!

여화   (고개 들면)

봉말댁(OFF) 마님께서 부르십니다!

푸우우- 여화, 졸린데 버둥버둥. 짜증 나 죽겠는 데서.

S#9.   좌상댁, 안채 방 안 / D

        금옥, 앉아 있고 그 앞에 여화가 다소곳하게 앉아 있다.

금옥   (반짝) 넌 어찌할 테냐?

여화   (당황해) 예?

금옥   (기대에 찬 눈빛 반짝) 이판댁 며느리가 곡기를 끊었다는데- 너도
        가만히 있을 수는 없지 않겠느냐?

여화   (어쩌지, 하다 !!!) 타락죽이라도 싸들고 호판부인을 찾아뵐까 합
        니다.

금옥   (응? 무슨 말이지) 호판부인께?

여화   선은 아무리 작아도 이로움이 없을 수 없고, 악은 아무리 작아
        도 해로움이 없을 수 없다, 어머님께서 늘 말씀하셨지요.

금옥   (보면)

여화   그런 사사로운 것에 연연하지 않고, 오직 선을 베푸는 것이 나

을 듯싶어, 황망한 일에 슬퍼하고 계실 정부인을 위로하고자 합니다.

금옥 (흡족한) 내 너를 허투루 가르치지 않았구나.

여화 성심껏 위로해드리고, 말벗도 되어드리겠습니다. (미소 짓는)

S#10. 좌상댁, 앞 / D

끼이익, 문이 열리고 장옷으로 얼굴을 가린 채 밖으로 나온 여화.
여화, 앞서 걷고 연선, 죽을 들고 뒤를 따른다. 점점 걸음이 빨라지는 여화.

여화 호판대감댁에 들른 후 백씨도 만나봐야 하니, 서두르자.

연선 예!

여화, 연선 경보하듯이 걸어가는.

S#11. 궐, 소편전 안 / D

이소, 지성이 올린 상소문들을 보고 있다.

이소 (갸우뚱하며) 이게 다- 호판을 죽인 노비를 당장 참형에 처하라는 상소문입니까?

지성 (비감하게) 건국 이래 조정의 신료가 노비에 의해 살해당한 일이 있었나이까? 이번 일에 단호히 대처하지 않으면, 자칫 조정의 권위가 땅에 떨어질 뿐 아니라, 왕실도 위험에 처할 수 있사옵니다.

이소 (살짝 빈정대는) 그저 단순 강도에 의한 소행이라 들었는데.. 설마, 조정과 왕실까지 위험할 일이겠습니까?

지성   (서늘하게 보는) 자식이 부모를, 신하가 임금을, 노비가 상전을 공경하지 않는 세상이라면, 전하는 대체 어떤 일이 위험한 겁니까?

이소   (급 반성 모드) 그렇게까지 심각한 일이라 생각을 못했습니다. 좌상의 말대로 참형에 처해야겠군요. (슬쩍 지성 속을 긁는) 허나, 당장은 어렵지 않습니까? 신분에 상관없이 삼복제(三覆制)*를 거친 후에야 과인이 재결할 수 있을 텐데요.

지성   (서늘하게) 무슨 절차 말입니까? 역모와 다름없는 죄이옵니다.

이소   하긴, 문제될 게 없겠군요. 임금과 좌의정이 합의해서 노비 하나 참형에 처하는 건데... 좌상 뜻대로 하세요.

지성   허면, 그리 처결하겠나이다, 전하.

지성, 공손히 예를 표하고는, 잠시 이소를 쳐다보다 밖으로 나가는.

S#12.   호판댁, 안채 방안 / D

작은 소반에 타락죽이 올려져 있다.
삼베옷 차림의 난경, 난감한 표정으로 죽을 쳐다보다
고개를 들면 바로 앞에 여화가 앉아 있다.

난경   이 사람이 뭐라고, 죽까지 들고 찾아오셨습니까.

여화   걱정이 되어 찾아왔습니다. (하다) 생각 없더라도 한술 뜨셔야지요.

난경   지아비를 앞서 보낸 죄인이 어찌 밥을 입에 담겠습니까. 마음은 고맙지만 지금은 생각이 없습니다.

*   사형에 대해서는 신분에 관계없이 세 번의 재판을 거치도록 한 제도.

여화	(난경을 보다, 죽 그릇 내려놓으며) 그럼 나중에라도 드셔야 합니다.

여화, 죽 그릇 내려놓는데,
서안 옆에 놓인 보자기 위에 몇 권의 서책과 옷가지가 놓여 있는

여화	정말... 여묘살이를 가시는 겁니까?
난경	(의미 있게) 지켜보는 눈들이 있으니 갈 수밖에요.
여화	집안 대소사도 있고, 모란회 일도 있는데 이렇게 가시면-
난경(O.L)	(온화한) 그간 많은 일을 했으니 이젠 좀 쉬어도 되지 않겠습니까.
여화	... 고단하셨습니까.
난경	(자신의 삶을 생각하듯) 고단하기도 했고, 서럽기도 했고... 가엾기도 하고... (하다) 그래도 간혹 재미있기도 했습니다.
여화	(난경이 안쓰럽다는 생각이 들고) 감히, 하나 여쭈어봐도 되겠습니까.
난경	물어보십시오.
여화	... 호판대감께서 그리되신 일이 정부인껜 더 불행한 일입니까?
난경	하하하하하하. (갑자기 큰 소리로 웃는)
여화	(난경이 너무 크게 웃어 놀라는, 밖에 소리가 들릴까 뒤돌아 문을 보고) 소리를 낮추십시오. 혹, 누가 듣기라도 하면-
난경(O.L)	(눈물까지 찍어내며 웃다가) 내, 부인이 솔직한 사람이라는 건 진즉 알았지만, 이리 바로 물어볼 줄은 꿈에도 몰랐습니다.
여화	송구합니다.
난경	(표정 차가워지며) 내가 더 불행해야 하는 걸까, 아니어야 하는 걸까... 부인 생각은 어떠십니까?
여화	제가 어찌 감히 그런 생각을 하겠습니까.
난경	다과상에 약식만큼이나 자주 입에 오르내리는 게 우리 둘 아닙니까. 얼굴도 모르는 서방을 위해 평생 수절하는 과부와, 개차반 같은 남편을 뒷수발하는 정부인... 누가 더 나은 것 같습니까?

여화	... 저는... 어떻게든 저로 살고자 하겠습니다.
난경	(미소 지으며) 내 부인을 좀 더 빨리 가까이 됐으면 좋았을 것을...
여화	(애틋하게 바라보며) 이제라도 종종 뵙고 말벗이 되어드리겠습니다.
난경	오지 마세요.
여화	...?
난경	(의미 있게) 우리가 자주 만나는 것을 누가 좋다 하겠습니까.
여화	어머님께서도-
난경(O.L)	좌상대감께서는 법도를 무척 중히 여기신다지요.
여화	예? (무슨 말인지 모르겠는)
난경	곧 여묘살이를 떠나 손님을 맞기 어려울 것 같습니다. (하다, 서늘하게) 그것이 법도에 맞는 것이겠지요.
여화	(이상한 느낌) 예..

S#13. 호판댁, 앞 / D

여화, 연선과 함께 호판댁을 나서고 있다.

여화	(안쓰러운) 진짜 여묘살이를 가실 모양인데-
연선	이 과부나, 저 과부나... 요즘 부쩍 과부님들 걱정이네요.
여화	(찌릿)
연선	(말 돌리며) 어서 가시지요.

여화와 연선, 서둘러 걸어가는데 반대쪽에서 걸어오는 두 사람,
수호와 비찬이다. !!!
여화, 순식간에 휙- 뒤를 돌고, 연선도 멀리 오는 수호를 알아본다.

연선	(속닥) 아씨, 지금 되게 어색하셨어요..

여화	(장옷으로 꽁꽁) 안다, 나도.

큼, 여화, 다시 뒤돌아 우아하게 수호 옆을 천천히 걸어간다.
여화와 연선, 수호와 비찬 옆을 스치는데 수호, 여화에게 고개
를 까닥, 예를 표한다.

수호	(여화 들으라는 듯, 비찬에게) 호판댁에 들렀다, 명도각에 갈 것이다.

이 말을 들은 여화와 연선, 걸음이 처언-천히- 느려지는. 귀는
쫑긋!!

비찬	(엥?) 명도각엔 왜요?
수호	용덕이란 자가 범인이란 확실한 증좌를 찾아야 하지 않겠느냐.
여화	(!!!)
비찬	증좌가 무슨 노리개도 아니고- 그걸 왜 명도각에서-
수호(O.L)	(비찬을 안 보고, 힘주어 강조하며) 혹! 범인이 아니라는 증좌를 찾거나!!
비찬	지금 누구랑 얘기하시는 겁니까?
수호	바로 갈 것이니! 넌 꼭 거기 있거라.
비찬	어디요? (두리번두리번) 명도각에요?

수호, 대답 없이 호판댁으로 들어가는.
??? 비찬, 누구한테 얘기했지? 뒤돌아보면 아무도 없다.
황당하게 남겨진 비찬의 모습에서.

S#14. 명도각, 장소운 집무실 안 / D
소운, 얕은 한숨을 쉬면 그 옆에 같이 한숨을 쉬는 연선,

그 앞에 옷을 갈아입은 너울 여화가 앉아 있다.

여화	제가 만나 설득해보지요. (하다) 어덨습니까?
소운	맨 왼쪽 끝 방입니다. (하다) 정인 때문에 저러는 거라면... 그자가 잡혀갔단 얘기는 하지 않으시는 게 좋을 듯합니다.
여화	(보면)
소운	이미 참형이 결정되었다고 소식이 왔습니다.
여화	(놀라) 벌써요?
소운	호판대감을 죽인 중한 범죄라, 당장 내일이라도 처형될 수 있다던데... 아무래도 어렵지 싶습니다.
여화	(연선에게) 연선이 넌, 가서 어머님이 좋아하시는 점미병* 좀 사오거라.
연선	(알아들었다) 예!
소운	(걱정스러운) 연선이 보내시고 무슨 말씀을 하시게요.
여화	그것이 아니라... (하다) 종사관이 이리 올 것입니다. 오면 만날 것이니 자리를 좀 마련해주세요.
소운	(무슨 일인지 싶지만 묻지 않고) 예.

S#15. 명도각, 직원 숙소 안 / D

드르륵, 문이 열리고 여화가 들어와 백씨를 보면 백씨, 멍하니 기운 없이 앉아 있다.
옆에는 차려져 있지만 손도 대지 않은 밥상이 놓여 있고

여화	살길을 열어드린다, 했는데 떠나지 않겠다, 하셨다지요?
백씨	(여화를 보고) 저를... 아십니까...?

*   찹쌀떡.

여화	(맞은편에 앉으며) 모릅니다.
백씨	그럼 저를 어찌 알고 구해주신 겁니까?
여화	그저, 손길이 닿는 대로 소소한 일을 하는 것뿐이니 큰 의미를 두진 않으셔도 됩니다.
백씨	(여화를 빤히 바라보는)
여화	우선, 부인이 살길부터 찾으세요.
백씨	제가 도망가면 그것이 살길인가요?
여화	!!
백씨	아무도 없는 곳에 숨어 목숨만 부지한다고 그게 사는 건가요?

INSERT

1부 S#52 소운과의 대화.
"제가 집을 나오면 누구로 살 수 있습니까." cut.
"얼굴은 있습니까?" "이름은 있겠습니까?" cut.

여화	(백씨 바라보다) 그 마음을 모르지 않지만- (단호하게) 그래서, 지금 살기를 포기하시겠다는 겁니까?
백씨	어차피 죽을 팔자였습니다. 서방 잡아먹은 과부가 남들처럼 살아보고자 헛꿈을 꾸고 목숨을 연명했으니, 죗값은 달게 받아야지요.
여화	(갑자기 억울해) 세상에 죽을 팔자가 어딨다고! 대체 우리가 무슨 죄를 지었길래 죽어 마땅한 사람입니까! 우리가 서방님을 죽였습니까?! (하다, 멈칫, 너무 나갔다 말을 멈추고)
백씨	(당황해 보다) ... 그쪽도 과부인가요..?
여화	(큼큼, 말 돌리며 우아하게) 그래서 어찌하실 겁니까.
백씨	청이 하나 있습니다.
여화	(보면)

백씨	그 청 하나만 들어주시면 지금 죽어도 여한이 없습니다.
여화	...
백씨	어차피 시어머니께선 이 일을 다 알고 계십니다. 허니, 그자도 성치 못할 수 있어요. (여화에게 가락지 손에 쥐여주며) 저는 잘 살 겠다, 전해주십시오. 그러니 부디... 여생이나마, 행복하게 끝까 지 살아달라고..
여화	(가락지 내려다보면, 용덕 품에서 나온 것과 같은 장식의 옥가락지)
백씨	그걸 보여주면 그도 알아들을 겁니다.
여화	... 그 가락지가.. 이것과 한 쌍이었군요.

S#16. 호판댁, 대청마루 / D

난경과 마주 앉아 차를 마시고 있는 수호.

수호	(차를 내려다보며) 용덕이란 하인이 지니고 있던 가락지가, 호판 대감의 것이 확실합니까?
난경	갑자기 찾아오셔서 그 무슨 황당한 질문이십니까.
수호	그자가 범인이라는 확실한 증좌가 필요해 묻는 것이니 답해주 십시오.
난경	(미묘하게 변하는 표정, 이내 온화하게 돌아오며) 이미 포청에서 범 인으로 밝힌 일 아닙니까. 아녀자인 제가 어찌 다른 말을 할 수 있겠냐만은, 집안에서 부리던 자가 어찌 상전을 그리 처참하 게.. (분한 듯 말을 잇지 못하고)
수호	(보면)
난경	이 분통하고 황망한 심경을 종사관 나리께선 이해 못하시는 겝 니까.
수호	송구합니다.

난경	종사관께서 이 일을 잘 해결해주시리라 믿습니다. (하다) 억울한 저희 대감의 넋이 조금이나마 위로 받으셔야 하지 않겠습니까.
수호	그리하겠습니다. (하다, 차를 들어 한 모금 마시고) 혹시, 대감께서 돌아가신 날 밤, 마지막으로 뭘 드셨는지 말씀해주시겠습니까?
난경	(!! 보면)
수호	예를 들면, 주무시기 전에 차를 드셨다던가...
난경	(치맛자락 꼭 쥐는 손, 표정은 차분하게) 글쎄요, 다른 날과 마찬가지로 자리끼를 올려드린 것이 마지막이었습니다.
수호	자리끼는 누가 올렸습니까.
난경	(순간, 눈빛 흔들리며) 제가 직접 올려드렸습니다.
수호	알겠습니다. (일어나며) 다시 찾아뵙지요.
난경	멀리 나가지 않겠습니다.

수호, 난경에게 예를 표하고 나가면
돌아선 수호의 표정과 수호를 바라보는 난경의 표정, 같이 보이는.

S#17.　운종가 세책방 / D
살랑거리는 봄바람에, 세책방에 걸린 풍경 소리 청량하게 들리는.

S#18.　운종가 세책방, 책장 뒤 / D
책장 뒤에 앉은 윤학, 서책 표지에 서찰* 접어 조심스레 끼우는.
이때, 세책방 안으로 들어오는 인기척 소리.
윤학, 얼른 고개를 빼고 책장 사이로 밖을 쳐다보는데
연선이 아닌 다른 손님이다. 윤학의 얼굴에 살짝 실망한 표정

*　서찰엔 [조성후의 누이의 행적을 얼른 찾아주시오.]라고 쓰여 있습니다.

스치는.

윤학, 책장에 서책 잘 올려두곤, 자리에서 일어나 책장 밖으로
걸어 나간다.

잠시 바깥을 기웃대다가 서책을 정리 중이던 세책방주인에게
슬쩍 말을 거는

윤학   (머뭇대다) 혹시, 연선이 그 아인 오늘 안 왔는가?

세책방주인   오늘은 아직 안 왔습니다. 헌데 왜 찾으십니까?

윤학   아무것도 아닐세.

세책방주인   (의아한 듯 보면)

윤학   (변명하듯) 그냥... 긴히 필사를 부탁할 일이 있어서..

윤학, 민망해하며 세책방 밖으로 나가버리는.

S#19.   운종가, 세책방 앞 / D

포장된 점미병을 들고 명도각 쪽으로 걸어오던 연선,

세책방에서 나오는 윤학을 보고, 순간 놀라 후다닥 안 보이는
곳으로 몸을 피한다.

윤학, 거리 저편으로 사라지고.

연선, 윤학의 걸어가는 뒷모습을 몰래 지켜보고 있다가, 순간
스스로가 어이없는

연선   (살짝 붉어진 얼굴로 갸우뚱) 지금 나, 왜 숨은 거지?

S#20.   명도각, 앞 / D

수호를 기다리는 비찬, 명도각 앞에 서 있는데
누군가 뒤에서 비찬의 어깨를 터억- 잡는다.
비찬, 놀라 뒤돌아보면 눈빛을 반짝이며 서 있는 이경.

비찬　　놀랬잖습니까아-!

이경　　(관심없다, 두리번대며) 도련님은 어디 계시느냐? 안에 계신가?

비찬　　(버벅이는) 예-에? 아뇨! 혼자 왔습니다!!

이경　　진짜아-? (가까이 다가가며, 눈빛 반짝반짝) 정말 혼자 왔느냐아-?

비찬　　(눈을 꼭 감는) 저는 절대 말 못합니다! 그러니 볼일 보십쇼!

이경　　(비찬의 눈을 손으로 열어 눈 마주치는) 똑바로 보고 말해라아-! 난 거짓말하는 사내가 제일 싫다!

비찬, 가까워진 이경의 얼굴과 시선이 부담스러운데.
!!! 비찬의 시선 끝에 저 멀리 수호가 명도각 쪽으로 걸어오는 게 보인다.

비찬　　(에라 모르겠다, 이경을 탁! 때리며) 억울하면 쫓아와보십시오!

비찬, 반대편으로 후다닥 뛰어가면 번뜩!! 이경, 비찬의 뒤를 따라 달려가면.
수호, 명도각 입구로 들어가는 데서.

S#21.　명도각, 안채 앞 / D
수호, 안채 안으로 들어오면 소운이 마중 나와 예를 갖춰 인사한다.
수호 또한 인사하는

소운	요즘 나리를 자주 뵙습니다.
수호	그것이-
소운(O.L)	누가 보면 정인이라도 생겨 명도각에 드나드시는 줄 알겠습니다.
수호	(당황해) 정인이라니! 무슨 그런 험한 말을! 아니오!
소운	(미소 지으며) 농입니다. 농인데 그리 화를 내시니- 누가 보면 진짜라고 생각하지 않겠습니까.
수호	(크흠!) 대행수, 내 명색이 이 나라 종사관인데 말이 좀 심합니다.
소운	(빙그레) 송구합니다. (하다) 헌데, 무슨 일로 예까지 오신 겁니까?
수호	(크흠! 하다, 소운 살짝 보고) 그분을 뵈러 왔소.
소운	정인이요?
수호	(빠직) 대행수.
소운	(미소 짓다) 안으로 드시지요.

수호, 큼! 소운을 따라 안채 안으로 들어가는.

S#22. 명도각, 장소운 집무실 안 / D

수호, 문을 열고 들어오면 여화, 화들짝 놀라 일어난다.

여화	(깜짝 놀란 척, 오버하며) 대체 여긴 또 어쩐 일이십니까!
수호	내가 올 줄 몰랐나 본데...
여화	종일 명도각 안에 있는 제가 나리가 어디서 무얼 하는지 어찌 압니까.
수호	(연기력에 감탄하며) 그렇다 칩시다.
여화	(큼) 본론부터 말하시지요.
수호	종일 이곳에 계셨던 분께 여쭤볼 얘긴 아니지만- 꼭, 답해주길 바랍니다. (여화를 빤히 바라보는)

여화(E)	왜 이래, 무섭게... (하다) 설마, 내가 누군지 확인하러 온 거야? 범인 얘기하러 온다며-
수호	혹시-
수호(E)	아니다. 그럴 리가 없다.
여화(E)	아니다. 알 리가 없다.
수호	(망설이며) 그쪽이 용덕이란 자를 아는 것 같은데-
여화	(자기 정체가 아님에 안도하며) 아...
수호	그자에게 정인이 있는 걸 알고 있습니까?
여화	벌써... 다 알고 오신 겁니까?
수호	(당황해) 그럼 그게...
여화	정인을 지키고자 했을 뿐 그잔 범인이 아니에요. 제가 증언할 수 있습니다.
수호	(벌떡 일어나) 어찌! 대명천지에!
여화	(띠용)
수호	(버럭) 도대체 왜! 어째서! 어떻게! 이런 일이 있을 수 있습니까!
여화	법도에 어긋나는 일인 건 맞지만, 그게 죽을죄는 아니지 않습니까?
수호	법도에 어긋나도 밤에 복면이나 하고 다니지! 성황당엔 왜!!
여화	...?
수호	(씩씩대는)
여화	물레방앗간이었습니다.
수호	!! 뭐..뭐요? (당황해 말꼬며) 무..물레방앗가안??? (휘청)
여화	네, 그들이 함께 있는 걸 물레방앗간에서 봤습니다. 성황당이 아니구요.
수호	(멈칫) 그들...이라니요?
여화	나리와 아이들 구하던 밤에 그자가 정인과 함께 있는 걸 봤다구요.
수호	아- (하다, 묵은 체증이 내려간 것처럼 서서히 표정 밝아지는)
여화	그자의 정인이 신분을 밝힐 수 없는 사연이 있어-

수호	(얼굴이 화사하게 개운해지며) 다행입니다.
여화	... 무엇이 다행이란 말입니까...?
수호	(!!! 왜 그랬지, 창피함 밀려오고) 일이 끝난 것 같으니 이만 가보겠소!

수호, 민망해 후다닥 나가려고 하는데

여화(OFF)	그냥 가시면 어쩝니까!
수호	(돌아서지 않고) 신분을 밝힐 수 없는 정인 대신, 그쪽이 가리개를 벗고 증인이 되어주실 겁니까?
여화	!!!
수호	지금으로선 그쪽이 할 수 있는 일이 없으니- 만약, 다른 자가 진범이라면 수사를 해 진범을 찾아보겠습니다. (나가는)
여화	(큰 소리로) 아니! 진범 못 잡으면요!! 그 하인은 그럼 억울하게 죽는 거냐구요!! (하다) 오늘 안에 진범을 찾아낼 수 있냔 말입니다!!!

아무 소리도 들리지 않는. 에잇! 여화, 너울을 획! 걷어 올리는 데서.

S#23. *길가 / D*

두 주먹 불끈 쥐고 부들부들 떨며 걸어가는 수호.
이미 얼굴은 발갛게 달아올라 있고.

INSERT
6부 S#22 수호의 말.
"어찌 대명천지에!!" cut.
"도대체 왜! 어째서! 어떻게! 이런 일이 있을 수 있습니까!!" cut.

서둘러 걸어가다 멈추고 떼이씨! 발을 탕탕!

수호   (동공지진하고) 어찌 대명천지에!!

지나가던 사람들, 왜 저러나 힐끔, 수호를 바라보면
수호, 큼큼 후다닥- 빠른 걸음으로 걸어가는 데서.

S#24.   호판댁, 마당 / D
난경, 마당으로 걸어 나오는데!! 보면, 필직이 미소 짓고는 고개
를 숙여 인사한다.
한껏 굳은 표정으로 필직을 바라보는 난경의 시선.

S#25.   호판댁, 안채 뒤뜰 / D
필직과 난경, 인적이 드문 곳에 서서 이야기를 나누고 있다.
필직, 난경에게 어음 다발 건네며

필직   이번 달 몫입니다. (하다) 이런 상중에도 꼬박꼬박 정확한 날짜
          를 기억하시니, 놀랍기 그지없습니다.
난경   (어음 받으며) 혹, 어르신께 들은 얘긴 없느냐.
필직   무엇을 말입니까?
난경   (난처한) 그게-
필직(O.L)   어르신께서 호판대감이 어찌 죽었는지 알게 될까, 두려우십니까.
난경   (보면)
필직   그러게 왜 그런 일을 벌이셨습니까.
난경   애초에 그것은, 대감에게 쓰려 구했던 것이다. 잊어버렸느냐?

쓸 곳에 쓰인 것을, 내가 뭘 그리 잘못했단 말이냐.

필직　(비릿하게 웃으며) 그것을 호판대감을 죽이는 것보다 대단한 일에 쓰셔서 지금 이렇게 호의호식하는 것이 아닙니까.

난경　(부들부들, 참고) 금위영 종사관 하나가 이 일에 관심을 갖고 있다.

필직　...!! 설마.. (하다) 그 종사관이 박수호입니까?

난경　(놀라) 너도 아는 자더냐.

필직　(골치 아프다) 그놈이라면... 꽤 귀찮아질 것 같습니다만-

난경　감히 종사관 따위가 날 잡진 못할 것이다. (불안한 듯 주먹을 쥐고) 이미 죽은 놈도 지가 뭘 먹고 죽은 줄도 모를 텐데... (서늘하게) 다만, 그자가 들쑤셔 괜히 어르신의 심기를 상하게 해선 안 될 것이다.

필직　(난경의 손을 내려다보다 이내, 웃으며) 예, 제가 다- 알아서 처리하겠습니다. (하다) 허나, 앞으론 더 조심하셔야 할 겁니다, 누님.

난경(O.L)　(들고 있던 어음 다발로 필직 얼굴 때리며) 누님이라니! 천한 피는 못 속인다고- 몇 번 사람 대접해줬더니! 정말 네놈이 내 동생이라도 된 줄 안 게야?!

필직　(갑자기 맞아서 당황, 모멸감 느끼는) 하- 제게 이러심 곤란하시지 않겠습니까.

난경　(팽팽하게) 내게 문제가 생긴다면 넌 무사할 줄 아느냐.

필직　(난경 보다가 꾸벅 절하며) 정.부.인. 마님께서 걱정하실 일이 생기지 않도록 깔끔히 처리하겠습니다.

난경, 돌아서서 마당으로 걸어 나가면
필직, 난경의 뒷모습을 보며, 부들부들 두 주먹 꼭 쥐는 데서.

S#26.　좌상댁, 앞 / D

문 앞에 굳은 마음으로 서 있는 여화와 연선.
후우- 심호흡 크게 한 번 하고 문을 빼꼼히 열어 조심히 들어간다.

S#27. 좌상댁, 마당 / D
여화와 연선, 들어오면 봉말댁과 금옥이 서 있고

금옥   어찌 이리 늦은 것이야! 벌써 석반 시간이 다 되어가는데!! (매섭
       게) 지금껏 호판댁에 있다 온 것이 맞느냐?
여화   송구합니다, 어머님. 정부인을 위로해드리고 오는 길에...

       연선, 얼른 들고 있던 보자기, 여화에게 주고 여화, 금옥 앞에 내
       민다. 큼, 금옥, 보자기를 보면

여화   예전에 서방님께서 운종가에 나갈 때면 어머님께 꼭 사다드린
       간식이라고 들은지라- 나간 김에 그냥 지나칠 수 없었습니다.
금옥   (큼큼) 대낮에 운종가를 나다니다니. 겁도 없이! 그만하라 할 때
       까지 사당에서 무릎 꿇고 있거라!
여화   예..

       여화, 금옥에게 인사하고 사당으로 올라가면
       봉말댁이 받아 든 점미병을 바라보는 금옥, 애틋한 시선으로 바
       라보는

금옥   ...우리 정이가 날 주겠다고, 지 좋아하는 점미병을 매번 사왔는데..
요섭(E) 이거 얼마요?

운 종 가 거 리 / D

운종가 거리, 떡집 앞에 웬 사내가 서 있다. 보면,
다른 사람들과 때깔부터가 다른 비단 도포 자락을 휘날리며 등
장하는 이, **요섭**(35)이다.[*]
옷차림뿐만 아니라 선글라스까지 야무지게 끼고서는 손에 점
미병을 들고 미소 짓는데

주인   (매대에서 점미병을 꺼내 내밀며) 닷 푼에 열 갭니다!

요섭   (고민하다) 20... 아니, 아니, 30개 싸주시오!

주인   (놀라) 30..개나요?

요섭   내 이 점미병을 먹어본 지 오래라- (머쓱한 듯 씨익 웃는)

주인   (점미병을 싸주면)

요섭   (떡 오물오물 씹어 먹으며, 주인에게) 여기, 여인들이 가장 많이 모이
       는 곳은 어디요?

주인   여인들이 모이는 곳이요...? (하다) 여인들이 모이는 곳이면- 저
       운종가 맨 끝 명도각이지요.

요섭, 주인의 시선 따라가보면 저 멀리 웅장하게 서 있는 명도
각이 보인다.
선글라스 살짝 내리고 명도각을 바라보고 씨익 웃는 데서.

S#29.   좌 상 댁 , 사 당 안 / N

여화, 그림처럼 위패 앞에 무릎 꿇고 앉아 있다.
연선, 옆에서 여화를 안쓰럽게 바라보는

[*]   화려하고 기존 운종가에서 보지 못했던 느낌을 생각했습니다.

연선	마님, 정말 너무하세요. 마님 드리려고 사온 건데...
여화	잘못한 건 나지. 어찌 어머님 탓을 하겠느냐.
연선	(휙휙- 주변을 살펴보며) 누가 듣고 있습니까? 갑자기-
여화	(피식, 웃으며) 연선아.
연선	예?
여화	그래도 죽으라고 광에 가두시진 않잖어. 어머님 말씀이 틀린 게 또 하나도 없고.
연선	이러다 진짜 열녀문이라도 받으시겠습니다.
여화	(배에서 꼬르륵 소리 들리고)
연선	(일어나며) 내려가서 뭐라도 좀 챙겨올게요.

연선 나가면. 여화 눈을 감고

플래시백
S#15 이후-

S#29-1. **명도각, 직원 숙소 안 / D**

백씨	지아비를 여의고 목숨을 끊어야겠다 생각했습니다. 그게 당연한 것이라 들었고, 그걸 원하셨으니까요. 어떤 날은 은장도를... 또 어떤 날은 명주천이, 매일 아침 올라왔지요. 허나, 목숨을 쉬이 끊긴 어려웠습니다.
여화	그러니 어떻게든 살길을 도모해야지요. 할 수 있는 데까진 사는 길을 찾아봐야 하지 않겠습니까. *(하다)* 제가 도와드리겠습니다.

현재
여화, 눈을 뜨고 자리에서 일어나 석정의 위패를 바라본다.
위패 들어 밑을 보면 환하게 웃고 있는 석정의 얼굴. (여화가 그렸다)

| 여화 | (혼잣말) 정말 궁금해서 그러는데... 서방님은 제가... 사는 길을 도모하는 게 싫으십니까? 꼭 따라 죽어야 좋으신 겁니까? (하다) 죽는 거 말고... 사는 거요. 일단... 살리는 것부터 하겠습니다. |

여화, 위패를 잠시 바라보다 제자리에 잘 올려두고 벽장문을 여는 데서.

S#30. 금위영, 전경 / N

S#31. 금위영, 집무실 안 / N

수호, 서안 앞에서 머리를 쥐어뜯고 있는데 비찬, 집무실 안으로 들어온다.

수호	(괜히 화풀이) 넌 대체 어딜-
비찬(O.L)	(의기양양) 나린 진짜 저한테 고마워하십시오! 제가 나리를 위해 한양 도성 한 바퀴를 뛰고 왔단 말입니다!
수호	근무 중에 도망간 놈이 되려 큰 소리를 내는 것이냐.
비찬	그럼, 이경아씨가 눈을 부릅뜨고 나리를 찾는데-
수호(O.L)	(냉큼) 잘 했다.
비찬	저 지금 칭찬 받은 겁니까?
수호	비찬아-
비찬	???
수호	호판대감을 누가 죽였을 것 같으냐.
비찬	원한이 없는 사람을 찾는 게 빠를걸요?
수호	그렇다면 호판의 가름대에 손을 댈 수 있고, 이 독으로 죽일 수

	있는 사람은-
비찬	(머릿속에 탁! 떠오른 대로) 정부인?
수호	(보면)
비찬	(자신의 입을 탁탁! 때리며) 내가 지금 무슨 소리를! 감히 대비마마의 외질이신 분께 어후! (하다) 뭐가 됐든, 진범을 찾는 일이 쉽진 않겠네요.
수호	(번쩍)
여화(E)	그 하인은 그럼 억울하게 죽는 거냐구요!! 오늘 안에 진범을 찾아낼 수 있냔 말입니다!!!
수호	그 급한 성정이라면- (갑자기 등골 서늘해지는, 급하게) 비찬아.
비찬	(보면)
수호	지금 바로 명도각으로 가 그들의 움직임을 주시해보거라.
비찬	(뜬금없다) 뭘 상단도 아니고 명도각은 왜요?
수호	한시가 급한 일이니 얼른!!
비찬	예- (후다닥 뛰어나가고)
수호	(초조한 표정에서)

S#32. 명도각, 장소운 집무실 안 / N

복면 여화, 소운과 마주 앉아 있다.

소운	괜찮을까요?
여화	파옥을 하는 것도 아닌데, 너무 그런 얼굴 하지 마세요.
소운	그래도, 포청입니다.
여화	참형이 정해졌다는데, 더 이상 생각할 시간이 없어요. (하다) 약은요?
소운	(여화에게 약병 하나 건넨다)

여화	(약 받아 들며) 틀림없겠지요?
소운	(미소 지으며) 효과가 확실한 약입니다. 의원 하나도 매수해놓았습니다. (하다) 헌데 그 옷차림으로 가시려구요?
여화	설마 그럴 리가요.

여화, 소운을 보며 씨익 웃는 데서.

S#33. 금위영, 마당 / N

수호, 초조한 표정으로 왔다 갔다 하고 있다.
비찬, 호들갑스럽게 마당으로 뛰어 들어오는

비찬	나리!! (숨 헉헉, 내쉬고)
수호	(보면)
비찬	방금 명도각 대행수가 가리개를 한 여인과 나오더니 바로 포청 쪽으로 갔습니다!!
수호	포청이 분명하더냐!
비찬	(고개 끄덕이며) 예!
수호	난 포청으로 갈 테니 넌 명도각으로 가보거라.
비찬	(어리둥절) 에?
수호	또 다른 움직임이 있으면 당장 내게 알리고. (급히 나가면)
비찬	또요? (이미 나갔다, 긁적 하다 밖으로 뛰어나가는)

S#34. 포청, 감옥 앞 / N

허름한 옷 위에 장옷을 걸치고 하얀 가리개를 쓰고 있는 여화.
그 앞엔 소운이 포졸에게 엽전 꾸러미를 내민다.

소운	잠시 이야기만 나눌 수 있게 해주게. 병석에 누운 노모가 오늘 내일 하는데- 말이라도 전해줘야 하지 않겠나.
포졸	(뒤에 여화를 힐긋 보고) 얼굴을 가린 걸 보니 수상한데...
여화	얼굴에 흉이 심하게 있어 그러니 이해해주시오.
포졸	안 되는데... (하다, 엽전 받고) 아주 잠깐이오.

S#35. 포청, 감옥 안 / N

여화와 소운, 용덕이가 갇힌 옥 앞에 서 있다. 멀찍이 뒤에 포졸 1, 2가 지키고 있는

용덕	누구십니까?
여화	(포졸들이 알아볼까 쉿, 하며 백씨의 가락지를 꺼내 슬쩍 보여준다)
용덕	(가락지를 보고 놀라) 이걸 왜!! (하다) 우리 아씨는요!!
여화	(쉿) 그분은 무사하네. (하다) 지금부터 내가 하라는 대로 해야 그분을 다시 만날 수 있어.
여화	(소매에서 작은 호리병을 꺼내 용덕에게 은밀히 건네는)
용덕	(의아하게 보면)
여화	지금 이걸 드시게. 무슨 일이 일어나도 놀라지 말게.
용덕	(놀란) 예?

포졸(OFF)	아직도 이야기가 안 끝났는가?

소운	이제 나갑니다.
여화	지금 반드시 그걸 먹어야 하네. 알겠는가.

여화, 소운 돌아서려고 하는데

포교(OFF)	감히 누가 중죄인에게 면회를 허락했나?

여화, 소운 긴장된 얼굴로 고개를 돌리면, 옥 안으로 들어오려는 포교과 포졸3!!
포졸1, 포교에게 다가가-

포졸1	그게 어찌 된 일이냐면요.
소운	아씨는 잠시 여기 계시지요.

소운, 여화를 뒤로 세우고 뛰어나가, 포교의 팔을 잡아끌며 나가는

소운	오랜만에 뵙습니다.
포교	(소운 보며, 놀라) 대행수가 아니오? 여기 어쩐 일입니까?

S#36. 포청, 옥사 안 입구 / N

여화, 혼자 서서 소운 기다리고 있는데, 다가오는 포졸3.

포졸3	가리개를 벗어보거라.
여화	예?
포졸3	문제가 생기기 전에 얼굴부터 확인해야겠다.
여화	(난감한) 얼굴에 큰 흉터가 있어-
포졸3	얼른 얼굴을 보여라!! 얼른!

포졸3 다가와 여화의 가리개를 내리려고 하는데
여화, 포졸3의 손을 피해 스윽- 여유롭게 몸을 피한다. 어라?

다시 포졸3, 휙! 여화의 가리개를 벗기려고 하면 또다시 몸을 휘익 - 피하고.

여화, 도망가야 하나 주변을 둘러보는데 주변에 포졸 서넛이 더 들어온다.

어쩌지? 포졸3의 손을 피해 휙 도는데 아슬하게 가리개가 벗겨져 땅에 떨어진다. !!!

여화, 당황하는 순간! 도포 자락이 화악! 여화의 얼굴을 가려준다. !!!

수호(OFF)   아녀자에게 이 무슨 무례한 짓이냐!

여화, 도포 자락에 얼굴을 묻고 있지만 수호의 목소리에 놀라고 !!
수호, 여화가 가리개를 주울 수 있도록 얼굴을 가리고 있어주는

포졸3   (수호를 보고) 뉘시오...?

수호, 여화의 손목을 잡고 자신의 뒤로 감추며
허리춤에 찬 통부(通符)* 포졸에게 보여준다.

수호   금위영 종사관이다. (하다, 뒤쪽을 설핏 보며) 내가 아는 자이니 그만 보내주거라.

포졸3   (살짝 이상한) 그래도 저 여인이 누구인지 기록을 해야 합니다.

수호   (잠시 멈칫하다) 금위영에 바느질거리를 가지러 오는 여인이니 신경 쓸 것 없다. (하다) 신분은 내가 보장하겠다.

포졸3   예예- 그럼.

*   조선 시대에 야간에 공무로 길을 가거나 궁궐을 드나들 때 가지고 다니던 통행증. 의금부·이조·병조·형조·한성부의 입직관(入直官)이나 포도청의 종사관과 군관이 지니고 다녔다.

수호   (뒤를 슬쩍 보며) 너도 이만 가거라. 밤이 늦었으니. (강조) 곧장 집
        으로 가야 할 것이다.

여화   (당황하지만 살짝 인사하며, 작은 목소리로) 고맙습니다.

        여화, 급하게 돌아가면 수호, 여화가 멀어질 때까지 그 자리를
        지키는.
        여화가 보이지 않자

수호   (포졸3에게) 그럼 나도 이만.

        여화가 간 쪽으로 따라 걸어간다.

S#37.   몽타주 / N
        골목. 수호, 두리번거리며 여화를 찾지만 보이질 않는다. 화면
        분할되면
        다른 한쪽 골목길로 잽싸게 도는 여화. cut.
        수호, 길가로 나와 살펴보는데 아무도 없고-
        여화, 수호 뒤쪽으로 뛰어가는. cut, cut, cut!!
        수호, 다시 골목길로 들어가면
        반대쪽 골목길로 잽싸게 들어가 다른 골목으로 나오는 여화.
        여화, 여유 있게 수호를 따돌리는 모습.

S#38.   골목, 또 다른 일각 / N
        다른 골목. 수호, 두리번거리며 여화를 찾는다. 다급한 마음이
        들고

수호	(혼잣말) 도대체 무슨 일을 벌이는 겁니까.

!! 수호, 급히 달려가는 데서.

S#39. **명도각, 인근 길 / N**

활유, 조심스럽게 말이 매어져 있는 곳을 향해 걸어가고 있고.
한편에서 몸을 숨기고 활유를 보는 시선. 비찬이다.

S#40. **포도청, 옥사 안 / N**

용덕, 고통스러운 듯 배를 움켜쥐고 감옥 안에서 꺽꺽 토해내고
있다.
포졸1, 2 다가오면 용덕, 맥없이 기어 나와 포졸1에게

용덕	살려주십시오. 이러다간 죽을 것 같- (정신 잃고 쓰러지는)
포졸1	!!!
포졸2	두 시진 전부터 토악질과 설사를 폭포수처럼 하고 있습니다.
포졸1	(당황하며) 혹, 역병 아닌가?
포졸2	(얼굴 하얗게 질리며) 역병이라면, 모두에게 전염되지 않습니까?
포졸1, 2	(서로 눈 마주치고, 큰일이다!!) 포교 나리!!!

허둥지둥 뛰쳐나가는 데서.

S#41. **도성 밖, 일각 / N**

수풀 뒤에서 쪼그리고 앉아 기다리고 있는 활유.

옆에 말 한 필이 매어져 있고.
누군가를 기다리는 듯, 연신 길 쪽을 바라보고 있는.

S#42.   도성 밖, 다른 일각 / N
말을 타고 급하게 달리는 복면 여화.
말에서 내려 주변을 둘러보는데
저 멀리 움직이는 그림자, 보면 손을 흔들고 있는 활유다.

S#43.   도성 밖 일각 / N
음습한 기운이 드는 도성 밖 공터.
덜덜덜- 손수레에 실려와 포졸들 손에 툭- 버려지는 시신 한 구.
거적에 둘둘 말려 아무런 미동도 느껴지지 않는다.
포졸1,2 음산한 분위기 속에 겁이 난 듯 서둘러 버리고 가버리면
살짝 들춰진 거적때기, 용덕의 시신이다.
이 모습을 보는 두 개의 눈, 여화와 활유다.

여화   (낮은 목소리, 걱정스럽게) 진짜 죽은 건 아니겠지?
활유   에이, 사람 쉽게 안 죽어요.

포졸들이 사라지면 후다닥 거적때기를 향해 걸어가는데
그때, 탁- 하고 여화와 활유의 발 앞쪽으로 화살이 꽂힌다. !!
두 사람, 놀라 걸음을 멈추고 화살이 날아온 방향으로 돌아보면
저 멀리 말 위에서 활을 들고 있는 수호가 보인다. !!
수호와 여화, 서로에게 시선을 고정한 채 바라보며 서 있다.
수호, 다시 한 번 팽팽하게 활시위를 당기며

수호	(혼잣말하듯) 더는 선 넘지 마시지요.
여화	(수호를 바라보며, 혼잣말하듯) 여기까지 와서 멈출 순 없지요.

하다, 수호, 천천히 활을 거두면 여화, 잽싸게 말에 올라타며

여화	(시선은 수호를 향한 채, 활유에게) 내, 시선을 끌 테니, 넌 저자를 데리고 가거라.

여화, 얼른 말을 출발시켜 수호를 향해 달려가고.
활유, 빠르게 용덕을 들쳐 업고 반대편 말이 있는 쪽으로 달려간다.
수호, 달려오는 여화를 보고 활을 비찬에게 넘기며

수호	넌 시신에 손대는 자를 쫓아야 할 것이다.
비찬	(복면을 쓴 여화를 보며 놀라 멈칫) 저분은 우리 미담님 아닙니까?!
수호	(엄하게) 어서 쫓아라!!!
비찬	(어쩔 수 없다, 말을 달려 활유 쪽으로 달려가는)

여화, 수호의 곁을 스쳐 다른 방향으로 말머리를 틀어 달려가면으랴! 수호, 말을 달려 여화를 쫓는다.

S#44. 포청 / N
포도부장, 붉으락푸르락한 얼굴로 노발대발하고 있고
포졸 1, 2, 3, 포교까지 쪼로록 서서 고개를 푹 숙이고 있다.

포도부장	너희들이 정녕 미친 것이냐. 참형에 처할 중죄인을 어디 함부로

	처리한 것이야!
포교	밤새 토악질과 설사를 해대다 쓰러져 의원을 불렀더니 역병으로 이미 죽었다고 해서...
포졸1	다른 죄인들까지 다 옮을까 어쩔 수 없었습니다.
포도부장	(삿대질하며) 자네들이 옮을까 두려웠던 것은 아니고!!
포교	송구합니다.
포도부장	지금 자네들 목도 내 목도 날아갈 판국인데, 그게 문젠가!!!

S#45. 명도각, 인근 길 / N

저편에 말이 매어져 있고.
활유, 늘어진 용덕을 업은 채 주변을 살피며 조심스럽게 명도각 쪽으로 걸어가면
그 모습을 멀리서 바라보고 있는 비찬.

S#46. 도성 밖 일각 / N

수호, 거의 여화 옆에서 나란히 말을 달린다. !!

수호	그만 멈추시오, 부인!!

히이잉! 여화, 부인이라는 말에 놀라 말을 급히 세운다. 수호도 말을 세우는.
말 위에서 서로를 바라보다 이내, 여화가 말에서 내리면 수호도 따라 내리는. 마주 보는 두 사람의 모습.

S#47. 도성 밖 일각 / N

시신을 버린 곳에 다시 온 포졸1, 2 시신이 사라진 것에 놀라 경악하고 달려가는 !!!

S#48. 도성 밖 일각 / N

서로 마주 보고 선 여화와 수호.

여화   방금... 뭐라 하셨습니까?
수호   그만 멈추시라 했습니다.
여화   그 뒤에.
수호   이미 기회를 여러 번 드렸을 텐데요.
여화   (보면)
수호   이 정도 일을 벌이시는 분이 그 정도 눈치도 없으십니까.
여화(E)   이자는, 내가 누군지 정확히 알고 있다.

여화, 순식간에 수호의 검집으로 손을 뻗으면 수호, 여화의 손목을 잡고
자신의 검집을 잡는다. !!

수호   제가 활보단 검을 잘 씁니다만.
여화   나리가 뭘 어찌 알고 계신지 모르겠지만, 모두 오해입니다. 다 잘못 알고 계신 겁니다.
수호   내일, 좌상대감께 이 일을 의논드려야겠습니까!
여화   ...
수호   ...
여화   (순순히 포기하고) 바라는 게 무엇입니까.

수호	지금 얼마나 큰 죄를 지은 건지는 아십니까. 이 일이 발각되면, 어찌 될지 생각은 안 해보셨습니까.
여화	억울한 두 목숨이 걸린 일입니다!
수호	(버럭) 부인 목숨은요!!
여화	(한참 보다가 의아하게) 저를 걱정하시는 겁니까?
수호	(당황하여 횡설수설) 일이 복잡해졌으니 그렇지 않소! 내 방도를 찾고 있었는데 그쪽에서 방도라 하여, 시신을 훔쳐서 내가 방도를 찾은 게 소용이 없어졌고, 그 찾은 방도가 잘못되면 (하다) 에이씨! 이게 다 모두 부인이 경거망동하여 그런 것 아니요!!
여화	(얕은 한숨 쉬고) 그간, 여러모로 많은 도움이 되었습니다. 그러니, 이번 일도, 종사관 나리가, 나랏법으로 잘 해결해주시길 부탁드립니다.

여화, 공손히 인사하다가 수호의 말 엉덩이를 타악! 때리면
히이잉! 수호의 말이 달아나고 수호가 놀란 사이. 여화, 얼른 자
신의 말에 올라타며

| 여화 | 내일 밤, 명도각으로 오십시오. 으랴! (말을 내달리며) |

수호 황당하게 야산에 혼자 남겨지는 데서. F.O

S#49. 북촌, 골목 / D

화면 밝아지면 새벽, 몰골이 말이 아닌 수호. 터덜터덜 걸어오
고 있다.

S#50.　　윤학의 집, 전경 / D
수호, 대문에서 마당으로 들어오는 모습 보이고,
하인 둘, 비로 마당을 쓸다, 멈춰 서서 수호에게 인사하는 모습
보인다.

S#51.　　윤학의 방 안 / D
윤학, 등청 준비를 하고 있는

수호(OFF)　　형님, 들어가도 되겠습니까.

방문 열리고, 초췌한 몰골로 들어오는 수호.

윤학　　(놀라) 아침부터 몰골이 왜 그 모양이야.
수호　　형님께 급히 상의드릴 일이 있어 왔습니다.
윤학　　일단 앉거라. (자리에 앉으면)
수호　　(앉으며) 호판대감의 범인으로 추포된 자가 있습니다.
윤학　　알고 있다, 그 집 하인이라며.
수호　　… 그자가 범인이 아니라는 증언을 들었습니다.
윤학　　그게 무슨 말이냐. (하다) 그자가 진범이 아니라면 포청에 알려
　　　　사건을 다시 조사하면 될 일 아니냐.
수호　　그 증인이 포청에 신분을 밝힐 수 없는 사연이 있습니다.
윤학　　그게 누군데?
수호　　그건… 형님께 말씀드릴 수 없습니다.
윤학　　(번뜩) 혹시… 그 증인이라는 자가, 누군지 너-무 궁금하다던, 바
　　　　로 그자냐.
수호　　(당황하고)

윤학	그래서, 지금 날 찾아온 이유가 진범을 찾게 도와달라는 거냐.
수호	그게 아니라… 어젯밤 포청에 잡혀 있던 자가 갑자기 죽었습니다.
윤학	(처음 듣는) 범인이 죽었어? 어쩌다?
수호	그것보다 문제는 그 시신이 사라졌습니다.
윤학	(점점 황당한) 지금 대체 뭐라는 것이냐. (하다) 그리고 네가 왜 그 이야길?
수호	… 시신이 사라진 것이 문제가 되지 않도록, 형님이 도와주셨으면 합니다.
윤학	(당황한) 뭐라고!!

S#52. 좌상댁, 앞 / D

이른 아침. 등청을 하기 위해 솟을대문을 나서는 지성의 앞으로, 타고 갈 교자(사인교)가 준비되어 있다. 지성, 교자를 타려는데. 관복을 입은 병조판서, 허둥지둥 걸어온다.

병조판서	긴히 드릴 말씀이 있습니다.
지성	무슨 일인가?
병조판서	(의미심장하게) 호판을 죽인 그 노비 말입니다. 어젯밤 느닷없이 역병에 걸려 죽었답니다.
지성	(이상한 듯) 참형을 앞둔 범인이 갑자기 역병에 걸려?
병조판서	(목소리 조금 낮추며) 헌데 더 해괴한 일이 벌어졌습니다.
지성	(보면)
병조판서	시신이 감쪽같이 사라졌답니다. 그 일로 지금 포청이 난리가 났습니다.
지성	뭐라? (주변 살펴보고 병판에게) 들어오게.

지성, 굳은 얼굴로 대문 안으로 들어가고. 병판, 따라 들어가는
데서.

S#53. 윤학의 방안 / D

윤학   (엄하게 나무라듯) 나라의 녹을 먹는 네가 국법을 무시하고 사사
       로이 나랏일을 결정하려 하는 것이, 그 궁금하다는 한 사람 때
       문인 게냐.

수호   (단단하게) 그것만은 아닙니다.

윤학   그러면 아무리 가족이라 하나, 조정의 대신인 내게 이런 황당한
       부탁까지 하는 무슨 대단한 명분이라도 있는 것이냐.

수호   (윤학을 보며) 형님, 호판대감의 사건이 수상합니다.

윤학   수상해?

수호   (품속에서 복검안을 꺼내) 여기, 복검안을 보십시오. 사인이 단순
       두부 타격인데... 잇몸과 입안 점막에서 자줏빛 반점을 제가 보
       았습니다.

윤학   !! (놀라 복검안 읽기 시작하는)

수호   그리고 시신의 입안에선 처음 맡아보는 달큰한 꽃향이 났습니다.

윤학(O.L) (사색이 되는) !!! 지금... 달큰한 향이라 했느냐.

수호   (소매에서 꽃잎 꺼내며) 이건 호판대감의 그림 가름대에서 나온 것
       이온데, 이것이 물에 녹으면 그 향이 납니다.

윤학   (놀라) 꽃잎이 녹았다고?

수호   예, 놀랍게도 물에 녹았습니다. (꽃잎 한 장 윤학에게 건네면)

윤학   (심각한 얼굴로 꽃잎을 보다) 일단 다른 이에겐 함부로 발설하지 말
       고.. 내 방도를 찾아볼 테니 기다리거라.

수호   (의아한 표정으로) 예, 형님.

수호, 심각한 표정의 윤학을 바라보는 데서.

S#54.   좌상댁, 사랑채 방 안 / D
심각한 얼굴의 지성, 서안을 마주하고 병조판서의 이야기를 듣고 있다.

병조판서   아무리 찾아봐도 흔적조차 없었답니다.
지성   (혼잣말)... 누군가 호판 살해범의 시신을 가져갔다... 도대체 왜?
병조판서   포도대장에게 책임을 묻고, 일을 반드시 해결하도록 하겠습니다.
지성   (잠시 생각에 잠긴) 포졸을 문책하는 선에서, 일을 조속히 마무리 짓게.
병조판서   (의아한) 예?
지성   어차피 참형에 처해질 자였네. 어찌 된들 무슨 문제가 되겠나. 오히려 포도청에서 시신을 잃어버렸다면 백성들 사이에 흉흉한 소문만 돌 것일세.
병조판서   아... 생각해보니 그렇군요. 허면 그리 마무리 짓겠습니다.
지성   (경직된 얼굴로)....참형에 처할 시신에 손을 대다니... 감히 어떤 자가 그리 대담한 짓을 했단 말인가.

S#55.   여화의 별채, 방 안 / D
마치, 그거 나예요, 하는 표정으로 여화의 얼굴이 클로즈업으로 잡히는.
멍하니- 서책을 넘기는데 이미 정신은 딴 데 쏠려 있다.
탕탕탕! 서안을 두드리는 소리, 여화, 정신 차리고 보면 연선이 힘주어 바라보고 있다.

연선	이러다 마님 빼고 다 알겠습니다!
여화	나도 안다, 잘못한 거-
연선	종사관입니다. 다른 자도 아니고 금위영 종사관!
여화	걱정 말거라. (당당히) 해결 방도를 생각해 그자의 입을 딱 막을 테니.
연선	쥐도 새도 모르게 없애기라도 하시게요?
여화	그건 실패했고.
연선	약점이라도 잡으셨어요?
여화	내 약점보다 크겠느냐.
연선	그럼 어떻게 입을 막으시게요?
여화	(생각하다) 진실과 믿음, 그리고 불쌍함으로 다가가볼 작정이다.
연선	(허후! 가슴 탕탕) 종사관 나리를 어찌 믿고! (하다)
여화	또 너무 못 믿고 그럴 자는 아닌 것 같고- 아니 근데, 좀 이상해.
연선	뭐가요?
여화	알면서 왜 그동안 모른 척을 했지?

INSERT

5부 S#23 호판댁, 문상에서 모르는 척해주는 수호.

연선	...?
여화	얼굴도 가려주고.

INSERT

6부 S#36 포청에서 도포로 얼굴을 가려주는 수호.

연선	...?
여화	도와도 주고.

INSERT

4부 S#2 만식의 일행을 향해 달려오는 수호.

연선   (어이없어) 지금 그분 편을 드시는 겁니까?

여화   (번뜩! 비장하게) 쥐도 새도. 그 방법이 좋을 것 같구나.

연선   그래서 어쩌실 건데요.

여화   (푸우우- 한숨 쉬며) 내가 지금 그걸 아는 얼굴로 보이느냐. (하다) 난 그저 백씨를 좀 도우려고 했을 뿐인데- 뭔가... 엄청난 것이 몰려올 것 같은 이상한 기분이 드는 게... 내가 뭔가 잘못 건드린 건가?

S#56.   궐, 전경 / D

S#57.   궐, 이소의 방 / D

윤학, 찻잔에 물을 따르고 꽃잎을 떨어뜨리면
꽃잎 녹으며 이내, 방 안에 향이 확 퍼지고.
심각한 눈빛으로 보고 있던 이소, 순간 충격 받은 듯
몸을 휘청이며 손으로 바닥을 짚는

이소   바로 이 향이다!! 내가 맡았던 향이!

윤학, 급히 다가가 이소를 양손으로 굳게 부축하는

이소   (어지러운 듯) 이것이 호판의 그림 가름대에서 나왔다고?

윤학   예, 전하. 분명, 호판은 이걸 마시고 죽은 듯합니다.

이소	(몸을 간신히 가누며) 그땐 아무도 믿어주지 않았다. 아무도... 내 말을.
윤학	성심을 굳건히 하소서. 비로소 단서를 찾았으니, 곧 관련된 자들을 찾을 수 있을 것입니다.
이소	(정신을 차리고) 이 모든 걸 알아낸 사람이 자네 아우이니... 이젠 그 아이를 직접 볼 수밖에 없겠구나.
윤학	(담담한 눈빛으로) 예, 그리고... 한 가지 청이 있사옵니다.
이소	(보면)
윤학	범인으로 지목된 자는 죄가 없는 듯하니 시신이 사라진 일도, 일단 잡음 없이 종결되어야 할 것 같습니다.
이소	그래야지. (하다) 저들도 시끄러워지는 걸 싫어하지 않겠느냐. 문제없이 마무리 짓기 위해, 먼저 움직일 것이 분명하다.
윤학	(이소 보면)
이소	(눈빛 깊어지며) 이제 할 일이 많아질 것이다. 나도, 자네도. 그리고 자네 아우도...

윤학, 각오가 된 얼굴로 이소 보는.

S#58. 금위영, 집무실 안 / D

수호, 종사관복으로 갈아입고 집무실 안으로 들어오면
눈을 부릅뜨고 팔짱을 착! 낀 채 수호를 노려보고 있는 비찬.
수호, 흠칫하지만 아무렇지 않게 자리에 앉는다. 비찬, 계속 수호를 노려보는

수호	앉거라.
비찬	(앉으며) 미담님을 어찌하신 겁니까!!

수호	시신을 어디로 데려가더냐.
비찬	미담님 어쩌신 거냐구요!!!
수호	너네 미담님은 비겁한 수를 쓰고 도망갔다.
비찬	우리 미담님이 비겁한 수를 썼을 리가 없습니다.
수호	(에잇) 내가 너.희. 미담님 때문에 말도 못 찾고!! 거기서 여기까지 걸어오는데 얼마나 힘들었는 줄 아느냐?
비찬	(큼) 우리 미담님만 무사하면 다행입니다. (팔짱 스르륵 풀고)
수호	(이걸 그냥 확) 시신을 명도각으로 데려갔느냐?
비찬	(놀라) 헐, 어찌 아셨습니까?
수호	비찬아-
비찬	예?
수호	넌 지금부터 내가 하려는 일이 무엇이든, 그것이 옳은 일이라면... 위험을 무릅쓰고서라도 비밀을 지키고 따르겠느냐?
비찬	아무리 친한 사이라도 금전적인 문제나 위험한 일은 절대 하지 말라고 저희 어머니께서 늘-
수호(O.L)	너희 미담님을 돕는 일인데-
비찬	(가슴 탕탕) 나 이 비찬! 끝까지! 나리를 따르겠습니다. !!!
수호	(어이없어하는 표정에서)

S#59.　필여각, 강필직 사무실 안 / D

필직, 앉아 장부를 보고 있다. 이때 사무실 안으로 만식이 들어 오는

필직	(장부 보며) 복면은 아직이냐.
만식	찾고는 있으나 아직-
필직	(만식을 향해 장부를 집어 던지려 하는)

만식	(급하게) 어르신! 어젯밤, 포청에 잡혀갔던 호판대감 살해범 시신이 사라졌답니다!
필직	(눈썹 치켜뜨며) 뭐?
만식	그 일로 포청이 발칵 뒤집혔다던데- 다행히 조정에서 어차피 참형을 당할 자였으니 사건을 종결하라 했답니다.
필직	시신이 사라지다니.. 무슨 그런 황당한... (하다 번뜩) 일단 누가 그 시신을 가져갔는지 알아봐야겠다.
만식	(영문 모를) 왜요?
필직	(고개 갸우뚱하며) 그리 이상하게 마무리되는 게 뭔가 찝찝해. 호판대감의 살인범으로 잡힌 자다. 혹시 나중에 뒤탈이라도 나면 큰일이 아니더냐.
만식	예, 어르신. 소상히 알아보겠습니다.

만식, 나가면 필직, 석연치 않은 표정에서.

S#60. 금위영, 집무실 안 / D

치달을 비롯한 금위영 사람들(수호, 비찬 포함), 모여 회의 중인데 치달의 심기가 불편하다.

치달	포도대장이 궁궐에 불려가- 호조판서의 살인 사건을 무사히 해결했다, 아주 큰 칭찬을 받았다던데-
수하들	(꿀꺽)
치달	(버럭) 대체 포청이 왜!! 칭찬을 받았는지 도무지 알 수가 없단 말이지!! 그건 범인이 허술하게 나 여겼소! 한 거나 뭐가 달라!! 포청에서 대체 한 게 뭔데! 뭔데에- 궐까지 들어가 칭찬을 받냐고오!!

치달의 목소리 뒤로 깔리며 소리 작아지는.

수호, 일이 잘 끝났다는 안도의 미소 짓는.

S#61. 좌상댁, 안채 방안 / D

안채 방 안에 금옥, 병판부인, 부인1, 2가 모여 앉아 있다.

맨 끝에 여화, 피곤한 모습으로 구석에 앉아 있는

부인1	그 소식 들었어요? 이판댁, 수절하는 둘째 며느리 말이에요.
모두들	(주목해서 귀를 기울이고)
부인1	(정말 큰일이라도 난 듯) 밤에 야반도주를 했답니다!!
여화	(백씨 얘기에 깜짝 놀라고)
부인2	그- 물레방앗간에서 서로 그!! (손뼉 짝짝)
금옥	어험!! (큰 소리로 헛기침)
여화(E)	손뼉이 뭐- 응?
부인2	암튼! 그러다 이판부인한테 딱 걸렸다는 소문이던데-
금옥	어찌 그런 추잡한 이야기를 입에 담습니까!
병판부인	에이- 소문이 그렇다는 얘기지요. (하다) 여튼, 그 일 때문에 이판댁이 발칵! 뒤집혀서- 당분간 모란회고 뭐고 얼굴이나 들고 나타나겠습니까?
금옥	우리 며느리가 얼마나 조신한데 그런 지저분한 얘길 듣게 하는가! (여화에게) 너도 이런 얘긴 듣지 말고 사당에 올라가 마음을 다잡거라.
여화	예. (일어나 예를 갖춰 인사하고 나가면)

S#62. 명도각, 전경 / N

S#63.   명도각, 안채 앞 / N

괴나리봇짐을 메고 있는 보부상 차림의 백씨*와 용덕.
두 사람, 다른 보부상들 사이에 끼어 있고 활유, 그 옆에 서 있다.
용덕과 백씨, 나란히 서서 꾸벅 인사하면, 따뜻이 배웅하는 소
운의 모습 보이고,

용덕, 백씨   고맙습니다.
소운   부디 다복하게 사십시오.

용덕과 백씨, 다시 한 번 소운에게 절하고
고개를 드는 백씨, 누군가를 바라보는 시선에서.

S#64.   명도각, 소운의 집무실 안 / N

가리개를 한 여화 들어오면 수호 앉아 있다.
여화, 천천히 수호 앞으로 다가가 서서 은장도를 꺼내 자신의
목에 대며

여화   이것이 나리께서 원하시는 것인가요?
수호   부인을 죽게 할 생각은 없습니다만.
여화   발고하실 생각은 있으시구요. (은장도 목에 더 가까이)
수호   (빤히 바라보는)
여화(E)   뭐야... 안 통한 거야?
여화   어차피 죽을 목숨, 나리 앞에서 깨끗하게 끊어내어-
수호   (빠안히-)
여화   깨끗하게 끊어...내고... (머뭇거리는)

*   백씨는 남장 차림입니다.

여화(E)	안 말려? 진짜? (하다) 말 좀 하라고.
수호	실례하겠소. (여화에게 가까이 다가가는) 죽는 건 그쪽 자유겠지만 누가 내 앞에서 죽는 건 다른 얘기라서요.

수호, 훅- 여화에게 다가가고 여화, 놀라 뒷걸음질 치는

여화	(단호하게) 그럼- (갑자기 은장도 수호에게 겨누는)
수호	!!!
여화	못 찌를 것 같으십니까?
수호	오늘 죽을 생각은 없었는데... 어쩔 수 없지요. (또 한 걸음 여화 쪽으로 다가가고)
여화	(당황하는) !!
수호	(은장도가 수호 앞에 닿을 듯한 상태로) 이유가 뭡니까?
여화	(당황한 눈으로 수호를 바라보고)
수호	(조금 더 은장도에 가까이) 왜 이렇게까지 하는 겁니까.

여화 수호를 빤히 바라보다가. 은장도를 내려놓고. 천천히 너울을 벗는다.

수호	!! (처음, 정면으로 마주한 여화의 얼굴에 잠시 정신을 빼앗기고)

S#65. 세책방, 책장 뒤 / N

서책. [결국 그 여인이었소]를 탁자 위에 올려둔 윤학.
서책 표지에서 꺼낸 서찰을 펴서 읽는

[조성후의 유일한 식솔은 누이 하나로, 조성후가 실종된 후 혼

인하여 좌의정 석지성의 맏며느리가 된 것으로 확인되었습니다. 이름은 조여화입니다.]

경악한 얼굴로 서찰에서 고개를 드는 윤학의 얼굴에서.

S#66. 명도각, 장소운 집무실 안 / N

여화   (고개 숙여 인사하며 희미한 미소) 좌상댁 맏며느리 조가 여화라 합니다.

모든 것이 멈춘 듯, 수호와 여화 서로를 바라보며. 엔딩.

에필로그

S#67. 명도각, 안채 앞 / N (S#63에 이어)

괴나리봇짐을 메고 있는 보부상 차림의 백씨*와 용덕.
다른 보부상들 사이에 끼어 있고 활유, 옆에 서 있다.
백씨, 소운에게 다시 한 번 절하고 고개를 들면. 여화가 백씨 쪽으로 걸어가는

여화   (활유를 보며) 이 아이가 제물포까지 바래다줄 겁니다.
백씨   고맙습니다.
여화   조심히 가십시오. (돌아서는데)
백씨   그쪽도 사연이 많으신 것 같은데-
여화   (백씨를 보면)

*   백씨는 남장 차림입니다.

백씨   반드시 살아남아서... 원하는 삶을 사십시오.

           백씨와 용덕, 꾸벅 인사하고 사라진다.
           그들이 떠나는 뒷모습을 아련하게 바라보는데-
           옆에 소운이 다가와 그 둘의 뒷모습 같이 바라보며

소운   따뜻한 방에서 하루 온밤을 같이 지내는 것이 처음인 남녀가 있
           으니 명도각 전체가 아주 후끈했답니다.
여화   (정말 못 알아듣고, 소운 보며) 그게 무슨 소립니까? 이 날씨에 군불
           이라도 때주셨습니까?
소운   소상히 말씀드릴까요? 사방이 막힌 곳에서 서로 연모하는 남녀
           가 은-밀히 합을 맞추는-
여화   (얼굴 빨개지며) 아니요-오!!! 그만하세요!
소운   밤새 요란하던 게 피곤했을 만도 한데- (하다) 역시 건장한 사내
           라 기력이 금방 돌아왔지 뭡니까.
여화   (도토리 버즈를 다급하게 끼면)
소운   (피식 웃으며, 여화 귀에서 도토리 쏙 빼서 귀에 가까이 대고) 백씨가 아
           씨처럼, 낮과 밤이 딱, 다른, 밤이(異)낮저(底)인가 봅니다.
여화   밤이낮저요?

           여화, 놀라는 표정에서. 엔딩.

- 2권에 계속

14씬

"전 끝까지 (장기판의 왕(楚)을 가리키며)
제 왕을 지킬 거니까요."

임금 이소와 윤학이 처음으로 등장하고 이후 석지성이 등장하는 씬으로 연결되는 장면입니다. 장기를 두며 이소에게 건네는 윤학의 이 말은 지난 15년을 한결같이 이소의 곁을 지켜온 그의 올곧고 강직한 심성, 그리고 끝까지 이소를 지켜내고자 하는 단호한 의지를 은유적으로 보여주는 의미 깊은 대사라고 생각합니다.

52씬 '소운과의 대화 중'

"제가 집을 나오면 누구로 살 수 있습니까?
얼굴은 있습니까? 이름은 있겠습니까?
좌상댁 며느리 조여화는 죽은 사람이 될 겁니다."

조선 시대 열녀로서 가문과 지아비를 위해서만 사는 삶이 아닌 오로지 나로 살며 어떻게든 자신의 이름을 지키고자 했던 여화의 가치관을 보여주는 대사입니다. 보통 수절하는 여인과 다른 캐릭터이므로 열녀에 대한 시대의 담, 여화가 처한 상황들이 유기적으로 맞물려야 했기에 고민을 많이 한 지점이기도 합니다. 아무리 무술이 뛰어나고 주변에 돕는 사람들이 있어도 여화는 '열녀'라는 무게를 짊어진 '시대의 약자'라는 것을 보여주고자 했습니다.

55씬

윤학, 툭툭, 책을 털어 제목을 보면
[깨어나보니, 좌부승지부인] ????

윤학-연선 커플은 그간 사극에서 보던 익숙한 커플은 아니었습니다. 제약이 많던 시대에 담 넘고 선 넘는 용기 있는 삶을 그리는 드라마 콘셉트에 맞춰 신분 차도 있고 나이 차도 있는 설정을 했는데, 시청자들에게 어떻게 거부감 없이 다가갈지 고민스러웠습니다. 그래서 이 둘의 관계가 진행되는 과정을 유머러스하되 직설적으로 보여주는 정공법을 선택하기로 하고, 그 복선 장치로서 서책의 이름을 쓰기로 결정했습니다. 나중에 완성된 영상을 보니 이기우 배우님과 박세현 배우님이 아주 재미있게 연기를 해주셨고, 많은 시청자분들께서 서책 제목에 즐거워해주셔서 작가로서 행복했습니다.

11씬 '여화의 오고무'

여화가 자신과 부딪치는 수호를 생각하며 경계하는 씬입니다. 이 씬을 쓰기 전에 이하늬 배우님이 '오고무'를 하실 수 있다는 얘기를 들었고, 배우의 장점을 극대화할 수 있는 씬을 써보자! 해서 나온 씬입니다(대본 리딩 때 이 부분에 대한 아이디어를 이하늬 배우님께서 주셨습니다). 방송으로 봤을 때 제가 생각했던 것보다 훨씬 코믹하게 잘 표현되어 감독님과 배우님에게 박수를 보냈던 씬이기도 합니다.

24씬

"못난 애비를 만난 건 저 아이의 팔자려니 하겠지만,
겨우 열 살밖에 안 된 어린아이가
애비 노름빚 대신 팔려가도 국법으로 지켜주지 못할망정
그저 지켜만 보는 세상이니.
이 얼마나 개탄스러운 일이냐"

여화가 혼란스런 세상과 어려운 백성을 안타깝게 바라보는 시선, 그래서 담을 넘어 세상을 향하는 이유를 보여주는 장중한 울림이 있는 대사입니다. 대행수 장소운의 입을 빌려 수호에게 전달되는 이 대사는 여화가 어떤 가치관을 가지고 있고 세상에 대해 어떤 의지를 지닌 인물인지 알려주는 중요한 대사라고 생각합니다.

52씬

"금위영 종사관으로서 전합니다.
당신을 반드시 잡을 것이니
부디-절대 내 눈에 띄지 마시오"

2부 엔딩까지 수호는 복면 여화, 너울 여화, 과부 여화를 한 번씩 마주칩니다. 사내보다 더 뛰어난 무예를 가진, 팔려온 아이를 위해 큰돈도 망설이지 않고 쓰는 얼굴 없는 여인에 대한 호기심은 깊어가게 되는데요. 장소운을 통해 '겨우 열 살밖에 안된 어린아이가 노름빚에 팔려가도 국법으로 지켜주지 못하는 세상'에 대한 여화의 개탄을 듣고 수호는 마음이 동요하게 됩니다. 원칙을 중요시하고 잘못은 국법으로 처벌해야 한다는 자신의 가치관과 충돌하지만 이 여인이 자신뿐만 아니라 누군가에게도 잡히지 않았으면 하는 수호의 마음이 잘 담겨 있는 서찰의 내용입니다(여담이지만, 12부에 "다시 내 눈에 띄었으니 이제 절대 내 눈 밖을 벗어나지 못하십니다."라는 로맨스 대사로 연결 지었습니다).

34씬 '노파를 함께 구하는 여화와 수호'

지붕이 무너져 크게 다칠 뻔한 빈민촌 노파를 여화와 수호가 함께 구하는 장면입니다. 신분과 상관없이 약자를 위해 망설이지 않는 여화와 수호의 첫 공조였다 볼 수 있는데요. 이때 여화 또한 수호가 약자를 위해 기꺼이 몸을 던질 줄 아는 사람임을 알게 됩니다(알게 모르게 유대 관계가 생기는 장면입니다). 이 장면을 위해 감독님께서 실제 지붕을 무너트리셨다는데 지붕이 무너지면서 생긴 먼지까지 리얼하게 찍힌 명장면이라 생각합니다. 노파와 함께 빠져나와 수호를 찾는 여화의 찰나의 눈빛에 작가인 저조차 압도당했습니다.

38씬

"열 길 물속은 알아도 한 길 사람 속은 모른다 했습니다.
매일 밥 세끼 드시는 게 젤 중하다고 하시면서
동쪽으로 아픈 노인 약 챙기느라
서쪽으로 집 없는 아이 잘 곳 살피느라
남쪽으로 도망친 노비 피신시키느라
제 목숨을 밥값만큼도 생각 안 하시는 분을,
제가 어찌 이해하겠습니까?"

약자를 위해 매일 밤 담을 넘었건만 대낮에 본 빈민촌 현장은 아주 처참했습니다. 제아무리 발버둥쳐도 모두를 구제할 수 없다는 현실에 무력감을 느끼낀 여화를 연선이 자신만의 방식으로 위로하는 장면입니다. 사실 여화의 '전설의 미담'은 연선으로부터 시작되었다고 볼 수 있는데요. 연선은 여화의 '기적'이었습니다. 여러 사람의 인생을 다 돌볼 수는 없지만 연선의 인생은 바꾸지 않았느냐며 담담하게 위로를 전하는 연선의 마음이 잘 느껴지는 대사 같아 마음에 들었습니다.

13씬

> "아니, 아니 / 그렇게 양손을 허우적대면 안 된다.
> 나비가 꽃에 내려앉듯,
> 첫눈이 나뭇가지에 쌓이듯, 그렇게 살포시-"

금옥이 여화에게 가마에서 내리는 훈련을 무한반복시키는 씬입니다. 금옥의 격조 있고 나긋나긋한 말투에 대비되는 여화의 씩씩하고 엉뚱한 매력이 돋보일 거라 생각했고, 마지막 즈음엔 여화가 영화 <링>의 한 장면처럼 녹초가 되어 가마에서 기어 나오는 장면을 상상하며 썼습니다. 실제 영상에서는 이하늬 배우님, 김미경 배우님, 김상중 배우님의 절묘한 애드리브가 가미된 덕분에 씬이 아주 풍성해졌습니다. 금옥의 넘치는 열정에 지친 여화가 땀에 젖은 모습으로 앞구르기까지 하고 공포 영화처럼 가마에서 기어 나오는 장면에, 지성의 깜짝 놀라는 모습이 더해져서 영상을 보다 포복절도했던 기억이 있습니다.

21씬 '여화와 수호의 실랑이'

알고 보니 가장 위험한(?) 장면이었다고 커뮤니티에서 언급되었던 가름대 꽃잎씬입니다(여기서 시청자분들께서 궁금해하신 부분에 대해 잠깐 풀자면, 작가실에선 독을 가진 꽃잎이 아니라 꽃잎 모양의 독으로 설정했습니다). 가깝게는 염홍집을, 멀리는 선왕을 독살했던 꽃잎을 여화와 수호가 함께 발견하는 장면인데요. 이 상황은 여화와 수호 사이에 어느 정도 신뢰가 쌓인 다음이었습니다. 여화는 수호가 자신을 잡아가지 않을 거라는 확신이 있었고, 수호는 좌상댁 며느리에 대한 호기심과 여화를 놀리고 싶은 장난기(?)가 발동하기도 하는데요. 꽃잎이 폭죽처럼 팡! 터지는 모습을 감독님께서 예쁘게 찍어주신 장면이었습니다.

55씬

"사.소.한. 일이라...
말을 달리게 하려면,
여물이 필요하다는 걸 내 모르지 않는다.
허나... 여물을 먹자고 주인을 흔들면,
말의 목이 무사하겠느냐."

석지성의 본모습이 최초로 공개되는 씬이어서 정성껏 오랜 시간 동안 여러 번 썼습니다. 김상중 배우님이 차가운 눈빛에 서늘한 말투로 첫 대사인 "사.소.한. 일이라..."를 하시는 순간 모든 것을 단번에 압도하는 카리스마에 감탄하며 봤습니다. 냉혹하지만 품위 있는 악인의 모습을 구현하고 싶어서 대사에 아주 고심했었고, 그 대사를 너무나도 멋지게 구현해주신 김상중 배우님과 놀라운 연출에 감사드립니다.

8씬

"나라에 국법이 있고, 금위영이 있고, 포청이 있는데
그것들이 진정 내가 밤에 보아온 힘없는 백성들을 모
두 보살피고 있다, 말할 수 있습니까?
종사관 나리는 계속 수사를 하세요.
난 내가 할 수 있는 일을 할 테니."

여화와 수호의 가치관 대립 장면입니다. 국법으로 잘못을 저지른 자를 벌
하려는 수호와 그로 인해 상처 받을 아이들이 먼저인 여화의 팽팽한 대립을
표현하기 위해 많이 고민했던 대사이기도 합니다. 사실 여화와 수호는 방법
의 차이가 있을 뿐 같은 방향을 보고 있습니다. 수호에게 있어 수절 과부를
떠나 조여화라는 여인에 대한 감정이 생겨나는 장면이고, 이후에 수호의 반
전 '주사씬'까지 연결되지요(웃음).

25씬

"그야, 나도 어쩔 수 없이 늘 돌아가거든_"

여화가 행복해져야 평안해질 수 있는 연선에게, 자신에게도 그런 사람이
둘이나 있다고 말하는 윤학. 비슷한 처지, 같은 마음일 거라는 걸 느끼기에 연
선이 다시 돌아갈 것을 이미 알고 있습니다. "나도 어쩔 수 없이 늘 돌아가거

든..."이란 따뜻하고 애틋한 대답은 좌부승지라는 높은 신분임에도 같은 심성을 가진 사람이라는 동질감을 연선에게 느끼게 하는 대사고, 두 사람이 이제부터 서로 교감하는 관계가 될 거라는 걸 보여주는 따뜻한 장면이라 좋아하는 씬입니다.

43씬

"꽃나무 하나도_ 꽃.잎. 하나도
허투루 관리하지 않으셨을 거라 믿습니다."

오난경의 꽃잎 독살을 알아챈 좌의정 석지성이 문상을 와서 건넨 이 대사에는 15년 만에 다시 세상에 나온 꽃잎에 대한 지성의 서늘한 경고가 담겨 있습니다. 아름답게 흩날리는 꽃잎들을 보던 김상중 배우님이 떨어지는 꽃잎 하나를 손에 잡았다가 비벼 버리는 동작의 섬뜩함에 그걸 바라보는 서이숙 배우님의 불안한 시선이 더해지는, 완벽한 연기와 멋진 연출에 감탄하며 봤습니다.

57씬 '에필로그'

15년 동안 수절한 여화에게 백씨부인과 용덕의 사건은 감정에 큰 동요를 일으킨 사건이기도 합니다. 얼굴 한 번 못 본 지아비를 위해 곡을 하며 지내야 했던 열녀의 삶은 여화 또한 벗어날 수 없는 현실이기도 했죠. 그런 현실을 깨 버린 '금기의 사랑'을 여화의 호기심 어린 시선으로 그리고 싶었습니다. 백씨 부인의 비밀을 혼자 알고 있는 여화와 그런 줄도 모르고 똑같이 행동하라 명하는 금옥의 '아이러니'가 코믹하게 잘 풀렸던 장면이기도 합니다.

12씬

"다과상에 약식만큼이나
자주 입에 오르내리는 게 우리 둘 아닙니까.
얼굴도 모르는 서방을 위해 평생 수절하는 과부와,
개차반 같은 남편을 뒷수발하는 정부인-
누가 더 나은 것 같습니까?"

15씬

"어차피 죽을 팔자였습니다.
서방 잡아먹은 과부가 남들처럼 살아보고자
헛꿈을 꾸고 목숨을 연명했으니, 죗값은 달게 받아야지요."
"세상에 죽을 팔자가 어딨다고!
대체 우리가 무슨 죄를 지었길래 죽어 마땅한 사람입니까!
우리가 서방님을 죽였습니까?!"

　　6부에서는 여화는 개차반인 남편에게 매일같이 맞고 살았던 살아 있는 내훈 오난경과 매일같이 죽음을 강요 받았던 백씨부인 두 사람을 만나게 됩니다. 이 두 사람과의 대화에서 조선 시대 여인들의 현실을 적나라하게 보여주고 싶었습니다. 타인에 의해 삶이 좌지우지되는, 그래서 여화와 달리 다른 선택을 하게 된 두 여인과 어떻게든 자신으로 살고자 했던 여화의 대비점을 보여주고자 했던 회차입니다(여담이지만, 이 회차의 처음 부제목은 '슬기로운 과부 생활'이었답니다).

이하늬 이종원 김상중 이기우

김미경 서이숙 박세현 조재윤 오의식 김광규 허정도 윤사봉 정용주 우강민 이우제

남권아 이루비 정소리 (아역)정예나

기획 MBC **mbc**

제작 베이스스토리 *ßASE STØRY* 필름그리다 ➤GRIDA 사람엔터테인먼트 ★SARAM ENTERTAINMENT

극본 이샘 정명인

연출 장태유 최정인 이창우

기획 남궁성우 **제작** 김정미 **프로듀서** 이월연 양소영 **제작총괄** 박수영 **기획PD** 표희선

촬영 김성한 조민철 정순동 황진동 **조명** 김용삼 박순홍 **키그립** 박득운 김민구

동시녹음 정무훈 권건우 **무술** 허명행 유미진 **미술** 신승준 **소품** 송강열

음악 전창엽 **사운드** 박준오 **편집** 최민영 최경윤 **DI** 김은영 **VFX** [WYSIWYG STUDIOS]

촬영 1st 정현우 주광호 김태훈 배정윤

촬영팀 박경진 정소영 장창민 송기창 고성석 김주연 김규진 박종윤 신새벽 이현길 김영철 최민석

김혜미 박홍근

조명 1st 서동옥 서진석

조명팀 최혜민 배병규 김건웅 이강주 김유림 박재현 유규상 강수빈 김산 강하린

발전차 김민호 이승훈 강태윤 **추가발전차** 김남호 **조명크레인** 이우점

그립팀 정우천 김성규 유민서 김상현 김판중 정명원 오종혁

동시녹음팀 김영수 김기환 양진욱 박서영 **무술팀** 백남준 장정민 권병철

미술팀 양정우 한승범 이인석 이현준 **세트팀** 황광식 지윤현 김성권 김선식 박홍규

소품팀 김경진 이대종 안용범 변미현 손유림 김두영 이상헌 박영만 **소품차량** 박상준

특수소품 엄세용 이태욱 박정빈 강대환 구용우 조경문 김설희 김도연

의상디자인 이수아 이영재 **의상팀** 정소영 엄준봉 현희선 유민희 임희현 신명주

의상지원 오선정 한시연 **의상차** 구희선 한국녕

분장팀 권혁기 김혜인 김유주 원수현 장수민 임다정 **분장차** 이광모 전동희 류명주 이수은

미용팀 김새봄 박규리 강민서 한혜린 **가발** 이진아 강현수 **미술행정** 우설아

특수효과 도광섭 도광일 연승규 용헌호 한어령 정영도 박민

캐스팅디렉터 김세영 조은진 **아역캐스팅** 나정혁 김지환

보조출연 이정훈 강승범 유재윤 우정환 김용진

지미집 정석원 김종윤 **드론** 배서호 **DIT** 박장근 김가빈 유승희 권지혜 권예지 조혜빈 장세은

스틸 박영솔 이현진 **메이킹** 손성진 이승호 고은별 **종합편집** 김대원 **내부FD** 유원정

DI assistant 조은성 정수빈 **편집보조** 김정우 우희진 **OST제작** [뮤직레시피]

음악효과 조남욱 김동수 **음악** 제이시즌 마마고릴라 조남욱 안수완 김현준 조병현 구자완 이용윤

김광희 이원희 **Sound** 이승우 탁지수 이정석 구동현 박성호

타이틀&모션그래픽 김혜림 유재호 김민재 박창우

VFX 김재훈 이승재 신현혁 김은중 박슬기 김영화 박세빈 최강훈 이그린 안태경 김우리 이정은

황이문 노두환 김영윤 경채현 전채린 **VFX외주협력** [Blink pictures Lofuts]

MBC홍보마케팅 송효은 **MBC콘텐츠솔루션** 최지원 **MBC제작운영** 차선영

MBC디지털콘텐츠편집 이하나 이연지 **iMBC웹기획/운영** 손지은 최소정 **iMBC웹디자인** 이경림

iMBCSNS 김하은 정연화 **iMBC메이킹** 양지훈 **iMBC실시간클립** 최아영 유이수

마케팅대행 이상문 박가은 **외주홍보** 노윤애 이승연 노희원 **티저** 박상권 우정연 우선호

대본인쇄 이세희 **포스터** 박시영 유현진 이승희 주예나 김민선 김정우 **포스터출력** 윤정확

연출봉고 송우진 **차량지원** 주봉수 장지민 **스태프버스** 김태석 김기우

촬영봉고 이강현 김영하 정동열 조천수 **진행봉고** 유용일 이명섭 이명기 **분장버스** 정석민

역사자문 박광일 전향이 **타이틀캘리/서예자문** 김장현 **한자언문번역** 이주형 **사군자교육** 김선두

승마팀 최성근 김영모 송명석 **스토리보드** 유현 [베이스스토리]

제작행정 이지영 정주연 [필름그리다] **제작** 장태유 **제작총괄** 이영준

제작행정 송기화 [사람엔터테인먼트] **제작** 이소영 **제작행정** 강대욱

로케이션 강예성 이창현 홍경수 **SCR** 송수진 이은정 **보조작가** 박원경

제작PD 김형우 이승준 박주영 조광현 **라인PD** 권수빈 이주현 송아연

FD 강동민 허난희 황윤아 이다인 강예전 장형준 이정우 정주현 김선재

조연출 왕정민 이하영 김연우 정승용

콘텐츠사업 최윤희 **출판콘텐츠기획** 김정혜

제작지원 문화체육관광부•한국콘텐츠진흥원 경상북도 청송군

제작협조 경상북도 경북문화재단 콘텐츠진흥원 청송사과 청송백자 전주천년한지관 한국전통문화

전당 코지앤코지 이브자리•슬립앤슬립 승승장구뚝배기 나래솔 한태림한과 율아트 한국민화뮤지엄

궁중복식연구원 가원공방

 1

1판 1쇄 인쇄	2024년 5월 15일
1판 1쇄 발행	2024년 6월 4일
지은이	이샘 정명인
발행인	황민호
본부장	박정훈
책임편집	강경양
기획편집	이예린
마케팅	조안나 이유진 이나경
국제판권	이주은
제작	최택순
발행처	대원씨아이㈜
주소	서울특별시 용산구 한강대로15길 9-12
전화	(02)2071-2094
팩스	(02)749-2105
등록	제3-563호
등록일자	1992년 5월 11일
ISBN	979-11-7245-317-6 04810
	979-11-7245-316-9 (set)